JN259628

橋ものがたり

愛蔵版

藤沢周平

実業之日本社

橋ものがたり　愛蔵版

目次

装画・目次画　蓬田やすひろ
装幀・本文デザイン　坂田政則
カバー題字　遠藤浩平

橋ものがたり

約束

一

幸助が身支度をしているのをみて、父親の藤作が、布団《ふとん》の中から声をかけた。

「出かけるのかい」

藤作は、さっきから幸助の落ちつかないそぶりを眺めていたようだった。問いかける眼のいろになっている。

「うん、ちょっと出てくる」

幸助は言ったが、少し顔が赤くなったようだった。

「帰りは遅いのかい」

「いや、飯までには戻ってくるよ」

「そうした方がいい。ばあさんが、せっかく魚を買いに出たようだから」

と藤作は言った。

幸助は、昨日で浅草北馬道《きたうまみち》の錺師《かざりし》卯市《ういち》の店での年季奉公が明け、今朝風呂敷《ふろしき》に手回りのものを包んで、南本所《ほんじょ》小泉町の家に戻ってきたのである。まだ一年のお礼奉公があるが、それは通いでも住み込みでもいいし、休みもとれる。

その自由さを確かめるように、昼飯を喰ってから、そのまま茶の間の片隅に転がって眠った。眼ざめると、母親のおしげがしたらしく、身体《からだ》の上に綿入れが掛けてあったが、三月もすでに半ばを過ぎて、寒くはなかった。家の中にいても、空気は暖かかった。

眼がさめたとき、母親はいなかったが、いまの藤作の言葉から、夜は家でも年季明けを祝って馳走《ちそう》を作るらしかった。

——遅くなっちゃ、親に悪いな。

と幸助は思った。だが、約束どおりに女が来たら、帰りは遅くなるかも知れなかった。積もる話が、山ほどある。

「お前、女がいるのか」

藤作が言った。言ってから藤作はこほんと咳《せ》き、同時に大いそぎで身体を回して、布団の中で俯《うつぶ》せになった。父親の頬から、首筋にかけて、みるみる真赤になるのをみて、幸助はあわてて布団の中に手を入れて背を撫《な》でた。

藤作の身体は、こまかくふるえ、口から低い呻《うめ》き声のようなものが洩《も》れた。藤作は喘息《ぜんそく》持ちで、冬になると必ず病気が出る。今年の冬は、それに加えて腰が痛み、二月の初めごろになってとうとう寝こんだ。藤作はやはり錺職人で、自分で仕事をしている。だが、病気で寝こんで、仕事の方はもうひと月半も休んでいた。

病気は三月に入って陽気が変ると、少しずつよくなったが、大事を取って寝ていた。発作は、まだ時どき訪れたが、前よりは楽になっている。

藤作は顔をあげた。顔色が普通のいろに戻っている。どうやら起きかけた発作を、うまくやり過ごしたようだった。

「親方は、親爺《おやじ》の病気がひどかったら、半分は家で仕事をしてもいい、といってくれたぜ」

「そうはいかねえ」

藤作は苦労して仰向《あおむ》けに寝返った。喉骨《のどぼね》がとび出し、髪も白髪がふえて、ひどく年寄じみてみえた。

「約束は約束だ。そういうことはきちんとしなくちゃいけねえ」

藤作は、はじめから幸助を錺職人にするつもりだったが、自分では仕込まずに、知り合いの卯市に預けた。卯市の店は、弟子が六人もいる大きな店で、そこで修業させる方が、幸助のためになると考えたようだった。

「水持って来ようか」

「いらねえ。だいじょうぶだ」

と藤作は言った。それから少しまぶしそうな眼で幸助をみて言った。

「お前、女に会いに行くのか」

幸助は、うんと言った。聞かれてまた自分の顔が赤くなるのが解《わか》った。

藤作は、何か言いかけるように、幸助の顔をじっとみたが、不意に興味を失った顔になり、

「行ってきな。遅くならねえようにしろ」と言った。仰向いて天井を見つめた顔が、頬が痩《や》せ

て鼻が尖《とが》っている。

幸助は外に出た。柔らかい日射《ひざ》しが路《みち》に溢《あふ》れて、歩いている人々の足どりが軽くみえた。八ツ半（午後三時）を少し回ったばかりで、外は明るく、日に暖められた空気が重く澱《よど》んでいる。

幸助は藤代町に突き当たってから、駒止橋を渡り、両国橋の広場に出た。そこは人が混んでいた。天気がいいので、見世物小屋が開き、曲独楽《きょくごま》、軽業、講釈師、祭文語りなどが、客を集めているのだった。幸助は葭簀《よしず》で囲ってある曲独楽の小屋に入って、厚化粧の女が独楽を使うのをしばらくみたが、笊《ざる》を持った銭貰《もら》いが姿をみせると、そばに回って来ないうちに外に出た。ほんのちょっとしか見なかったのだから、銭を払うことはないと思った。

表通りに料理茶屋が目立つ尾上町の前を通りすぎ、一ツ目橋を渡ると、幸助は今度は立ち止まりもせず、南にいそいだ。約束の時刻に、まだ一刻《とき》（二時間）近く間があることはわかっていたが、心が落ちつかなかった。その落ちつかない気分は、もうひと月も前から続いている。昨夜はそのことを考えて、ろくに眠れなかったほどである。

女とは、七ツ半（午後五時）きっかりに、小名木《おなぎ》川に架かる萬年《まんねん》橋の上で会うことになっていた。女とは五年ぶりに会うことになる。

——お蝶《ちょう》は変っただろうか。

と幸助は思う。五年という歳月が変えた女を、まぶしいような気持で思い描いてみる。

幸助は、ここ四、五年の間に、自分が骨組みのしっかりした若者になったことを自覚している。はじめの間、自分ではそのことに気づかなかった。だが、たまに家に帰ったり、親方の使いで近くまできて家に立ち寄ったりするとき、顔見知りの近所の者に、そう言われた。見違えるように大人になった、と近所の人たちは言った。

お蝶は三つ年下の十八である。幸助が奉公先の浅草で知っている十八の娘たちは大人だった。するとお蝶も大人になったのだろうか、と思う。幸助には、それが信じられない。幸助の気分が落ちつかないのは、そのせいもあった。大人になった女と会うのが、面映《おもは》ゆい気持がある。面映ゆく、心が躍った。

幸助は籾蔵《もみぐら》の前を通り過ぎて河岸《かし》に出ると、真直《まっす》ぐ萬年橋に向かった。橋の上を人が歩いている。その中には若い女の姿も混じっていた。幸助は一瞬胸を衝かれたような気がして、その姿を見つめたが、むろんお蝶であるはずはなかった。約束の時刻には、まだまだ間がある。女は立ち止まったりせず、いそぎ足に橋を渡ると、やがて深川元町の角を曲って見えなくなった。

そこまで見送ってから、幸助は大川と小名木川が作っている河岸の角に建つ、稲荷社《いなりやしろ》の境内に入った。狭い境内に梅の老樹と、まだ丈の低い桜の木が二本あった。梅はもう葉をつけ、葉の間に小指の先のような実のふくらみを隠していたが、桜はまだ散り残った花片《はなびら》を、点々と残している。境内にも、少し澱んだような、暖かい空気と日の光が溢れていた。

幸助は境内の端まで歩き、大川の川水がきらきらと日を弾《はじ》いているのを眺め、その上を滑るように動いて行く、舟の影を見送った。そこに石があったので腰をおろした。石は日に暖まっていて、腰をおろすと尻《しり》が暖かくなった。

そうして、あと半刻ほど、幸助は女を待つつもりだった。萬年橋は手がとどくところにあって、人の姿はよく見える。お蝶が現われれば、すぐにわかる、と思った。

二

北馬道に奉公していた幸助を、突然お蝶が訪ねてきたのは、五年前の三月の初めだった。

「行ってきな」

ちょうど親方の卯市が留守で、兄弟子の伊四郎がそう言った。伊四郎は腕のいい職人だが、弟弟子たちには厳しい人間だった。不機嫌な口調でつけ加えた。

「仕事場に女が訪ねてくるなんざ、感心しねえな。まだそんな身分じゃあるめえ。すぐに戻ってきな」

兄弟子の言葉に、幸助は赤くなった。同時に訪ねてきたというお蝶に少し腹を立てていた。伊四郎に言われるまでもなく、仕事の最中に手を休めて、女と話すなどということは不謹慎なことに思われた。奉公に来て三年経《た》っていて、そういう職人の世界の作法というものも、大よそ理解できるようになっている。

幸助は、自分も不機嫌な顔になって、お蝶が待っているという、裏口に出た。すると、そこにしょんぼりとお蝶が立っていた。お蝶は、しばらく見ない間に背丈が伸びて、顔も幾分前と変ったようにみえた。前はふっくらと頬がふくれた子供だったのに、瓜実顔《うりざねがお》にかわり、手足がひょろ長く、痩せたようにみえた。全体に大きくなった自分を、もてあましているような印象があった。

「どうかしたのかい」

と幸助は言った。裏口は細い通りに向かっていて、そこには歩いている人の姿も見えなかった。それでも幸助は声をひそめた。

「何か、話でもあるのかい」

幸助の不機嫌な口調に、お蝶は驚いたように顔をあげた。青白い顔に、一瞬べそをかいたような表情が現われた。

「ごめんね」

とお蝶は言った。

「不意に訪ねて来たりして、ごめんね」

大人びた言い方だった。幸助の方がうろたえてしまって、あわてて首を振った。

「そんなことはいいさ。何か用があるんだろ？」

「ええ」

お蝶は両手を垂れたまま、深くうつむいたが、顔をあげると唐突に言った。

「今度、深川に越すの」

「深川に？　いつだい」

「明日」

「深川のどこに越すんだい」

「寺裏よ」

「寺裏？　ああ、冬木町か」

冬木町は、富ヶ岡八幡《はちまん》の北側にあるが、町の西方に正覚寺、海福寺など七つも寺が並んでいるので、人々はこのあたりを寺裏と呼んだりする。

「そうか。そいつは……」

と言ったが、幸助はそのあと何を言ったらいいのかわからなかった。お蝶は同じ小泉町の蠟《ろう》燭《そく》屋の娘だった。小さいときからの遊び友達である。いつもかたまって遊ぶ五、六人の子供の中で、幸助はお蝶と気が合って、ほかの子供が外に出て来ないような時にも、お蝶を呼び出して、二人だけで遊んだりした。お蝶が、家から商売物の蠟燭を持ち出し、幸助が火打石と附木を持ち出して、幸助の家の裏口で火遊びをし、親たちにこっぴどく叱《しか》られたこともある。

幸助は十三の時に奉公に出、お蝶もそのときには十になっていたから、その頃はもう二人で遊ぶという年頃ではなくなっていたが、それでも会えば気軽に声をかけあい、無駄話をした。

「そうか。引越すのか」

幸助はもう一度言い直した。そしてそう言ったとき、お蝶がなぜ自分を訪ねてきたかよくわかった気がした。

——そうか。お蝶はお別れを言いにきたのか。

お蝶が来たのは、当然だと思った。お蝶は黙って姿を消したりしてはいけないのだ、と思った。

「そして、あたしは奉公に出るの」

「どこに？」

「仲町の汐見屋《しおみや》という料理屋」

幸助は、胸を衝かれたようにお蝶の顔をみた。お蝶の家が商売が思わしくなく、借金がかさんでいると聞いたのは、一年前に藪入《やぶい》りで家に戻ったときである。すると、お蝶の父親は、そのあとも商売をたて直すことが出来ずに、それで深川に引越すことを決めたのだ、とわかったのである。そうでなければ、お蝶が茶屋奉公に出るはずがない。その家は、冬木町の、掘割の水が匂《にお》う裏店《うらだな》のあたりだろうという気がした。

幸助には、もうひとつ懸念《けねん》があった。幸助は、まだ女遊びなどしたこともないが、兄弟子たちの話から、門前仲町界隈《かいわい》が、どういう場所であるかを知っていた。そこには女たちが肉を売り、男たちが金を出してそれを買う場所があるのだ。

幸助の表情から、お蝶はその懸念をさとったようだった。顔を赤らめて、早口に言った。

「心配しないで。変なお店じゃないんだから。あたしはただ、台所を手伝うだけなんだから」

「それならよかった」

と幸助は言った。そしてこういう話をかわしているお蝶と自分が、もう子供ではないのを漠然と感じていた。

だが、子供ではなかったが、二人はまだ大人でもなかった。そういう話のあと、二人は不意に話の継ぎ穂を失い、ぎこちなくおし黙った。

「それじゃ、あたしもう帰らないと」

とお蝶が言った。

「そうか。もう帰るのか」

幸助は、まだ話が残っている感じがしながら、そう言った。これで家へ帰っても、お蝶と顔を合わせることはなくなったのだ、と思った。すると、いままで感じたことがない、淋《さび》しい気持が、胸を満たしてくるようだった。

「身体に気をつけてな。無理するなよ」

「もう、幸助さんには会えないわね」

「…………」

幸助は黙ってお蝶の顔をみた。いつも顔を合わせれば幸ちゃんと呼んでいたお蝶が、幸助さんと改まった呼び方をしたのが、胸にこたえていた。

「さよなら」

お蝶は、不意にぺこりと頭を下げると、幸助に背を向けた。あっけなく、お蝶は別れて行こうとしていた。手足がひょろ長く、痩せたお蝶の後姿が、幸助の眼に突き刺さった。

——この別れを言うために、お蝶は本所からここまで訪ねてきたのだ。

そう思った。すると風に吹かれているように、頼りなくか細いお蝶の後姿が、ひどくいじらしく思えた。

　幸助は、あるひとつの情景を思い出していた。お正月か何かで、家に客がきていて、にぎやかだった。そのそばで、幸助はお蝶と哥留多《かるた》とりをして遊んでいた。そのとき、客がお蝶に言葉をかけた。その客の言葉は、幸助の記憶にないが、お蝶が大きな声で「大きくなったら、幸ちゃんのお嫁になるの」と答え、自分が顔を上げられないほど真赤になって、大人たちに笑われたことを憶《おぼ》えている。あれは、俺が十ぐらいの時だったか。

　幸助は、いそいでお蝶のあとを追った。お蝶は裏道から、馬道通りに出ようとしていた。

「お蝶」

　幸助は呼びとめた。お蝶は立ち止まると、振り向いてじっと立っている。追いついて、幸助は呼吸を鎮《しず》めてから言った。

「五年経ったら、二人でまた会おう」

「…………」

　お蝶は黙って幸助の顔を見あげている。

「いまは、俺も奉公しているし、それに深川は遠いから、会いになんか行けない。だが、もう五年辛抱すると、年季が明けるんだ。そしたら会おう」

　その日はいつで、時刻は七ツ半だ、と幸助は言った。お蝶はうなずいたが、幸助を見つめている眼に、みるみる透明な涙が溢れた。その眼をみひらいたまま、お蝶が囁《ささや》いた。

「どこで？」

「小名木川の萬年橋の上だ。お前は深川から来て、俺は家から行く。そして橋の上で会うことにしよう」

お蝶が続けざまにうなずいた。すると、涙が眼を溢れて頰に伝った。

「二人だけの秘密だ。誰にも話すな」

「いいわ」

「身体に気ィつけろよ」

幸助はお蝶の肩を摑《つか》んだ。その手を、お蝶の右手がそっと押さえた。

お蝶と別れると、幸助はゆっくり店の方に戻った。昂《たかぶ》った気分になっていて、店に帰ったら伊四郎に叱られるに違いないと思いながら、それが少しも恐《こわ》くなかった。大きな秘密が、胸の中にしっかりと根をおろしていた。それは親にも言えない秘密だった。その秘密のために、幸助は急に自分が大人っぽくなったように感じた。そしてお蝶とそういう約束をしたことに、これまで感じたことのないほど、強い喜びと恐れを感じつづけていた。

三

——しかし、五年前の約束だ。お蝶がおぼえているとは限らないのだ。

幸助が、不意にそう思ったのは、川を照らしていた日射しが輝きを失い、西に傾いた日が雲とも靄《もや》ともつかない、ぶ厚く濁ったものの中に入りこんで、赤茶けた色で空にぶらさがっているのを見たときだった。

時刻は間もなく七ツ半（午後五時）になろうとしていた。橋は鈍く光り、その上には相変わらず人通りがあった。

――たとえおぼえていても、来ない場合だってある。

そうも思った。五年の間には、人も変るのだ。俺も、五年前の俺ではない、と思った。すると、思い出したくないひとつの記憶が、鋭く胸に突き上げてきた。

お蝶と別れたちょうどその頃に、親方の卯市《ういち》が、桃林寺門前町に妾《めかけ》を囲った。おきぬという色白の小柄な女だった。卯市は時どき、幸助を使って、妾の家に金や、買物を届けさせたりした。

初めの間、幸助はその使いに気が進まなかった。卯市の女房が人柄のいい女で、幸助たち住み込み弟子の面倒をよくみてくれたから、親方の言いつけとはいえ、その女房を裏切るようなことをするのがいやだったのである。

だが何度か、そういう使いをし、おきぬという女にも慣れると、使いが面白くなった。おきぬは、幸助が行くと茶の間に上げて、菓子をあたえたり、帰りには駄賃を入れたおひねりを握らせたりしたからである。

だがそれだけではなかった。おきぬは幸助より三つ年上だったが、卯市が見込んで妾にしただけあって、肌目《きめ》こまかな薄い皮膚をもち、やや丸顔ながら美人だった。気性も明るく、幸助をつかまえて気軽に冗談を言ったりした。そういうおきぬと、僅《わず》かな時間にしろ二人きりでいて、世間話などをするということが、幸助は楽しかったのである。おきぬが、自分を子供ではなく、大人として扱っているようなのが快かった。おひねりを渡すとき、おきぬの化粧の香が、急に間近に匂い、なめらかな指に手をつかまれると、幸助は一瞬のぼせたような気分になった。

そして一年ほど経ったが、使いはやはり幸助だった。その間に幸助の下に、二人新しい弟子が入ったが、卯市は、おきぬへの使いは、気心が知れた幸助をやった方がいいと考えているようだった。

ある晩春の日。おきぬの家に着いたとき、もう日暮れ近い時刻になっていた。家の中に入ってみると、おきぬが長火鉢の上から青白い顔を上げた。

幸助は親方に頼まれた買物の包みを出したが、おきぬの顔色が悪いのに驚いた。

「ぐあいでも悪いんですか」

「頭が痛くて、眼まいがして」

とおきぬは言った。おきぬは頭痛持ちで、時どき頭が痛いといっていることがあったが、今日の顔いろは尋常でなかった。

「医者を呼びますか」

「いいの。そんな大げさなことをしなくとも。そうね。それじゃ、悪いけどお布団敷いてもらおうかしら」

おきぬは手で額を押さえ、顔をしかめて言った。

「さっきから布団敷いて寝ようと思っていたんだけど、立ち上がれないのよ。眼が回って」

幸助はあわてて次の間に入り、押し入れから布団を出して敷いた。そのとき枕《まくら》が二つ畳の上に転げ出し、幸助は見てはいけないものを見たように、胸が波立った。

幸助が布団を敷いている間に、おきぬは坐《すわ》ったまま帯をといていた。手を貸して立たせると、おきぬは幸助の口までしかなかった。幸助の方がずっと背丈があった。

抱きかかえるようにして、布団まで歩いたとき、おきぬがつまずいて転んだ。転びながら、おきぬがしがみついたので、幸助も女の身体の上に倒れた。ちょうど抱き合う形になった。

それから起こったことは、幸助にはよくわからなかった。小柄なおきぬの身体が、みるみる大きくなって、その中に巻きこまれた感覚と、一カ所鋭く身体を走り抜けた快感を覚えているだけだった。動きが終ったとき、幸助は眼もくらむような女の身体の匂いの中にいた。

「親方には内緒だよ。またかわいがってやるから、ね」

そう言ったおきぬの声は、もう病人の声でなく晴れ晴れとしていた。

外に出ると、幸助は強い後悔に襲われた。親方の卯市を恐れたわけではなかった。なにか大事なものを、自分が失った気がしたのである。その後悔の中で、幸助はお蝶のことを思い出していた。

――お蝶に、あわせる顔がない。

と思った。自分が、救いようのない、身も心も堕落した人間に変ってしまったような、情けない気分になっていた。

だが、幸助はそのあとも、何度かおきぬと寝たのである。お蝶に悪い、と思ったその気持も、その間に、五年後に会うと言っても、嫁にもらうと誓いあったわけではないという弁解に変っていた。

おきぬとの関係は、そのあと半年ほどして、どう嗅《か》ぎつけたものか、卯市の女房が、おきぬを囲っていた家を探しあてて騒ぎ、おきぬがお払い箱になるまで続いたのであった。

——お蝶だって、変ったかも知れない。

暮れ色に包まれはじめた橋を眺めながら、幸助はそう思った。あのとき自分がそう思ったように、お蝶だって、夫婦になると約束したわけではない、と思ったかも知れないのだ。そう思うと、淫乱《いんらん》で魅惑的だったおきぬの顔に、お蝶の十三歳の顔が重なってみえ、幸助はあわてて首を振った。

七ツ半を告げる鐘の音がしている。幸助は立ち上がって、稲荷社の境内を出ると、萬年橋の北に立った。橋の上にはまだ人通りがあったが、その中に若い女の姿はなかった。

——世の中、こうしたもんだろうさ。

幸助はそう思った。すると重い悲しみのようなものが胸を満たしてくるのを感じた。これで、お蝶との繋《つな》がりが切れたのだ、と思い、この五年の間やはり今日、ここでお蝶に会うのをひそかな張り合いにしてきたことに、改めて気づいたのだった。

四

「ほら、鐘が鳴ってるじゃないか。行かなくていいのかね」

と、女中仲間のお近が言った。

「むこうじゃ、きっと気を揉《も》んでるよ」

「黙って」

とお蝶は言った。二階の窓から、お蝶は外をみている。眼に映っているのは、くすんだ赤い色に染まっている西空だった。空のきわにある灰色の雲とも靄ともつかない、塊の中に、赤銅《しゃくどう》いろをした日が沈むところだった。その空の下に、まだ昼の間のざわめきが残る江戸の町が、暮れようとしている。そして町の上を、鐘の音が渡っていた。

最後の鐘が鳴り終るのを、お蝶は身動きもせず聞き終った。橋に背を向けて立ち去る男の背がみえた。すると、お蝶の頬に涙が流れた。

「あんなに毎日のように言っていたのにさ。その日が来たのに、行かないなんて、気が知れないよ」

とお近は言い、さ、冷えて来たから障子を閉めようか、と言いながら立ってきた。

「おや、泣いてんの」

お近は見咎《みとが》めて言ったが、不意に怒った声になった。

「泣くくらいなら、行けばよかったじゃないか。そのために今日は休みをもらったんだろ」

「だってお近さん」

お蝶は、すばやく涙をぬぐって言った。

「あたしが、どんな顔して行けると思う?」

「しょうがないじゃないか。べつにおかみさんにしてくれって、言いに行くわけじゃないだろう?」

「それは、そうだけど」

「ただ会うだけでいいじゃないか。そして知らん顔で、別れて来たらいいじゃないか」

「そんなこと、あたしには出来ない」

とお蝶は言った。幸助と、五年前にした約束は、そんなありきたりのものではなかった、と思う。もっと重く心を縛っていたものだった。辛い女中奉公も、そのことを考えると辛抱できたほど、大事なものだった。お近が言うような手軽なものだったら、こうして涙なんか流しはしない、とお蝶は思った。

お蝶が働いている汐見屋は、使っている女中を客に売るような種類の店ではなかった。だが、贔屓《ひいき》の客が、気に入った酌取りの女中を外に連れ出して泊ることには口をはさまなかった。

お蝶が、はじめて客と寝たのは二年前だった。酌取り女中として、酒の席に出るようになってから一年ほど経った頃である。お蝶に執心している客がいた。お蝶はその客が好きでも嫌いでもなかったが、客が示した法外な額の金に動かされたのだった。その前から、両親が揃《そろ》って病気で寝こんでいたのである。ちゃんとした医者にかける金が欲しかった。一度寝てしまうと、金のために男と寝ることをなんとも思わなくなった。

父親は、ついに裏店住まいから抜け出せないまま、去年の秋に死んだが、まだ母親が寝ている。そのためにお蝶は、汐見屋の勤めを通いにしてもらっている。客と寝た夜も、どんなに遅くなってもお蝶は家に戻る。そして薬の香が漂うその家から、また勤めに出かけるとき、お蝶は、外に客を拾いに行く娼婦《しょうふ》のように自分を思うのである。

――あたしは、会いに行く資格がない。

約束を裏切ったのだから、とお蝶は思った。そして二年の間に、娼婦の香は身体に沁《し》みついてしまったに違いなかった。会いに行けば、幸助がそれを見破らない筈《はず》がない。そのことも、お蝶は恐ろしかった。

お近が行燈《あんどん》に灯を入れた。お蝶も、窓の障子を閉めて、行燈のそばに寄った。すると、狭い女中部屋に、急に夜の気配が漂った。お近はもう二十六だが、家も身よりもなく、この部屋に住みこんで、もう十年もの間、汐見屋で働いている。

「あのひと、もう帰ったかしら」

お蝶は、ぼんやりした口調で言った。白い頬に薄く血のいろがのぼり、黒い眼がさっき泣いたせいか、美しく光っている。

――お蝶は、いまがいちばんきれいなときなのさ。

お近は、行燈のそばに繕い物を持ち出しながらそう思った。男に抱かれると、女はひと皮剝《む》いたように、肌は白く、血色がよく、ほどよく脂《あぶら》がのって美しくなる。二十六のお近は、そういう女たちを沢山見てきている。だが、ひと盛りなのだ。男で稼《かせ》ぐ女たちの美しさは、命が短い。

——あたしだって、昔は鳴らしたものさ。

糸を歯で嚙切《かみき》りながら、お近はちらとお蝶をみてそう思う。いまは身体があちこち痛んで、昼の間店の掃除をしたり、台所を手伝うのが精一杯だった。もう夜の酒の席で、お近を呼ぶ者はいいない。それでも汐見屋のおかみがいい人で、こうして店に置いてもらうだけでも有難いと思わなければいけない。

お蝶を、自分のようにはしたくない、とお近は思う。お近は、自分のような娼婦くずれの女に、姉妹のように近づいてくるお蝶が、次第に堕《お》ちて行くのをみるのが辛かった。

「気になるのかい?」

「…………」

「だったら、いまからでも行って来たらいいじゃないか。思いが残らないように」

「…………」

「ひょっとしたら、いまなら、まだ待っているかも知れないじゃないか」

お近は励ますように言ったが、お蝶は首を振っただけだった。三味線の音がし、甲高い笑い声が聞こえた。あの声は、おくまだ。いつも引き裂くようなけたたましい声で笑う。早い客が入って飲みはじめているのだろう。

「あんたも、不思議なひとだね」

お近は、縫物の手をとめてお蝶をみながら言った。

「それじゃ、会いに行けないのは前からわかっていたじゃないか。その度胸がないのならさ。それにしては、よく言ってたじゃないか」

「…………」

「今日が約束の日だって、毎日のように言ってたじゃないか。今日だって行く気だったんじゃないの？　素人《しろうと》娘のようななりをしてさ。休みももらったりして」

「…………」

「まともな道に戻れるかも知れない、というときが、誰にも一度か二度はあるもんなんだ。だが、そんないい折りが、ちょいちょいあるというもんじゃないよ」

あのひとに会うまでの辛抱だという気持が、心の奥にあったから、男に身体を売ることも出来たのだ、とお蝶は思っていた。

──どこで、そんなふうに喰い違ったのだろう。

そのために幸助に会えなくなったことは、はっきりしている。そして明日からは、萬年橋であたしを待つ人はいない。お蝶は底知れない暗闇《くらやみ》をみた気がして、手で顔を覆《おお》った。

五

幸助は、橋の欄干に頬杖《ほおづえ》をついて、川の水を眺めていた。水は絶えまなく音を立て、月の光を弾いている。日が沈むと、あたりは一度、とっぷりと闇に包まれたが、間もなく気味が悪いほど、赤く大きい月が空にのぼった。その月の光が、幸助をもう少し待ってみる気にさせたのである。

だが時刻は、約束の七ツ半から、さらに一刻半（三時間）近くも経っている。空腹で、眼がくらみ、冷や汗が額に浮いてくる。橋にもたれて立っているのがやっとだった。橋を通る人はほとんどいなくなり、たまに通る者は、幸助の後を通りすぎるとき、気味悪そうに足を早めるのが気配でわかった。

――帰ってしまえば、それっきりだ。

と幸助は思っていた。

お蝶には、ここに来られない事情があるのだ、とあらましは察しがついている。お蝶はもう深川に住んでいないかも知れなかった。また、いまごろは幸助が知らない男の女房になっているかも知れなかった。五年という月日が長過ぎたのだ、と幸助は思う。この五年の間に、自分の身の上に起きたようなこと、親方の妾おきぬとのこと、父親の病気といったような、五年前には考えつかなかったことが、お蝶の身の上にも起きた、と考えるのが当然だった。

そして、そうだとすれば、お蝶は門前仲町の店にも、寺裏の家にも住んでいないかも知れなかったし、もし探しあてて訪ねて行ってもお蝶はそれを喜ばないかも知れないという気がした。こうして、ここに来ないことが、そういうお蝶の気持をあらわしている。そう諦《あきら》めて、帰ってしまえば、お蝶とつながっていた糸は、それでぷっつり切れるのだと思った。

だが、幸助には諦めきれない気持がひとつあった。五年前、お蝶が流した涙を、幸助は忘れることが出来なかった。そのとき、お蝶は幸助と、人には言えない秘密をわけ合ったのだ、という気持がある。夫婦になろう、と誓ったわけではない。だがそれは、二人が若くて、それを言うのがこわかった、というだけのことに過ぎない。二人はあのとき、言葉以上のものを誓い合ったのだ。

そう思うと、お蝶はここに来る気でいて、ただ勤めに縛られて、店を抜け出せずに気を揉んでいるだけかも知れないという気もしてくる。そのとき俺が待っていなかったら、お蝶はどんなにか落胆するだろう。

——とにかく、もう少し待ってみよう。

幸助は、これまで何べんも繰り返した呟《つぶや》きを、心の中で呟いた。

南の橋詰の方から、下駄《げた》の音が聞こえてきたのは、時刻がさらに過ぎて、五ツ半（九時）近くなったろうと思われた頃だった。おぼろな月の光に照らし出されたのは、若い女のようだった。

幸助は、弾かれたように顔を上げて、女をみた。近づいてきたのは、若い女だった。幸助は向きなおって、女を見つめた。頬の豊かな、胸の高い女だった。

――これが、お蝶だろうか。

幸助は恐れるように、女の顔にお蝶の面影を探ったが、女はちらと幸助を一瞥《いちべつ》しただけだった。立ちどまる気配はなく、通り過ぎた。そして、女が橋を渡り終ったとき、男の声が聞こえた。男がどこから現われたのか、幸助にはわからなかった。

「遅かったじゃないか」

「ごめんね。おばさんに引きとめられたものだから」

「よくおめえは、夜道がこわくないな」

「だっていい月だもの」

「おばさんは達者だったかい？」

「達者も達者……」

くすくす笑う声だけがして、話し声は聞こえなくなった。河岸を、元町の方に遠ざかる二人の後姿を、幸助は茫然《ぼうぜん》と見送った。

いままでこらえていた疲労が、どっと身体を包んできた感じがして、幸助は思わず橋板に膝《ひざ》をつき、手だけ欄干にすがって蹲《うずくま》った。

――お蝶は、来はしない。

そう思った。五年の間に、お蝶とのつながりは、いつかは解らないが切れたのだ。そう思うと、幸助は不意に眼頭が熱くなるのを感じた。北馬道の小路で泣いた、十三のお蝶の姿を思い出していた。そして失ったものは、取り返しがつかないものだったのだ、と思った。

もう帰らなければ、と思った。親たちが心配しているだろうし、やがて町木戸が閉まる。そう思ったが、幸助はなおも頭を垂れて、身動きもしないでいた。

女がいつ来たのか、幸助は知らなかった。

「幸助さん」

と呼ぶ声を、空耳のように聞いたが、顔をあげるとお蝶が立っていた。見違えるようにきれいになっていたが、立っている若い女がお蝶だということはすぐにわかった。

「ごめんね」

とお蝶は言った。澄んだ、艶《つや》のある声だった。

「こんなに待たせて、ごめんなさいね」

「いいよ」

と幸助は言った。喰い入るような眼で、お蝶を上から下まで眺め回した。

「約束を、忘れなかったのか」

「忘れるもんですか」

激しく、ほとんど叫ぶようにお蝶は言った。

「一日だって、忘れたことがなかったのよ」

「そうか」

深い感動が、幸助の胸をゆさぶっていた。

「幸助さんは？」

「俺もだ。忘れたことはない」

幸助は、やっと低い笑い声を立てた。

「それにしても遅かったじゃないか。ずいぶん気を揉んだぜ。もう来ないかと思ったよ」

「ごめんなさい。お店がいそがしかったものだから」

「ひょっとしたら、お前はもう、誰かのかみさんになっちまったか、と考えたりした」

「そんなこと、あるもんですか」

「よかった。こうして会えて」

幸助は手をさし出した。お蝶がその手を握った。幸助が驚いたほど、強く握りしめてきた。

「あのときのこと、おぼえているか。馬道の店に、お前が俺を訪ねてきたときのことだ」

「おぼえているわ。あたしは、ひと眼幸助さんに会わなくちゃと思って、家の人にも内緒で、
夢中で訪ねて行ったんだもの」

「お前は、手足だけがひょろひょろと長い、変な女の子だった。そして泣いたっけな」

幸助はお蝶の顔をじっと見つめた。

「きれいになった」

「………」

「長い間待たせたが、やっと目鼻がついたぜ」

幸助は笑顔で、お蝶の顔をのぞきこんだ。

「年季が明けても、お礼奉公が残っているが、通いでいいし、休みもとれる。前のように窮屈じゃない。お前にも時どき会えるぜ」

「…………」

「親爺が病気でな。来年からは自分の家でばりばり稼ぐつもりだ。お前さえよかったら、そのときに所帯を持とう」

「うれしい」

お蝶は、幸助の顔を見上げて囁いた。だが、不意にお蝶の唇はふるえ、おびただしい涙が頬を濡《ぬ》らした。幸助は、いとしさに胸がしめつけられる気がした。

「変な女だ」

幸助は手を引いて、お蝶を抱きよせた。

「うれしいと言いながら、泣くのかね」

お蝶は、幸助の胸にすっぽり抱きこまれると眼をつむった。仰むいた顔に、まだ涙が伝わっている。微《かす》かに身体が顫《ふる》えている。

「よかったよ、会えて。やっぱり俺と一緒になるのは、お前しかいないものな」

囁いて、幸助が口を吸おうとしたとき、お蝶の身体が、胸の中で弾《は》ねた。狂暴な力で、お蝶は幸助の腕から逃げていた。

「おい、どうしたんだ、いったい」

あっけにとられて幸助は呼びかけ、狂ったように走り出したお蝶をあわてて追いかけた。

「あたしに近寄らないで」

幸助が近づくと、お蝶は欄干にしがみついて、背を向けたまま叫んだ。

「狂ったか、お蝶」

「いいえ」

お蝶はきっとなって振り向いた。髪が乱れ、凄艶《せいえん》な眼になっていた。

「狂ってなどいません。正気よ」

「………」

幸助は茫然とお蝶を見つめた。一瞬眼の前が暗くなった気がした。そうか、そううまくとんとんと運ぶはずがないものな、と思った。

「聞いて」

とお蝶は言った。

「話せよ。なんでも。なにを聞いても、俺は驚かないぜ」

「でも聞いたら驚くわ。ひどい話だもの」

「ご託はいらない。早く話せよ」

幸助が鋭い口調で言った。

「お金で身体を売っていたの。それで暮らしていた汚《けが》らわしい女なのよ、あたしは」

「………」

幸助は眼をつむった。思ったよりも、もっと悪い話を聞いたようだった。つむった眼の裏を十三のお蝶が、泣きながら通り過ぎた。

「これでわかったでしょ。約束の時刻に、ここに来られなかったわけが。幸助さんに合わす顔がない女になってしまったの」

「そうなったのは、いつからだ？」

「二年前からよ」

「………」

「好きでそうなったとは、思わないでね」

「そんなことは思わないよ。大概わけは察しがつく」

「ありがとう、幸助さん」

お蝶は、情をこめた深い声音で言った。

「ここへきてよかった。もう、心残りはない」

お蝶はのろのろと欄干から身体を離した。そして幸助に背を向けた。石のように表情を失った背だった。橋のはずれまで行って、お蝶は振り向いて言った。

「幸助さんのおかみさんになりたかったの。ごめんね」

お蝶の背が、おぼろな闇に消えるのを、幸助は身動きもせず見送った。

母のお年に呼ばれて、お蝶は寝間に行った。

「眼がさめた？」

「ああ」

「気分はどう？」

「いくらか楽なようだよ。ゆうべはよく眠ったから」

お年はお蝶をみてほほえんだ。だが、お年はいつもそう答えるのである。お年は身体の節々を病気に冒されて、布団の上に起きあがるのも大儀な身体になっている。その上血が少なくなって、寝ていても始終目まいがし、ぐるぐると天井が回るような気分に襲われるのだ。

「待っててね。いまお湯で顔を拭《ふ》いてあげるから」

「済まないね」

「昨日、お近さんにおいしい梅干を頂いているのよ。ごはんのとき出してあげるから」

病人の、朝の始末が済むと、お蝶はまた台所に戻った。勢いよく燃えている竈《かまど》の前にしゃがむと、お蝶は額を押さえた。微《かす》かに頭痛がしている。

昨夜幸助に別れて家に戻ったのが、四ツ（午後十時）近くだった。横にはなったが、一睡も出来なかった。火の色が眼に痛かった。

――今日から、どうしよう。

お蝶は、ぼんやりとそう思った。昨日までは、灰色の暮らしの中に、一点鋭くかがやいてお蝶に呼びかけ、力づけるものがあった。そのために、辛《つら》いことも耐え忍ぶことが出来た。だが光は消えてしまって、灰色の道だけが残っている。そう思うと、ぞっとする孤独な思いがこみあげてくるようだった。

萬年橋から帰る道で、会えただけで幸せだった。そして五年もの間、幸助も一心に自分のことを思ってくれていたことがわかっただけで、十分だと思った。だが、一夜明けてみると、心の中で、ぽっきりと折れてしまったものがあることに気づいている。

お蝶はそっと溜息《ためいき》をつくと、竈の火を落とし、さっき洗い上げた洗濯物を抱えて、土間に降りた。

すると戸が向うから開いて、なだれこむ朝の光の中に、長身の男が立っていた。

「入っていいかね」

と幸助が言った。ぎこちなく幸助は微笑していた。茫然と立っているお蝶の胸を押すようにして、土間に入ってきた。

「ゆうべは、話の途中で、お蝶が帰っちまったから」

上がり框《かまち》に腰をおろすと、幸助はそう言った。板敷に坐り込んで、お蝶はまだ茫然と男の顔をみている。

「ひと晩、眠らないで考えたよ。そして俺は俺で、お蝶はお蝶だと思った。五年前と人間が変っちまったわけじゃない。そう思って、それを言いに来たんだ」

「…………」

「俺はまだ、奉公が残っているし、正直言って、どうしたらいいかわからない。だがそういうことは、だんだんに考えることにしようじゃないか。とにかく二人はもう離れちゃいけないんだ」

「…………」

「むろん、お蝶が承知ならだが」

「承知するだって？」

お蝶は呟いた。お蝶はむしろうつろな表情をしていた。

「でも、そんなこと出来やしない」

「出来るさ。二人とも少しばかり、大人の苦労を味わったということなんだ」

「少しじゃないわ」

お蝶は幸助の眼をのぞきこむようにした。それから、ちょっと待って、これを置いてくるから、と言って、洗濯物を抱え上げると台所に姿を消した。

そのままお蝶は戻って来なかった。幸助が声をかけようとしたとき、お蝶が忍び泣く声がした。声は、やがてふり絞るような号泣に変った。

狭い土間に、躍るように日の光が流れこんでくるのを眺めながら、幸助は、ここに来たのは間違っていなかった、と思った。お蝶の悲痛な泣き声が、その証《あか》しだと思った。お蝶が泣く声は、真直ぐ幸助の胸の中に流れこんでくる。幸助は自分も少し涙ぐみ、長い別れ別れの旅が、いま終ったのだ、と思った。

小ぬか雨

一

裏口の戸を閉めに行ったおすみは、思わず叫び声をたてるところだった。たてるところだったというのは、ほんとうでない。叫んだのだが、声が出なかったのである。薄ぐらい、猫の額ほどの土間に、人が蹲《うずくま》っている。男だった。

気配に振りむいた男が、しっと言った。

「すみません、お嬢さん。声をたてないでください」

「…………」

「追われてるんです。すぐに出ますから」

男は蹲ったまま、首をねじむけてそう囁《ささや》くと、すぐに聞き耳をたてるように、戸の方に顔を戻した。男の緊張した気配が伝わってきた。

いっとき喉《のど》をふさがれたようだった驚きは、次第におさまって、おすみは男がまだ二十過ぎの若い男であること、堅気の者らしいことを見さだめる余裕を取り戻していたが、男に言われたように、声はたてなかった。男の言葉つきが丁寧だったからでもあったが、お嬢さんと呼ばれたせいでもあるようだった。おすみはもう二十で、これまで人にお嬢さんなどと呼ばれたことはない。

もう一度、男がしっと言った。足音が近づいてくる。一人ではなかった。二人のようだった。足音は、あたりを確かめるようにゆっくり近づき、途中で立ち止まったりした。裏は人一人漸《ようや》く歩けるほどの細い道で、ふだんもめったに人が通るところではない。

足音が、裏戸の外で止まったとき、おすみは思わず板の間にしゃがんで、胸を抱いた。一度おさまった胸の動悸《どうき》が、またぶり返していた。だが足音は、長い間そこで立ち止まったあと、また静かに離れて行った。確かに二人だった。

「こっちへ上がってください」

おすみは、石になったようにひっそりと土間に蹲っている男に、そう囁いた。男が身じろぎしておすみを見上げた。

「いま出て行ったら、危いでしょ？　すこしほとぼりをさましてから帰ったら？」

ほとぼりをさますという言い方が、自分でもおかしかったが、そうとしか言いようがなかった。外には正体は知れないが、不穏な空気がある。おすみの言葉に男は、はい、ありがとうございます、と言って漸く立ち上がった。薄暗くて、顔ははっきりしないが、躾《しつけ》のいい家に使われているお店者《たなもの》のような感じがした。

——心配ないらしいわ。

とおすみは思った。どういう事情で追われているかは知らないが、飛びこんできたのは狼《おおかみ》ではなくて、おとなしい兎《うさぎ》かなにかのようだった。板の間に上がった男と入れかわりに土間に下りると、おすみは裏戸に固く心張棒をかった。

男を茶の間にみちびき入れながら、おすみは、きちんとした堅気の人らしいわ、と鑑定した。行燈《あんどん》の光の中に坐《すわ》ったところをみると、身体《からだ》つきがしっかりして、浅黒い顔に眼鼻がきりっとした男ぶりのいい若者だった。顔色が少し青ざめ、疲れた眼をしている。

「ごめいわくをおかけします」

坐ると、男は畳に手をついて丁寧に辞儀をした。

「そんなに丁寧にしなくていいんですよ。いま、お茶をいれますからね」

おすみは、なんとなくうろたえた気分で、台所に立った。暗い台所で湯をわかしながら、おすみは少し胸が波立っている。若い男が珍しいわけではない。この照り降り町にも、若い男は沢山働いている。半年ほど前に縁談が決まった勝蔵も、まだ二十八である。だが、近くの男たちは口が汚いし、勝蔵は職人だが、することなすこと野卑な男である。茶の間にいる男のような、きちんとした若者と、相対で話したりするのは初めてだった。

――あのひと、いったい何をしたんだろ？

はじめてその疑問が湧《わ》いた。

「いったい、何をしたんですか」

男に茶をすすめてから、おすみは訊《き》いた。男は喉がかわいていたらしく、おすみがいれた茶をむさぼるように啜《すす》ったが、そう言われて手をおろしておすみを見た。顔に放心したような表情がある。

「喧嘩《けんか》です」

顔をそむけて、男はぽつりと言った。おすみが黙っていると、男は少しあわてたように顔を戻してつけ加えた。

「町なかで喧嘩したんですが、相手が悪かったようです」

「怪我《けが》でもさせたんですか」

「ええ」

「それで、さっき相手のひとの仲間が追っかけてきたのかしら」

「そうらしいです」

男は神妙にうなずいたが、不意に頭を下げると、膝《ひざ》を立てた。

「ごめいわくをかけました。驚かして済みませんでした。失礼します」

「あら、もう行くんですか？」

思わずおすみは言った。

「だいじょうぶかしら？」

「はい、連中も帰ったと思いますから」

男は立ち上がりながら言った。おすみは雪駄《せった》、下駄など、ところ狭しと売物の履物が置いてある店から土間に下りて戸を開けた。外は暗くなっている。だが横丁の端《はず》れに、軒行燈を出してまだ店を開けているところがあって、道はぼんやりと見える。遠くを、三人ほど人が歩いていたが、人影は間もなく小舟町《こぶなちょう》の方に遠ざかって、横丁の通りはひっそりしてしまった。

「だいじょうぶのようですよ」

首を突き出して道をのぞいたおすみが、振り向いてそう言うと、男はもう一度丁寧に頭をさげて外に出て行った。おすみが見ていると、男は左側の河岸《かし》の方に歩いて行き、そっちの方は暗いので、姿はすぐに闇にまぎれた。

——行ってしまった。

表戸を閉め、狭苦しく売物を置いてある店から茶の間に入ると、おすみはなんとなくぐったりした気持で、長火鉢のそばに横坐りになった。思いがけなく若い男をかくまったりして、疲れたようだった。桜の花も散って、もう火もいらないほどだが、火鉢には申しわけほどに火を埋《い》けてある。その炭火もほとんど灰になっていた。

だがその疲れは、不快ではなかった。心のどこかに、まだ浮き立っている部分がある。おすみは早く両親に死にわかれて、伯父の家に引き取られて育った。これといった華やかな思い出というものもなく、十九という年が過ぎようとしたときに、伯父がやっと気がついたように、勝蔵との縁談をまとめてくれたのである。

勝蔵は、下駄職人だった。米沢町で履物問屋をしている伯父の店に品物を納めている。おすみは間もなく下駄職人の女房になり、勝蔵の子を生むだろう。そういったところが、自分に相応の運命というものだろうと思い、おすみは格別そのことに不満を持ったことはない。勝蔵はすることに野卑なところが見えて、決して好ましい男ではないが、それも一緒になるまでのことで、一緒になってしまえば、そういう勝蔵にも慣れ、自分も野卑な女になって行くのだ。そう思うおすみの気持は、眼の前の、火の気のない灰のように冷えびえとしている。

今夜飛び込んできた男は、そんなおすみの心を、ほんのひととき掻《か》き立てて去ったようだった。男にお嬢さんと呼ばれたことを思い出すと、おすみはまだ心を擽《くすぐ》られるような気がする。だがそれだけのことだった。終りだった。

おすみは溜息《ためいき》をついて台所に立ち、行燈の下に夜の食事の支度を運ぶと、一人で喰べはじめた。六畳と四畳半の二間、それに店と台所がついているだけのこの家は、伯父の出店で、去年までは、伯父の家で若い頃から働いていた老夫婦が住み込みで店番をしていた。だが、お爺《じい》さんが急死すると、残された連れ合いは深川に住んでいる息子夫婦に引きとられて行って、そのあとをおすみが店番に住み込むようになったのである。

昼の間は伯父の店で働いているおときという十四になる女の子が、ここまで手伝いにきている。だが夜は一人だった。初めは夜一人過ごすということがおそろしかったが、おすみはもう馴《な》れている。さっき男が飛びこんできたようなことは、めったにあることでないのだ。

喰べものは、男に気をとられている間にすっかり冷たくなっている。おすみは味気ない気持で、それでも火をあてるのも面倒で、冷たい焼魚を嚙《か》みしめた。

不意に、おすみは膳《ぜん》の上に箸《はし》を置いた。しのびやかに、表戸を叩《たた》いている者がいる。それは人を憚《はばか》るような、小さな音だった。

――あのひとだ。

すぐにおすみはそう思った。おすみの一人住まいを知っている横丁の若い者が、夜中に半分はからかい、半分本気で戸を叩いたり、女の身体が欲しくなって、血迷ったようになった勝蔵が、近所構わず、破れんばかりに板戸を叩いたりすることはあるが、いま表にきているのは、勝蔵でも、近所の若い者でもなかった。音は忍びやかで、ある意志を伝えていた。

二

「どうしたんですか、いったい」

戸を開けると、おすみはなじるように言った。だが男は、そういうおすみをまるで突きのけるようにして土間に入ってきた。そしてすばやく後手に戸を閉めると、荒い呼吸を吐いておすみを見た。眼が血走っているように見える。

おすみは思わず後じさった。軽い恐怖にとらえられている。危険な人間ではないと見たつもりだが、考えてみれば、相手は見ず知らずの他人である。何を考えているか、知れたものではなかった。男は、なぜ戻ってきたのだろうか。

「すみません、お嬢さん」

おすみの恐怖を覚《さと》ったように、男が囁いた。

「もう少しかくまって下さい。連中が、まだいるんです」

「まだいるんですって？」

おすみは疑わしそうに言った。町なかで起きた、ただの喧嘩が、こんなにしつこく長びくものだろうか。

「そっちに上がっていて下さい」

おすみは少し厳しい口調で言うと、男と入れ替って戸を開けて外に出た。男が言ったことを確かめるつもりだった。もし男の言うことが本当ならかくまわなければならないだろうが、嘘《うそ》だったら、一軒おいた隣の江戸屋という雪駄屋の親爺《おやじ》に頼んで、男を家の外に突き出してもらおうと思った。辰平という雪駄屋の親爺は、年甲斐《としがい》もなく女好きで、おすみの店にも時どき油を売りにくる。そのたびにおすみや小娘のおときに、すばやく手を出して胸や腰をさわりたがるのは困りものだが、屈強な身体をしている。

おすみは道に出ると、すばやく左右を見た。東の親爺橋から西の荒布《あらめ》橋まで、俗に照り降り町と呼ばれる町筋が、ほぼ一直線に見渡せる。おすみが住む堀江町の角に一軒、まだ灯を出している履物屋があり、その先の小舟町三丁目にも明かりが見えるが、人影は見当たらなかった。

おすみは、下駄を鳴らして親爺橋の方に行ってみた。そちらは暗い。だが歩いているうちに眼が馴れて、軒下の天水桶《てんすいおけ》などがぼんやりと見えてきた。家々は戸を閉めて、ときたま糸のような光が、道に流れ出ているだけだった。

——誰も、いやしないじゃない。

河岸まで出て、首を左右に回しておぼろな道を確かめながら、おすみはそう思った。首をかしげて、おすみが引き返そうとしたとき、親爺橋の橋袂に、不意に人が立ち上がった。人影は二人で、橋から黙っておすみを見ている。黒い人影だった。おすみは、ぞっと水を浴びたような気持になった。

何気なくそこを離れると、おすみは河岸ぞいに四丁目の角を曲った。その先に思案橋が架かっている。近づくと、そこにも黒い人影がいた。一人は黙って立ち、一人は橋の上を動いていたが、おすみの足音がひびくと、橋袂まで出てきて、黙っておすみが通りすぎるのを見送った。

小舟町三丁目も、小網町《こあみちょう》一丁目の先にある荒布橋も同じことだった。立っていたのは、そこでは一人だったが、その男は遠ざかるおすみを、闇の中から執拗《しつよう》に見送っている気配がした。この分なら、町の木戸、木戸にも、人が見張っているかも知れない、という気がした。男は、入り込んだ町から脱け出せなくて、またおすみの店に戻ってきたのだ。これがありきたりの喧嘩沙汰《ざた》であるはずがない。

家に戻ると、男は店先に腰かけていて、おすみをみるとはっとしたように顔を挙げた。

「上がって待っててよかったのに」

おすみは言ったが、まだ気持が迷っていた。一刻も早く男に立ち去ってもらいたい気持と、かくまってやりたい気持が、交互におすみの心をゆさぶっている。

「あんた、本当はなにをしたんですか」

「……………」

「ただの喧嘩じゃないんでしょう？　相手を殺しでもしたんですか」

これがさっきから、おすみの考えていたことだった。そうでもなければ、あんなに大勢の男たちが町を見張っているはずがなかった。

男が顔を挙げた。疲れが顔ににじんでいる。

「それは聞かないで下さい。明日の夜まで、かくまって頂けば出て行きます」

「明日の夜？」

それまで、このひとと一緒にいるのか、と思った。男が喧嘩相手を殺したかも知れないという想像は、そんなにおそろしくはなかった。はずみだったに違いない。男の打ちのめされたような姿をみれば、それがよくわかる。人を殺してやりたいと思うことは、誰にだって一度ぐらいはないとは言えない。おすみも、一度だけだが、勝蔵を、この男殺してやろうか、と思ったことがある。勝蔵に身体を奪われたときである。縁談が決まったあとだし、文句は言えなかった。だが勝蔵の行為に、みじんもいたわりがなく、組み伏せられながら、あたしはこの男を嫌っていると思ったとき、おすみは突然そう思ったのであった。

おすみの長い沈黙は男を不安にしたようだった。顔を伏せて男は言った。

「ご迷惑は、重々承知しております。しかしほかに頼るところもありませんので……」

そこまで言って、男は初めて気づいたように顔を挙げた。

「あ、この家は、お嬢さんお一人なんですか」

「ええ」

「それは……」

男は困惑したようにおすみを見つめた。おすみは注意深く男を見たが、男は明らかに困っていた。一人住まいだから、出て行ってくれといわれれば出て行くしかない。そういう困惑と不安が男の身体ににじみ出ている。

「ほんとうは出て行ってもらいたいんですけど、でも仕方ないわね」

おすみは言って微笑した。

「乗りかかった舟ですから」

男の顔に、みるみる安堵《あんど》の表情がひろがるのを眺めながら、おすみは立ち上がった。心が決まっていた。

「おなか空いてるんじゃないかしら。なんかつくります」

「いえ、そんなご心配までして頂いては……」

「だって、明日の晩までいるんでしょ？　それまで飲まず喰わずでいるつもりですか」

その夜、さすがにおすみは眠れなかった。同じ闇の中に、人を殺したかも知れない男が寝ているということは、やはり無気味な気がした。隣の六畳に寝ている男は、ことりとも音をたてなかった。

明け方、おすみはうつらうつらと浅い眠りに引きこまれたが、男の叫び声に眼を覚まされた。男は、女の名前を呼んだようだった。薄暗い床の中で、おすみは思わず固く胸を抱いた。

三

　昼になると、おすみは店を手伝いにきているおときに小遣いを持たせて、上野に遊びにやった。そこから真直《まっす》ぐ米沢町に帰っていいというと、おときは大喜びで出て行った。

　それを確かめてから、おすみは近くまで魚を買いに走った。寝不足の眼に晩春の日射《ひざ》しがまぶしく、おすみは足もとがおぼつかなく揺れるような気がした。

「おや、おすみさん」

　見咎《みとが》めた魚屋の若い衆が、すばやく声をかけてきた。

「顔色が悪いぜ。ゆんべはコレがきて……」

　赤ら顔の若い衆は、親指を立ててがらがら声で言った。

「ひと晩眠らせなかったって寸法かね」

　おすみはどきりとした。だがすぐにそれは勝蔵のことを言っているのだとわかった。おすみは顔を赤くした。勝蔵のことは、近所の者はみな知っている。息せき切って駆けつけると、おすみ、おすみと怒鳴って戸を叩く。まるで亭主気どりだった。

　おすみがそれを我慢できるのは、世の中にそんなに大きな望みを持っていないからである。だが勝蔵が何しにくるかは、近所の者には見通しなのだ。自分も一緒に笑われているのだ、とおすみは思った。

家に戻ると、おすみは手早く魚を焼いて、四畳半の寝部屋に膳を運ぶと、男に喰わせた。暗い部屋にひっそりとひっくり返っていた男は、起き上がるとむさぼるように喰った。それを見ていると、おすみは自分が人に隠れて情人をかくまっているような、奇妙な喜びを感じた。

「ここを逃げ出したら、どうするつもりですか？」

とおすみは聞いた。男は箸をとめて、暗く光る眼でおすみを見た。

「品川に親戚《しんせき》が住んでいますから、そこに立ち寄って、なんとか江戸を出たいと思っています」

「江戸にいられないようなことをしたのね。ほんとに喧嘩だったんですか？」

男はまた手をとめておすみを見たが、はいと言った。それからいそがしそうに飯を掻きこんだ。昨夜は、男はほんの少ししか喰《た》べなかった。自分がやったことに動顚《どうてん》して、食欲を失っているように見えた。それがこうしてむさぼり喰べているのは、男がこれからどうするかの見通しを立てたせいかも知れなかった。

「暗くなるまで、おとなしくしていなさいね」

膳を下げながら、おすみはそう言った。年下の男に言うような物言いになっていた。男が自分を頼りにしているのがよくわかり、頼られるのは決して悪い気持でなかったからである。店に出て、客と応対しながら、おすみの気持は、奥にいる男から離れなかった。

暗くなると、おすみは早々に店を閉めて、また夜の食事の支度にかかった。一人だけの食事の支度は味気なく、おすみは昼の塩引き鮭《ざけ》の残りで茶漬けで済ましたりするのだが、男が喜んで喰べると思うと、支払いにも張り合いが出た。おすみは心をこめて酢のものを作ったりした。

男は茶の間に出て、ぼんやりと壁ぎわに坐っている。この家を出て行く、これからのことを考えているのかも知れなかった。あまり静かなので、おすみは料理の手を休めて茶の間をのぞいたりした。

破れるほど戸が叩かれたのは、そうしているときだった。おすみは顔色を変えた。同時に男もすばやく立って台所にきた。

「誰です」

男が鋭い口調で囁いたとき、がさつな声が、おすみ、開けてくれ、と言った。勝蔵だった。勝蔵だとわかると、おすみはもう一度顔色が変るような気がした。勝蔵は家の中に入ってくるだろう。男を見られてはならなかった。

「こっちへ来て」

おすみは男の手を取って、四畳半の寝部屋に押しこんだ。それから襷《たすき》をはずして土間に下りた。心張棒をはずすと、勝蔵はのっそり入ってきた。

「いやに早くから、心張棒をかっているじゃねえか」

勝蔵はむっつりした顔で茶の間に上がると、そう言った。勝蔵は背が低く肥《ふと》っていて、おすみとおっつかっつの背丈である。その肩の上に、顎《あご》が張った四角い顔が乗っている。眉《まゆ》が太く、口が大きかった。

おすみも決して美人ではないが、おとなしく細い眼がきれいで、口もとに愛嬌《あいきょう》があって、十人並みの容貌をしている。近所の若い者の中には、おすみと勝蔵の縁談がまとまって、勝蔵が亭主気取りで訪ねて来るようになって、はじめておすみの色気に気づいた者もいたらしかった。おすみはいまでも、時どきそういう意味のことを言われる。

だがその前には、誰もおすみの袖《そで》をひいたりする者はいなかったのである。おすみの色気は目立たない。

「ひとりで無用心だからですよ」

とおすみは言った。言いながら、どうして勝蔵を帰そうかと、胸がとどろいていた。

「お茶を飲みますか」

「うん」

と言って、勝蔵は鼻をひくひくさせた。

「いい匂《にお》いがするな」

「いま、ごちそうを作っているとこなんです」

ひやりとしながら、おすみは言ったが、勝蔵はおすみの顔色には気づかないようだった。

「祝言《しゅうげん》まで、あと半年か。おいらも早くおめえの手料理が喰いてえや」

「もう少しの辛抱ですよ」

なだめるようにおすみは言った。勝蔵はいま村松町の裏店《うらだな》に住んでいるが、近くの表店に越したがっていた。ひとり身でいるうちに働いて金を作り、引越したら職人の一人も雇って、それからおすみを迎えるという話になっている。そういう意味では、甲斐性も分別もある男だった。怠け者ではなかった。

「待ち遠しいのは、手料理ばっかりじゃねえよ」

勝蔵は、お茶を運んできたおすみの膝前にいきなり手を差しこんだ。勝蔵はそういう男だった。おすみはその手をぴしりと打った。

「だめですよ、今夜は」

「おや、どうしてだい」

「頭が痛むんです。風邪かも知れない」

「風邪なんざ、俺に抱かれりゃ、すぐなおっちまわァ」

勝蔵は、お茶道具をのせた盆を押しのけると、いきなりおすみに抱きついてきた。その間に、手はすばやく割れた膝の間にさしこまれている。おすみは身体を悪寒《おかん》が走りぬけた気がした。思わず立ち上がっていた。

釣られて勝蔵も立ち上がっていた。丸い眼が怒りを含んで、よけい丸くなっている。

「どうしたんだい。俺は怒るぜ」

「どうぞ、ご勝手に。だめって言ったでしょ？　今夜は帰ってもらいます」

「どうしたんだい、おすみ。え？」

勝蔵は猫なで声を出した。

「いつもと違うじゃねえか」

近寄ると勝蔵はぱっとおすみを抱きすくめた。そのままずるずると隣の寝間の方にひきずって行こうとする。おすみは渾身《こんしん》の力を出して暴れた。こんな姿を、あのひとに見られたら、死んでしまうしかない、と思っていた。襖《ふすま》の陰にいる男に、勝蔵とのやりとりを聞かれている、と思うだけでも、恥ずかしさで身がほてるようだった。

勝蔵に対する怒りで眼がくらむようだった。おすみは肩を抱きすくめている勝蔵の腕に嚙《か》みついた。

「いてて」

勝蔵は唸《うな》ると、おすみを畳の上に投げ出した。さすがに男の力で、おすみは畳に落ちた一瞬、ぐっと息がつまったような気がした。だがすぐにはね起きて叫んだ。

「帰ってよ。これ以上変なことをしたら、ご近所の人を呼ぶから」

「何言っていやがる。気違いめ」

勝蔵は、嚙まれた腕をさすりながらそう罵《ののし》り返したが、さすがにそれ以上は手出しをしなかった。バツ悪い顔になって言った。

「なんでえ、面白くもねえ。俺ァ帰る」

「どうぞ」

勝蔵が土間に下りたが、おすみは動かなかった。戸に手をかけてから、勝蔵はもう一度振り返った。

「おめえ、今夜はおかしいぜ。まさかいい男が出来たってえわけじゃあるめえな」

「くだらないことを言わないでくださいな」

「ま、それならいいが、やっぱり変だぜ」

首をひねりながら勝蔵が出て行くと、おすみは土間に下りてすばやく心張棒をかった。

「いいわよ、出ても」

おすみは襖を開けて、中にむかってそう言ったが、亭主に隠した情夫にそう言ったような気がした。青ざめた顔をした男が出てきた。

「すみません、お嬢さん。私のために」

「あんたのためばかりじゃないわ」

おすみは苦笑した。

「いまのはね。いずれあたしの亭主になるひとなんだけど、あまり好きじゃないの。それからお嬢さんというのはやめて。そんな女じゃないことがわかったでしょ。おすみと呼んでくださいな。もっともそんなこと言ったって、あんたは今夜出て行くひとだけど」

四

だが、男はその夜、おすみの店を出て行かなかった。出て行けなかったのだ。食事が済んで落ちついたところで、おすみは外の様子を窺《うかが》いに町に出たが、町のまわりには昨夜と同じように、影のような男たちが見張っていたのである。

さらに三日経《た》った。男は一歩も外に出られず、昼の間はおすみの寝部屋に息をひそめていた。おすみは手伝いのおときの眼を恐れたが、おときは何も気づかないようだった。おすみは、おときに買物を言いつけて外に出し、その間に男をせかして便所を使わせたりした。男は従順におすみの言うとおりにした。そういう綱渡りのような日々に、おすみはだんだんに馴れ、夜も隣の部屋に男が眠っていることを気にせずに、ぐっすり眠った。男はおとなしくかくまわれていた。おすみが羽根をあたえてやらなければ飛べない鳥のようだった。

男がきてから五日目の夕方、安五郎という男がやってきた。俺は奉行所の者だとその男は言った。青白い顔をした四十男で、十手も持っていなかったが、男は一枚の人相書を持っていておすみに示した。

おすみは思わず胸がとどろいた。簡略な筆だったが、絵は驚くほどかくまっている男に似ていた。

「新七と言ってな。人殺しだ」

と安五郎は言った。

「見かけたことはないかね」

十手は持っていなかったが、安五郎は人の胸の底までのぞきこむような、冷たい眼をしていた。

「さあ」

「五日前に、確かにこの町まで追いこんでいる。そしてここから先に逃げた様子がねえのだな。足あとがここでぷっつりと消えている。どうもこの町のどっかに隠れてるんじゃねえかと、こうして一軒一軒聞いて回ってるところだ」

「…………」

「この家は、あんたが一人で住んでいるそうだな」

「はい」

安五郎は坐っているおすみの肩越しに、家の奥を探るようにみた。

「ほんとうに見かけてねえんだな」

「知りませんよ、そんなひと。疑うんなら、上がって調べたらどうですか。これだけの家なんですから」

「いや」

安五郎はひろげていた人相書に眼を落としたが、丁寧にたたむと懐《ふところ》にしまった。それから立ち上がって言った。

「見かけたら、自身番にとどけてくんな。それから女の一人住まいは危ねえ。用心するんだな。新七に殺されたのも、一人暮らしの女だ」

「女のひとを殺したんですか、その男」

「坂新道にいちょう屋という小料理屋があってな。小料理といっても、赤提灯《あかちょうちん》に毛が生えたような店だが、そこのおかみがきれいな女で男をだますのがうまかった。新七もだまされた一人で、だいぶ店の金を注ぎこんだという噂《うわさ》だ」

「…………」

「女を殺さねえでも、どっちみちお上の裁きからのがれられる男じゃねえ」

「こわいこと」

「だから気をつけなというんだ」

安五郎は立ち上がった。背が低い男だった。立ったまま底光りする眼でおすみを見た。

「もう一度聞くが、ほんとうにこの男を見かけたことはねえんだな」

「ありませんよ」

「そうか。邪魔したな」

安五郎は、不意にあっさりそう言うと出て行った。わきの下から胸もとまで、おすみはじっとりと汗をかいていた。

いつの間にか薄暗くなっている店先に、おすみはしばらく黙って坐り続けた。かくまっているのは、れっきとした人殺しだった。すると町のまわりの橋や木戸を見張っている男たちは、最初から喧嘩相手などでなく、奉行所の手先の者たちだったのだろう。

そう思ったが、不思議なほど恐怖心は湧いて来なかった。行きどころなくこの家に閉じこめられている若者に、憐《あわ》れみが募るようだった。品川に親戚《しんせき》があると言っていたが、人を殺した若者を、その家がかくまうとは思われなかった。

土間に下りて戸を閉め、茶の間に入ると、そこに新七が坐っていた。

「あの男が言ったとおりです」

おすみを見上げて、新七が言った。

「私は人を殺して逃げてきたんです。嘘をついてすみませんでした」

「…………」

「自身番に突き出しますか。私はもう、どちらでもいいのです。はじめは逃げることばかり考えていましたが、逃げ切れるわけがないという気もしてきました」

「どういうひとだったんですか。あんたに殺されたというひと」

「…………」

「年は幾つだったんですか」

「二十六」

「あんたは？」

「二十二です」

「ばかだねえ、あんたも」

とおすみは言った。二十六の女の手練手管に、この一本気そうな若者が太刀打ち出来るわけはない、と思った。

「きれいな人かは知らないけど、ほかにも男をだましていたらしいじゃないの、そのひと」

「たちが悪い女だということは、前から解《わか》ってたんです。それでも、いつの間にかひどいことになってしまった」

新七は茫然《ぼうぜん》とした口調で言った。

多町一丁目の天満《てんま》屋という味噌《みそ》問屋で、新七は手代をしていた。いちょう屋には、同じ店に勤めている弥吉という男に誘われて行ったのである。いちょう屋のおかみお鳥の評判は、前から弥吉に聞いていた。めったにないほどきれいな女だが、あれは毒蜘蛛《どくぐも》です。男から血を吸って生きている女ですな、と弥吉は言っていた。

弥吉に誘われたとき、新七にはお鳥という女に対する好奇心があった。吉原や岡場所で多少は遊んでいたし、女を見る目も少しはあるつもりだった。海千山千の女をひと目見るつもりで行ったのである。だがその夜から、新七はお鳥の虜《とりこ》になってしまった。お鳥はせいぜい二十前後にしかみえず、時には可憐《かれん》にさえみえた。新七は通いつめ、身体のかかわりが出来ると集金してくる店の金に手をつけた。盲目になっていた。そういう自分に気がついたのは、もう逃げ出すしかないほど店の金を使いこんでしまったあとだった。長い間の奉公の辛苦が水の泡《あわ》になっただけでなく、先の人生もそこで絶たれていた。そうしたのが一人の女だということは明らかだった。

お鳥をたずねて、一緒に逃げてくれと頼んだとき、新七は本当の意味ではまだ眼がさめていなかったと言ってよい。世を忍んで、女と一緒に生きる道が、まだあるような気がしていたのである。だがお鳥は、新七の頼みを鼻の先で嘲《あざけ》り笑った。

昨日までのお鳥とは、別の女と話しているような気が新七はした。口汚く新七を嘲り罵るお鳥は三十女の顔になっていた。醜かった。新七がお鳥を刺したのは、吸い上げられた金のためではなく、その醜さを見せつけられたせいかも知れなかった。一生を棒に振ったのが、そんな醜いもののためだったことを、信じたくなかったのだ。

「あたしが逃がしてあげる」

新七の話がすむと、おすみは闇《やみ》の中にぼんやり見える男ににじり寄って、首を抱いた。

「かわいそうに。そんな悪い女のために、あんたが捕まって死ぬことはないわ」

おすみは男の顔を胸に押しつけた。おすみのするままになりながら、新七は悲痛な泣き声を洩《も》らした。男の泣き声がおすみの胸をかき立てた。墜《お》ちこんだ暗く深い穴の底で、男はいままで一人ぼっちだったのだ。

「心配することはないわ。あたしにまかせて」

おすみは男を抱きしめながら、上の空で言った。

夜明け方。おすみは寝間に入ってきた男と、身体を重ねたような気がした。男は勝蔵とは違って、限りないやさしさでおすみを包みこみ、そのやさしさにおすみは乱れ、幾度も声をあげたが、無性に眠く眼が開けられなかった。

朝の光が、ほの暗い寝部屋に漂ったとき、おすみは眼ざめて床のわきに男を探した。だが新七の姿はなかった。そこに男がいたのが、夢ともうつつともわからなかった。ただ四肢に、まだ気だるい歓びが残っていた。

五

親爺橋が見えるところまで行って、おすみは橋の方を透かしてみた。空は薄く曇り、霧のように細かな雨が降っているが、漸く月がのぼったらしく、あたりはぼんやりと物の形がみえる。考えたとおり、橋の上には人影がなかった。見張りは昨日から解けている。奉行所は、漸く執拗な追及を諦《あきら》めたのだ。だがおすみは、新七にまだそのことを言っていなかった。

――今夜は言わなければならない。

とおすみは思った。だが言えば、新七というあの若者が、今夜家を出て行くのだ、と思うと、気持が無性に淋《さび》しく落ちこんで行くようだった。さしている傘が静かに濡《ぬ》れて、道も湿っていたが、雨はそれ以上強くなる様子はなく、寒くもなかった。

うつむいておすみは店に戻った。小さく戸を叩いたが、戸の向うに人の気配はなかった。試みに戸を引いてみると、するすると開いた。

「あれほど言ってあるのに」

おすみは呟《つぶや》いた。おすみは外に出るとき、あとで必ず内側から心張棒をかうように、と言っている。ちょっとの間に、この前のように勝蔵が飛びこんで来たりしないものでもない。用心するに越したことはないのだ。

「あら」

茶の間に入ると、新七がいなかった。おすみは、急に胸が波立つのを感じた。いそいで隣の部屋をのぞき、台所をのぞいた。予感は適中して、どこにも新七の姿は見えなかった。行燈の灯だけが明るくともっている茶の間に戻ると、おすみはぺたりとそこに坐りこんだ。

――行ってしまったんだわ。

礼も言わずに、とは思わなかった。ただ、あっけない気がした。あんなに一所懸命食事をつくったり、おときの眼を盗んで洗い物を干してやったりしたのに、男はやはりここを出て行くことだけを考えていたのだ、と思った。むろん、人を殺した男を、そういつまでもかくまい続けることが出来ると考えていたわけではない。だが、こうした暮らしがもう少し続くと考えていたことも事実だった。

だが男を咎《とが》めることは出来ない、と思った。男に頼られたのもはじめてで、男に尽くしたのもはじめてだった。そういう日が突然にやってきて、おすみはそのことに心を満たされていたのだ。それが終って、また一人になったというだけにすぎなかった。

前触れもなく、そろそろと戸が開いて、やがて開いた隙間《すきま》から、するりと新七が入ってきた。髪が雨に濡れて光り、緊張した顔になっている。

「どこに行ってたんですか。雨の中を」

おすみはもの憂《う》げに男を咎めた。

「町の中をうろうろしたら危ないでしょう?」

「橋まで行ってきました」

新七はおすみの前に膝を揃《そろ》えて坐ると、光る眼でおすみを見た。

「見張りはもういなかった」

「そうみたいね」

「いつからです? 今夜からじゃないでしょう?」

「ゆうべからよ」

おすみは小声で言った。新七に罵られるかと思ったが、男は黙ってうなずいただけだった。

「そうですか。ゆうべからですか。じゃ奴《やつ》ら、諦めたんだ」

「…………」

「ひょっとしたら、うまく逃げられるかも知れない」

男の顔にも、身体にもいきいきとした気配がにじみ出てくるのを、おすみは少し物悲しいような気分で眺めた。

「戻って来なくともよかったのに」

え？　と眼をみはった男に、おすみはほほえみかけた。

「逃げようと思えば、そのまま逃げられたんでしょう？」

「そんなことは出来ません。あんたに黙って逃げられるわけはありません」

新七は几帳面《きちょうめん》に頭を下げた。

「ご厄介になりました。忘れません」

「いいのよ。そんな礼は。それで、やっぱり品川の親戚に行くの？」

「そのつもりです」

「気をつけて。そっちの方にも手が回ってるかも知れないのだから」

「用心します」

「そこまで、送って行くわ。一人で行くより目立たないと思うから」

立ち上がった男に、おすみはちょっと待ってと言い、簞笥《たんす》の小抽出《こひきだ》しから財布を出し、二分だけ紙に包んで渡した。

「自分のお金がないものだから」

「すみません。ご心配かけます」

新七はすなおに受け取った。

外に出ると、まだ霧のように細かい雨が降っていた。だが雲は薄く、ところどころに月明かりがにじんで、道は人の顔がわかるほどほのかに明るかった。

「こっちから行きましょう」

おすみは横丁を横切ると、向かい側の四丁目と小網町一丁目の境の細い路地に入った。路地は細かく入り組んで、ひっそりしていた。新七の忍びやかな足音が、後に続いている。路地を抜け出たところが思案橋だった。橋が黒く濡れているのがみえる。

「おい、俺の女をどこへ連れて行く気だ」

二人が橋にたどりついたとき、いきなり後から喚《わめ》き声が起こった。ぎょっとして振り向いた二人に近づいてきたのは勝蔵だった。勝蔵は頰かむりをとると、手拭《てぬぐ》いを握った手で真直ぐ新七をさした。

「おめえ、いちょう屋のおかみを殺した奴だろう。そいつがこの町に隠れているというのは、もっぱらの評判なんだ」

「…………」

「おすみ。おめえとんでもねえ男をかくまったもんだな。俺にはわかってたんだ。この前行ったときに、おめえの様子がただごとじゃなかったからな。こいつはなんだ、と俺は考えたよ。それからちょいちょいおめえの家を見張っていたのは知らなかったろうが。ざまあみろ、とうとうしっぽを出しやがった」

「…………」

「入りこんでいるのは、ただの鼠《ねずみ》じゃあるまいと睨《にら》んだ、俺の勘があたったな。よし、そこにじっとしてろ。いま、人を呼んでくら」

「やめて！」

おすみが悲鳴をあげたとき、新七が傘を捨てて、猛然と勝蔵に走り寄った。二人の男は、唸り声をあげながら組み合い、地面に倒れて転げまわった。一度は組み合ったまま、掘割のそばまで転がって行って、おすみはまた声を立てたが、二人は不思議に落ちもしないで、また道の中ほどまで戻った。長い組み合いが続き、男たちは獣じみた怒号と唸り声を洩らしながら、相手を倒そうとしていた。

やがて動きが止まり、一人がよろよろと立ち上がった。もう一人は濡れた地面に長々とのびたままだった。片足をひきずりながら、橋に近づいてきたのは新七だった。

「殺したの？」

おすみは顫《ふる》えながら言った。

「いや」

新七は首を振った。頬骨のあたりから血が垂れて、凄惨《せいさん》な表情になっていた。

「気を失っているだけです。私はやたらに人を殺したりしません」

新七は傘を拾って、おすみに向き直った。

「お世話になりました。ご恩は決して忘れません」

「気をつけて」

果して逃げ切れるだろうか、とおすみは思った。男がもう一度頭をさげて遠ざかって行くのをおすみは見送った。

すると、橋の途中まで歩いた新七が、振り向いて足早に戻ってきた。

「おすみさん」

新七はそばによると、傘をすぼめて欄干に立てかけ、いきなりおすみを抱きすくめた。おすみが、思わず息をつめたほど、強い力だった。

「もっと早く、あんたのような人に、会っていればよかった。そうじゃなかったから、こんな馬鹿《ばか》なことになってしまった」

新七は声を呑《の》みこんだ。しばらく黙っておすみを抱いていたが、囁くような低い声で続けた。

「逃げきれるとは考えていません。ただ品川の親戚の家に、年とった母親を預けてあります。ひと眼会ったら、私は自首して出ます」

「逃げて」

おすみはぼんやりした口調で言った。

「そんなこと言わないで逃げて。あたしも一緒に行く」

「そんなこと言っちゃいけません」

新七はおすみを抱いていた力をゆるめると、肩をつかんで顔をのぞきこみ、微笑した。

「ありがとう。そう言ってもらっただけで十分です。あんたを忘れません」

新七は二、三歩離れると、不意に身をひるがえして橋の上を走り去った。

「傘を」

おすみは叫んだが、新七は振りかえらなかった。姿はすでに対岸の小網町二丁目の家混みに紛れた。

――行ってしまった。

新七が残して行った傘を拾いあげ、橋を戻りながら、おすみはそう思った。激しく燃え立った気持が、少しずつ物悲しい色を帯びて湿って行くようだった。新七が言うとおりだった。この橋を渡ってはならなかったのだ。

晩《おそ》い時期に、不意に訪れた恋だったが、はじめから実るあてのない恋だったのだ。それがいま終ったのだった。そして仄暗《ほのぐら》い地面に、まぐろのように横たわって気を失っている勝蔵を、助け起こして家に帰れば、また前のような日々がはじまるのだ。

切れ目なく降り続ける細かい雨が心にしみた。

――小ぬか雨というんだわ。

橋を降りて、ふと空を見上げながら、おすみはそう思った。新七という若者と別れた夜、そういう雨が降っていたことを忘れまいと思った。

思い違い

一

両国橋にかかると、源作は落ちつきなく、東から橋を渡ってくる人間を見わける顔になった。きょろきょろとみる。

時刻は六ツ半(午前七時)に近く、橋の上は朝が早い職人の姿は少なくなって、通いのお店《たな》者《もの》、天秤棒《てんびんぼう》をになって、仕入れにいそぐ担《にな》い売りの商人などの姿が多くなっている。人は東にも西にも流れている。その中にちらほらと女の姿もまじっている。

源作が眼で探しているのは、一人の女だった。いつもこの時刻に橋の上で擦れ違う。むろんまだ話したことがないので、名前も年も知らないが、年は十八、九と見当がつく若い女で、少し愁《うれ》い顔をしている。愁い顔が、きれいな女だった。橋の上で顔をあわせるようになってから、三月《みつき》ほど経《た》っている。朝と夕方と、一日に二度会う。何をしている女なのかも知らない。川向うに家があって、両国広小路界隈《かいわい》か神田の辺に、通い勤めしている娘だろうと、源作はみている。

ここ三日間、源作は女に会っていなかった。病気かも知れない、と源作は思っていた。か細い身体《からだ》つきと、青白い顔色が、そういう推察を誘う。それで気になっていた。むろん、源作がそんな心配をしているとは、女は知るわけもない。こちらがひとりで心配しているだけだった。

女は擦れ違っても、ろくに源作をみることはない。たまに顔をあげて、ちらとこちらを見ることがあっても、それは源作があまり熱心に顔をみるので、思わず気を惹《ひ》かれてこちらをみるというふうだった。女との間柄はそれだけのものに過ぎない。

——来た！

橋を三分の二ほど過ぎたとき、源作は心の中で喚《わめ》き声をあげるようにしてそう思った。胸が躍った。

女は、少し急ぎ足に橋を渡ってくる。いつものように顔を少し伏せて、足もとを見つめるようにしてやってくる。前後に人がいる。源作は息がつまった。

間合いが一間ほどになったとき、女は不意に顔をあげた。そしてちらと源作を見た。それだけだった。女は擦れ違って行った。源作を見た眼に、いつものように訝《いぶか》しげないろがちょっと浮かんだだけである。

だが、それだけで源作は満足していた。二、三日の胸のつかえがおりて、すっきりした気分になっている。こちらを見た女の視線が、いつもより長かったように思い、確かにそうだったと心の中でうなずくと、気分はますます弾んでいくようだった。源作は足どりも軽く橋を渡った。

その気分は、八名川町《やながわちょう》の勤め先、指物師豊治の店の仕事場に入ってからもおさまらず、目ざといほかの職人に冷やかされた。

「よう、源さんよ」

と、兄弟子の兼蔵が言った。

「なにか、いいことがあったらしいな。朝っぱらから、笑いを隠しているという面ァしてるじゃないか」

「ひょっとしたら、いい女でも出来たんじゃねえのかい。それだったら、こりゃ笑いがとまらねえはずだよ」

少し毒のある言い方でからかったのは、相弟子の友五郎だった。友五郎は、源作より二年あとに弟子に入った男だが、日ごろ自分の男っぷりを鼻にかけ、醜男《ぶおとこ》の源作を馬鹿にした口をきく。そして源作が、女にもててもてて仕方がないという友五郎に、気圧《けお》されていることも事実だった。

「だが、気をつけたほうがいいぜ、兄貴」

時どき人に隠れて手慰みもしてる、と自分から言う友五郎は、やくざっぽい口調でつづけた。

「俺みてえによ。掻《か》きわけて通るほど女に近づきがあると、いい女悪い女なんてのはひと眼みりゃわかるけどよ。兄貴はウブだからそうはいかねえだろ。あわてて、へんな玉ァ摑《つか》まねえほうがいいぜ」

兼蔵も、まだ十六の仙吉も笑った。

「そんなんじゃねえよ」

源作はひとこと言い返しただけで、むっつりと仕事にかかった。いまかかっている茶簞笥《ちゃだんす》は、隣の六間堀《ろっけんぼり》町の紙問屋岩代屋の注文で、大事な仕事だった。親方の豊治が、その仕事を源作にまかせたのは、それだけ源作の腕を見込んでいるということだった。

兄弟子の兼蔵や、友五郎が女のことを言い出して、底意があるような口を利《き》くのも、そういうことが絡《から》んでいるかも知れなかった。兼蔵も、源作も、年季奉公を終った職人だが、源作が、どちらかといえば豊治に望まれて残っているのにくらべ、兼蔵はひとり立ちも出来ず、ほかに行くところもないので、店に残してもらっているという事情がある。

――そんなんじゃねえや。

鑿《のみ》を使いながら、源作はともすると考えが橋の上で会う女にむかうのを感じた。まったく連中がいうようなことであるわけはないのだ。あの女との間に、なにか繫《つな》がりが出来るなどということは、あり得ないと源作は思っている。

源作は二十三になる今日まで、女と親しくしたという記憶は一度もない。顔のせいだと思っている。太い眉《まゆ》をし、眼も口も大きい源作の顔は、ひと口にいってこわい顔なのだ。身体も大きい。源作も若い男だから、兼蔵に誘われて岡《おか》場所に行ったりもしたが、そういうとき、源作をみる女たちの顔に、共通して浮かぶのは二の足を踏む、といった表情だった。その表情をみただけで、源作の気持は萎縮《いしゅく》してしまう。

もっとも、そうだから源作は橋の上で会う女に、ひそかに好意を持ち続けられるのだとも言えた。そういう気持を持ったまま、擦れ違うだけで、何も話しかけたりするわけではない。それだけのことを、源作は一日でも長く続けばいいいと思っているだけである。

「源さんよ」

兼蔵がにやにやしながら、何か言おうとしたとき、母屋《おもや》の方で不意に女の泣き声がした。仕事場の者は一斉に耳をそばだて、それから顔を見合わせた。泣き声が、豊治の一人娘おきくのものだとわかったからである。

おきくは十八になったばかりだが、遊び好きな娘で、よく外を出歩いているようだった。三味線を習いに行ったころの友だちだという、隣町の六間堀町の炭屋の娘が遊び友だちで、その娘が呼びにきて、二人で連れ立って出て行くことがよくある。

それはいいが、時どき夜遅く帰って、しかもあるとき酒の香がしていたのを親に見つかってから、家の中の空気が険悪になった。一人娘で我《わが》まま一杯に育ってきたおきくは、いまになって豊治夫婦が頭から押さえつけようとしても、なかなか言うことを聞こうとしないらしかった。それで家の中が時どき揉《も》める。近頃は親方の豊治が、娘に手を上げる。

いまも、奥でそういう揉めごとがはじまっているようだった。娘の泣き声と、豊治の怒った声が聞こえる。

「また、はじまったぜ」

友五郎が、首をすくめるようにして言った。

「ゆうべも遅かったのかい？」

「五ツ（午後八時）ごろですよ」

と仙吉が答えた。仙吉は住み込みである。

「おきくちゃんも、いつの間にか年頃になったからな。そんなに遅くなるところをみると、男がいるかも知れねえな」

友五郎は好色そうな笑いを洩《も》らした。

「男が欲しかったんなら、俺がお相手してやってもよかったのによ」

友五郎がそう言ったとき、荒あらしい足音をたてて、親方の豊治が仕事場にやってくる気配がした。友五郎は、首をすくめて仕事に戻った。

二

源作が、思いがけなく橋で会う女と言葉をかわすようになったのは、女が絡んだちょっとした揉めごとに巻きこまれてからである。

その日、源作は帰りが少し遅れた。岩代屋の注文の茶簞笥が出来上がり、塗りの職人に引き渡す日だったが、午過《ひるす》ぎにくると言った塗り職人が来たのは、こちらが仕事を仕舞って四半刻《しはんとき》（三十分）もした頃だった。

がらんとした仕事場で、源作はいらいらしながら塗り職人を待ち、来ると、あわただしく塗りに注文をつけた。そうして外に出たときは、もう六ツ半（午後七時）近かった。

――今日は会えなかったな。

落胆しながら、源作は御船蔵の川端に出、両国橋の方にむかった。今日はあの女に会えなかった、と思うと断わりもなしに遅くなった塗り職人が恨めしくなるようだった。

源作はあたけから石置場の方に歩いて行った。そのあたりには道端に葭簀《よしず》張りの水茶屋が出ていて、日が落ちるまでのひとときを、そのあたりまで涼みに出たひとで賑《にぎ》わっていた。茶屋は居つきではなく、日が落ちると簀を巻いて、店の者は家に帰ってしまう。

源作が女に気づいたのは、一ツ目橋の手前まで来たときだった。水茶屋の後の空地に人が三人立っている。男二人と女一人だった。その女が、橋の上で会う女だったのである。

あたりは薄暗くなっていて、大川から続いている竪川《たてかわ》の水が、夕空を映して光っているが、人の顔は近くに寄らないとはっきりわからないほどだった。

それでも源作は、空地にいるのが、あの女だとすぐにわかったのである。男二人は、女に何か言い、袖《そで》をひいてどこかへ連れて行こうとしているように見えた。腰をひいて、女がそれを拒んでいる。

源作は、夢中で空地に踏みこんでいた。家に帰る女を、町のごろつきがそんな場所に引き入れて、無理なことを言いかけていると思った。源作は気が弱く、これまで人と腕ずくで争ったりしたことはない。だがいまはそんなことを忘れていた。

源作が踏み込んできた気配に、三人は一斉に源作を見た。

「あ」

女は源作を見ると、救われたように声をあげた。そして駆け寄ろうとしたようである。その腕を一人が押さえ、もう一人が源作に近ぢかと身体を寄せてきた。

「なにか用ですかね、兄さん」

とその男が言った。三十過ぎの細身だが眼つきの鋭い男である。変に丁寧な言葉づかいだった。

源作は黙って男を睨《にら》んだ。頭に血がのぼり、身体中をどくどくと血が駆けまわっていた。足が顫《ふる》えそうになる。その足を踏みしめるようにして、源作は男を睨みつけていた。声が出ない。

「何か用かと聞いているんですがね」

男は訝しそうにまた言った。源作は漸《よう》や く言った。

「そのひとは、私の知ってるひとだ」

「知ってる?」

「変なことは、やめてもらいましょう」

男は意外そうな顔になって、しげしげと源作の大きな身体を眺め回した。それから女の腕を押さえている、背が低く肥った男にむかって、ぞんざいな口調で言った。

「知り合いだとよ。どうするね?」

「どういう知り合いなんだ?」

「そんなこと、知るもんけえ」

男はすっかり乱暴な口調になっていた。

「どうする？」

後の男も、じっと源作を眺めているようだったが、やがて女から手を離した。そして細身の男に、行こうと声をかけると、先に立って空地を出て行った。

男たちは意外にあっさり引き揚げて行ったが、源作はそのあとかえって恐怖が募ってきたようだった。足の顫えがとまらなかった。

「ありがとうございました」

近寄ってきた女が言った。源作はわれに返って女を見た。薄闇《うすやみ》の中に、女の顔が浮かんでいる。夕顔の花のように白い顔だった。二つの眸《ひとみ》が澄んで、源作を見つめている。

源作は黙って女を見つめた。男たちとむき合った恐怖が去ったあとに、思いがけなく女と二人残された狼狽《ろうばい》が源作を包んでいる。すっかりうろたえて、何を言ったらいいかわからなかった。

「ご恩は忘れません」

と言って、女は頭をさげた。

「ご恩なんて……」

源作はやっと言った。いよいようろたえていた。

「家は、この近所ですかい」

「ええ」

「このへんは、物騒だから気をつけた方がいいですよ」

「はい。気をつけます」

「あれは、知ってる連中ですかい」

女は黙って首を振った。それで話の継ぎ穂がなくなったようだった。

源作は先に立って空地を出た。うしろに女の小さな足音が続いた。道に出ると、水茶屋の者たちが簣を巻いたり、腰掛けを積み重ねたりしているところだった。店のうしろであった揉めごとには気づかなかった様子だった。

女がもう一度頭をさげ、源作と女は右と左に別れた。あっけない気がした。一ツ目橋の上から振りむくと、女が弁天社門前の方にちょうど曲るところだった。黒い後姿が、漸くそれと見わけられただけである。

両国橋を渡りながら、源作は押さえようもなく気持が弾んでくるのを感じた。薄闇の中に浮かんでいた女の顔が眼に焼きついている。澄んだおとなしそうな声音も耳に残っていた。

——しまったな。

突然源作は立ちどまった。後からきた男がぶつかりそうになり、気をつけろいと言って通り過ぎた。気短そうな親爺《おやじ》だった。橋の上には、まだかなりの人通りがある。

源作は橋の欄干に身体を寄せて、下を見おろした。暗い川の上を、もう灯をともした舟がゆっくり滑って行く。

「しまったな」

源作はもう一度小さく声に出して言ってみた。女の名前と住所を聞くんだった、と思ったのである。だが、それはいまになったからそう思うので、さっきはあれだけの言葉をかわすのに精いっぱいだったのだ。

だが、そのうち名前ぐらい聞き出せるかも知れない、と源作は思った。女とは顔なじみになったのだ。空地に踏みこんで行ったとき、女が自分に駆け寄ろうとしたのを、源作は思い出していた。女は源作の顔をおぼえていたのである。それに今夜のようなことがあってみれば、そのうち名前を教え合ったりする日が来ないものでもない。

源作は浮き浮きと橋を渡った。源作は神田川に近い福井町三丁目の裏店《うらだな》に住んでいる。年季奉公が終ったとき、その家を借りた。裏店の路地の突きあたりが荘内《しょうない》藩下屋敷の塀《へい》になっている。

人気のない路地を木戸近くまで来たとき、不意に後から声をかけられた。振りむいた源作は、暗闇の中に立っている男二人を見てぞっとした。暗くて顔は見えなかったが、身体つきでさっき石置場で会った男たちだとわかったのである。男たちが、後をつけてきたことは明らかだった。

「おめえ、このへんに住んでるのかい」

細身の男が、近づいてきてそう言った。その言葉で、男たちは源作の家を確かめるつもりというより、あたりに人気のない場所までつけてきたのだという気がした。果して男は無雑作に近づいてきた。

「俺たちがやることに、よけいな首突っこむんじゃねえぜ。このお節介やろう」

いきなり腹を殴られた。もう一人の小肥りの男が敏捷《びんしょう》に足をあげて脇腹《わき》を蹴《け》ってきた。源作は、ひとたまりもなく地面に転がった。その上にかわるがわる男たちの足蹴りが飛んだ。源作は身体をまるめて、ただ呻《うめ》きつづけている。

「なんでい。でけえなりしているくせに、いくじがねえ男だな」

嘲《あざけ》りを残して、男たちが遠ざかって行くのを、源作は地面にのびたまま、聞いていた。全身が痛くて動けなかった。顔も蹴られたらしく、手をやるとぬるりと鼻血に濡れた。

三

「源作、そこを仕舞ったら、ちょっとこっちへ来てくれ」

仕事場をのぞいた親方の豊治がそう言った。珍しいことだった。親方が戻って行くと、友五郎が冷やかした。

「なんかいいことだろうぜ、兄貴。頂きもんでもあったら、こっちにも分けてもらいたいものだ」

「なに、仕事の相談さ。親方は源作が気に入りだから」

と兼蔵が言った。兼蔵の声音にはうらやましげなひびきがあるようだった。

仕事を仕舞って道具を片づけると、源作は住居の方に行った。住居の座敷に通されるのは、正月ぐらいのものである。豊治は祖父の代からの指物師で、いまの家は先代が建てたということだった。座敷に通されると、簾《すだれ》のむこうに庭が白っぽく暮れかけていた。

豊治の女房が、膳《ぜん》を運んできて、ついでに行燈《あんどん》に灯を入れた。

「今夜は、ゆっくりしなさいよ」

女房はにっと笑ったが、源作は恐縮したばかりで、意味をつかみかねた。それがわかったのは、豊治とさしむかいで酒を飲んだあとだった。

「じつはほかでもねえが……」

豊治はふだんのこわい顔を、どこかに置き忘れてきたようなにこにこ顔で言った。

「おきくのことなんだが」

「へい」

「ああして遊ばせておくとろくなことにならねえ。考えてみると、あいつももう年ごろだから、このあたりで婿《むこ》を探さなきゃと思ってな」

「…………」

婿の心当たりでもたずねるつもりかと思ったとき、豊治が言った。

「おめえ、おきくは嫌いか」

源作は仰天して豊治を見た。そういうことを考えたことはなかった。豊治は信用のある指物師で、八名川町、六間堀町の町家だけでなく、このあたりに多い御家人屋敷にも出入りし、そのつてで大身の旗本の屋敷の仕事を請負ったりする。暮らしは裕福だった。

おきくはその一人娘として、我ままに育ち、三味線だ、踊りだと小さい頃から稽古《けいこ》ごとも仕付けられてきている。顔も十人並み以上のかわいい顔をしていた。源作とは住む世界が違う。婿をもらうにしても、いずれ同業のしかるべき家から、修業を積んだ次男坊でももらうに違いないと考えていたのである。

「親方、それはちょっと……」

源作は狼狽して言った。うろたえた気持の底を、おきくとは違う一人の女の姿がちらりとかすめた。

「どうしたね。この話は気にいらねえかい」

「とんでもありません。もったいない話だと思いますが、しかし……」

「おめえの腕は、自分で気づいているかどうか知らねえが、大したもんだぜ。時どき俺も出来ねえような細工をみせて、こっちがびっくりすることもあら。俺の跡つぎとして不足はねえよ」

「しかし……」

「待て待て。おきくのことだろう。この話はむろんおきくも承知だ。どうだい？　うんと言っちゃくれめえか」

源作は茫然《ぼうぜん》として豊治の顔を見つめた。顔を合わせて、こちらが挨拶《あいさつ》しても、気にいらなければ返事もしないあのおきくが、この縁談を承知したというのか。源作は信じられない気がした。

少し考えさせてくれと言って、源作は親方の家を出た。源作がそう言うと、豊治は不満そうな顔色だったが、ま、親に相談もあるだろうし、なるたけ早い返事を聞かせてくれればいい、と言った。

源作は六間堀の河岸に出、河岸伝いに竪川の方にむかった。松井町を回って帰るつもりだった。松井町は、おゆうがそこに住んでいると言った町である。おゆうというのが、橋の上で会う女の名前だった。だが、源作はもう半月もおゆうに会っていなかった。

福井町の裏店の近くで、得体の知れない男たちに袋叩《ふくろだた》きに会ったあと、源作は二日仕事を休んだ。身体中が腫《は》れあがったように痛んで、熱が出て、仕事どころでなく家で寝ていたのである。

三日目に、漸く仕事に出た。まだ顔半分の腫れがひかなかったが、やりかけた仕事もあり、そう断わりなしに休むことも出来なかったのである。

その日は少し早めに家を出た。みっともない顔を女に見られたくなかった。ところが間の悪いことに、女はその日早出だったのか、源作が橋を渡って一ツ目橋まで行ったとき、橋の手前でばったり顔をあわせてしまったのだった。

女はむこうから声をかけてきた。顔をどうしたか、としきりに聞いたが、源作は答えなかった。言えば女が気にするだろうし、そういう気の使われ方をして、女と親しくなるというのは男としていさぎよくない気がしたのである。その日、二人はそこの橋袂でしばらく話をした。

おゆうという名前と、住居は、女がそのとき自分から教えたのである。おゆうは両国の村松町にある鶴亀《つるかめ》というそば屋で働いているとも言った。源作は八名川町の豊治で働いている指物職人だと名乗った。源作は、この前はじめて口をきいた時よりも落ちついて話すことが出来た。おゆうが、女たちが自分をみるとき顔にあらわす、二の足を踏むような表情を見せなかったからである。

それだけでなかった。おゆうは源作が気にして、そろそろ行った方がよくはないかと言ったのに、構わないと言い、自分から源作の仕事のことなどを聞いたりしたのである。源作は考え考え返事をした。別れたあと、女の人とこんなに長い間話したのは、はじめてだな、と思ったぐらいである。有頂天になっていた。

だが源作が有頂天でいられたのは、そのあと三日ばかりだった。おゆうはばったりと姿を見せなくなったのである。

五日ほど前、源作は親方に半日ほどひまをもらい、村松町の鶴亀というそば屋をたずねてみた。おゆうは病気に違いないと思い、そのそば屋で、松井町にあるというおゆうの家の場所を聞き出して、行ってみるつもりだった。そこまでするだけの繋がりがあるのかと、ひるむ気持がないわけでもなかったが、それよりも心配の方が先立った。

ところが、鶴亀というそば屋は確かにあったが、そこではおゆうを知らなかったのである。名前を言い、年恰好《かっこう》も、深川の松井町に住んでいるはずだとも言ってみたが、そば屋の主人は首をかしげるだけだった。

狐《きつね》につままれた感じで、源作はそば屋を出た。源作は松井町に行ってみた。だがそのときには半ばあきらめていた。おゆうは勤め先のことで嘘《うそ》を教えたのだから、住居の方も本当かどうか知れたものでないという気がしたのである。果してそうだった。源作はかなり丹念に松井町の中を聞き回ったが、おゆうを見つけ出すことは出来なかったのである。

おゆうという名前だけが残った。名まで偽ったとは思えなかった。それにおゆうという名前は、姿を消した女によく似合っていたのである。

しかしおゆうはなぜ、嘘の住居や勤め先を教えたりしたのだろうかと思った。その疑問を持ったまま、源作はここ五日ほど暗い気分で過ごした。それほどいなくなった女に惹《ひ》かれていた。

おきくとの縁談のことで、親方の豊治は、親に相談もいるだろうしと言ったが、源作はそう考えて返事を渋ったわけではなかった。川越《かわごえ》の在に親はいるが、もう何年も家には帰っていなかった。源作は源作なりに、江戸の水に染まって、親からは遠ざかった気持で暮らしていた。兄夫婦が親の面倒をみているという責任のなさもある。

ただ親方に返事するには、おゆうに対するこだわりが深すぎた。おゆうともう一度会いたかった。会って、思い切って気持を確かめてみたい、と源作の気持はそこまでふくれ上がる。

源作は、夜の松井町をゆっくり通りすぎた。そこに住んでいるとおゆうが言った町である。だが、この町と堀の向うの二丁目まで丹念に聞いて回ったが、おゆうの所在は摑めなかったのである。

暑い盛りを過ぎた町は、ほとんど戸を閉め切っていて、歩いて行く間、三人ほど提灯《ちょうちん》を持った男たちと擦れ違っただけだった。ただ伏玉《ふせだま》と呼ぶ娼婦《しょうふ》を置く女郎屋があるあたりに、かすかに人のざわめきが聞こえた。

おきくとの縁談は、ことわりにくいかも知れない、と源作は思った。そう思ったが気持は少しも弾まなかった。おゆうのことがあるだけでなく、源作には、この縁談が不釣合いだという気持を拭えないのであった。

四

店を出たのは、いつものとおり暮六ツ（午後六時）だった。そして武家屋敷の間を真直《まっす》ぐ西に歩き、御船蔵手代屋敷の近くまできたとき、突きあたりの御船蔵の屋根の間に日が落ちるところだった。

真赤な日が、御船蔵の建物を影のように黒くしているのが、道の正面に見えた。景色が秋めいてきたと思ったら、たちまち日の暮れるのが早くなったようだった。

町を川端に抜けようとしたとき、うしろから名を呼ばれた。女の声だった。振りむくとおきくだった。

「話があるから、途中で呼びとめようと思ったら、足が早くて」

そう言っておきくは笑った。息を切らしている。

「すみませんでした、お嬢さん」

源作は謝った。だがおきくは手を振った。下町娘らしく飾らない身ぶりだった。

「謝らなくたっていいわ。あたしが勝手に追っかけて来たんですから」

「なにか、ご用でしたか」

「相変らず固苦しいのね、源作は」

おきくはちらりと流し目をくれた。おきくは、瓜実顔《うりざねがお》の頬が肉づき、かがやくような肌の色をしている。女が一番美しくみえる時期にさしかかっているようだった。まぶしい思いで、源作は眼を伏せた。

「おとっつぁんに、返事したそうね。あたしと一緒になってもいいって」

だしぬけにおきくが言った。へい、と口籠《くちごも》りながら、源作は話というのはやっぱりそのことかと思った。

二日前に、源作は親方の豊治にそういう返事をしている。何度か催促されて、もうこれ以上はのばせないところにきていた。しまいには豊治に、この縁組に不足があるのかと、険しい顔で問いつめられたからである。返事をのばしたところで、おゆうが見つかるあてがあるわけではなかった。源作の胸には、少しずつそのあきらめが芽生えてもいた。

それで承諾の返事をしたのだが、言ったとたんに、この縁組がおきくの本意であるはずがないという気持が、胸をしめつけてきたのだった。それは勘のようなものだったが、理屈をつければ、自分のような醜男が、おきくにふさわしいわけはないということだった。

おきくは、ほかの女のように、二の足を踏むような眼で源作を眺めるわけではない。だがそのかわり、石ころを見るように黙殺してきた、という気がした。

やはりおきくは、その不服を言うために追ってきたのだ、と源作は思った。果しておきくが言った。

「そのことで、あんたに話があるの」

「………」

「いい？　急がない？」

「べつにいそぎません。なんでも言ってください」

源作は顔をあげると、真直ぐおきくを見つめた。すると、おきくの方が顔を伏せた。珍しくためらうようないろが、その顔に現われている。

「お嬢さんが言いたいことはわかっています」

と源作は言った。

「今度の縁談が気にいらないんでしょう。私にも、そのぐらいのことは見当がつきました」

「そういうことじゃないのよ」

とおきくは言った。

「あたしはいいって返事をしたのよ。でも、隠しておくのは、やっぱり悪いことだから」

「隠す？」

「あたし、ほんと言うとおなかに赤ちゃんがいるのよ」

「…………」

源作は茫然とおきくの顔を見つめた。そうか、これでやっと釣合いが取れたと思った。だが同時に、腹の中で怒気が動いた。いくら親方でもあんまりだと思った。むろん豊治からは、そういうことを匂《にお》わせるような言葉はひとことも聞いていない。源作は顔色が変るのを感じた。

「それは、親方やおかみさんもご存じなんですか？」

「あまり怒らないでよ」

けろりとしておきくは言った。

「うすうす気づいているかも知れないけど、あたしからは、まだ何も言ってないんだから」

「それで、どうするつもりなんです？」

「だからそれを承知で、一緒になってくれるんなら、あたしはそれでもいいけど」

「おことわりします」

源作はきっぱり言った。

「あたしはまだ、そこまで人間が出来ていません」

「そうよね」

とおきくは言った。そして不意に水際《みずぎわ》にしゃがんだ。船蔵と船蔵の間から射《さ》す一条の赤い光がおきくの顔を染めている。表情には途方に暮れたようないろが浮かんでいる。源作もその脇にしゃがんだ。

日は大川の向うの町の陰に落ちるところで、大小あわせて十数棟の船蔵が青黒く暮れかけている。その建物の間から、日にかがやく大川の水が見えた。

船蔵は昔は対岸にあって、いまの蔵がある場所には、安宅《あたけ》丸と名づけた巨船が、太さ二、三尺の鉄鎖五十本ほどで繋がれていたのだが、貞享《じょうきょう》の初めに取り崩され、船体はその前の土地に埋められた。その跡地に出来た御船蔵前町を、年寄があたけと呼ぶのはそのためである。

「その子の父親は、誰なんですか」

と源作は言った。夢からさめたように、おきくは源作を見た。そして首を振った。

「わからないわけはないでしょう？　自分がしたことなんだから」

思わず源作は語気を荒げた。するとおきくがまたちらりと源作を見た。臆病《おくびょう》な眼つきだった。

「住吉屋の房次郎さんだと思うけど……」

「思うって、お嬢さん、あんた」

源作は絶句した。

「ほかにも男がいるんですか」

「そうじゃないのよ」

おきくは言って、不意にしくしく泣き出した。泣きながら、死にたいと洩らした。

「さあ家へ帰りましょう。送って行きます」

立ち上がって源作が言った。

「親方にすっかり話してしまう方がいい。そして」

「いやッ」

おきくは源作に摑まれた袖を振りはなして、後ずさりした。涙に汚れた顔が変に生ぐさく見えて、源作は思わず眼をそむけた。

「おとっつぁんに言ったら死んじゃうから、あたし」

「大丈夫ですよ。私がとりなしてあげます。こういうことは、先方にきちんと話しをつけなきゃいけないんだ」

「いやよ」

「しかしうやむやにしたんじゃ、赤ちゃんがかわいそうじゃありませんか」

一瞬ぎくりとしたように、おきくは源作を見た。源作は、その袖をもう一度摑まえたが、おきくはもうふりほどかなかった。うなだれて横にならんで歩きだした。

高慢ちきな娘だと思っていたのが、たわいもない子供だったような、妙に拍子抜けした気分を源作は味わっていた。おきくの話の裏には、源作が想像も出来ないような、乱れた男女のつき合いが感じられたが、うなだれて歩いているおきくはやはり哀れだった。

「その住吉屋の房次郎さんという人ですが……」

源作はおきくを横からのぞいた。

「お嬢さんは、そのひとが好きなんですか」

おきくはうつむいて答えなかったが、しばらく歩いてから、ええと言った。源作の胸に、見たことのないその男に対する憎しみのようなものがちらりと浮かんだ。嫉妬《しっと》といった気持ではなく、ただその男はきっと女を誑《たぶら》かすほどのいい男だろうと思ったのである。

五

「ま、一杯やれよ」

と言って兼蔵が源作に酒を注いだ。

「ま、それで婿入りの一件は、めでたくお流れっていうわけだ」

そう言って友五郎が兼蔵に盃《さかずき》をつき出した。兼蔵は仕方なさそうに、その盃にも酒を注いだ。友五郎はふだんから、兄弟子を兄弟子とも思わない男である。三人は八名川町の端《はず》れの小さな飲み屋にいた。仕事帰りだった。

「しかし、少しは惜しい気がするんじゃねえのかい、兄貴」

「…………」

「俺だったら腹ぼてぐらい我慢してよ、あの家の婿におさまるがな。もっともこっちがその気でも、親方にそのつもりがねえからなあ」

と友五郎が言った。友五郎はだいぶ酒が回っている。もてて仕方がない男が、みみっちいことを言うじゃねえか、と兼蔵がやり返した。

親方はこのところ毎日外に出ている。時には夫婦そろって出かけるところをみると、六間堀町の住吉屋に行ってるらしかった。房次郎という男は次男坊だが、住吉屋は酒屋である。話がまとまっても、後をどうするかでもう一度頭を痛めるわけだが、豊治はともかく話をまとめにかかっているようだった。

こういう話は、源作が洩らしたわけではない。源作は黙っていた。しかし住み込みの仙吉もいるし、女中のお時もいる。いつの間にか兼蔵と友五郎も内情を知って、今日は源作を飲み屋に誘ったわけだった。源作の婿入り話が流れて、内心は二人ともほっとしているのかも知れなかった。

いい加減のところで兼蔵が立ち上がり、源作も友五郎も切りあげた。兼蔵は所帯持ちで、もう子供が一人いる。三人のうちで一番飲むのは友五郎だが、兼蔵はそれに釣られるようなことはなかった。

外へ出ると、果して友五郎が一番酔っていた。六間堀端を、山城橋《やましろ》まで歩き、兼蔵が、じゃ俺はここで、と手を挙げたのに、しがみつくようにして引きとめた。

「兄貴、まだ早えぜ。八郎兵衛へ行こう。あそこは近ごろいい女が揃《そろ》ってるっていう話だ」

「俺は一人者じゃねえんだから、そうはいかねえよ」

と兼蔵が言った。兼蔵は二ツ目橋の先の緑町に住んでいる。だが友五郎は、振り払って橋を渡ろうとする兼蔵の腰にぶらさがった。

「いいじゃねえか。かみさんの顔なんざいつだって見られるんだから、よう」

「仕様がねえな。これだからおめえとは一緒に飲みたくねえんだよ、俺は」

兼蔵は舌打ちし、仕方なさそうに一緒に歩いた。松井町の屋並みあたりで、隙《すき》あらば横丁に駆けこむつもりのようだったが、酔っていてもそういうことはよくわかるらしく、友五郎はしつこく絡みついて兼蔵を放さなかった。悪い酒だった。

八郎兵衛屋敷は、弁財天わきにある岡場所である。前の通りをへだてて川端の石置場が見える。なんとなく一緒にきた源作も、そこまでくると言った。

「俺は寄らないで帰るぜ」

「なにを、なにをおめえ、兄貴」

友五郎は今度は源作に抱きついた。その隙に兼蔵がさっと逃げた。あ、あ逃げちまいやがった、と友五郎は大声をあげたが、後に回って源作の腰をしっかり抱くと、そのまま釜吉という女郎屋に入った。身体が大きく、こわい顔をした男が、瘦《や》せぎすの男に後から抱えられて玄関に入ってきたので、玄関に出ていた釜吉の人間は笑った。

通された部屋で、源作は手持ち無沙汰《ぶさた》に女を待った。遣《や》り手婆《てばば》といった格の女が酒を運んできて、女の好みを聞いて行ったが、もう酒もあまり飲みたいと思わなかった。

松井町と常盤《ときわ》町で遊んだことはあるが、八郎兵衛で女郎屋に上がるのは初めてだった。友五郎に抱きつかれたとき、強いてふりほどいて逃げなかったのは、源作にもどことなく人肌恋しい気分があるからだった。この前常盤町に行ったのは、やはり友五郎が連れだったが、それは夏の初めごろである。どんな女が来るだろうか、と源作は漸く遊び心が動くのを感じた。

「こんばんは」

という声がし、眼を伏せて女が入ってきた。女は部屋に入ると、きちんと膝《ひざ》をついて襖《ふすま》をしめた。そのときには、源作はもう女が誰かわかっていた。おゆうだった。

「あ」

おゆうは、坐っているのが源作だと知ると襖を開けて逃げようとした。源作は飛んで立って、腕を押さえた。

「驚いたな」

むき合って坐《すわ》ると、源作は深刻な顔になって言った。まだ胸がどきどきしていた。

「あんた、姿が見えないと思ったら、こういうところで働いていたのか」

「…………」

「どうしたんだね。家に病人でも出たのか」

ええ、と女がうなずいた。おゆうもやっと落ちついたようだった。源作を見上げてちらと微笑した。その笑顔は源作の胸を打った。

「あんたが急に見えなくなったから、あちこち探したんだ」

「…………」

「そば屋にも行ってみたよ」

「ごめんなさい、嘘ついて」

「どうしてあんなこと言ったのかな」

「源作さんが、思い違いしていることがわかったから、ああでも言うよりほか仕方がなかったんです」

「思い違い？　何のことだね」

「あたし、前からここで働いていたんです。家が神田の橋本町で、源作さんにはじめて会ったころは通いでした」

　あっと源作は思った。なるほど思い違いだった。源作と、朝橋の上で会ったとき、おゆうは夜の勤めを終って、家へ帰るところだったのである。夕方も、その逆で源作は家へ帰るところだとばかり思っていたが、そのときおゆうは勤めに出るところだったのだ。

　そうと知ったら、この女に心を動かさなかったろうか、と源作は思った。すぐに、そんなことはないと思った。それとおゆうに心惹かれたこととはかかわりがない。

　おゆうは、そのことを打ち明けたことで心がほぐれたのか、すこしずつ身の上話をした。

　おゆうは、はじめから釜吉の女郎だったわけではない。はじめは女中で働いていた。しかし母親は早く死に、病気の父親と弟を養っていたので、暮らしは苦しく、時どき釜吉から金を借りた。その借金が積もって、そのために男と寝るようになったのである。釜吉では家の事情を知っているので、通いにしてくれた。そうしている間に、長患《ながわずら》いの父親が死んだ。

　釜吉では葬式一切の世話をし、十を過ぎたばかりの弟を自分の家に引き取った。それでおゆうは帰る家がなくなったのである。そうして丸抱えになることを、おゆうが望んだのではなかったが、釜吉では客の間に評判のいいおゆうを、そういう形で店に縛っておこうと考えたようであった。まだ大きな借金が残っているおゆうは、釜吉の言いなりになるしかなかった。

「すると、あのときの男たちも、あんたの知ってた人たちだったのかい」

源作は自分を殴りつけた男たちのことを思い出して言った。

「いいえ、あたしは知らないんです」

素姓は知らないが、入江町の岡場所にかかわりのある男たちだったらしい、とおゆうは言った。男たちはあの日、入江町のある楼主の名前を言い、一度会いたいと言っているから行こう、と連れて行こうとしたのだった。多分おゆうの評判を聞いて、引きぬきにかかったのだろうというのが、釜吉の主人の推察だった。男たちはそのあともう一度、今度は釜吉にきておゆうを誘い出そうとし、そこでも揉《も》めごとがあったのである。

「あたしが、どんな女か、わかったでしょ？」

とおゆうが言った。おゆうは真直ぐ源作の顔をみつめ、はにかむように笑った。その微笑は源作の胸にしみ通るようだった。

「あの鶴亀というそば屋だがね」

源作は自分も笑いながら言った。

「なんであんな嘘ついたんだい？　むかし働いたことでもあるのかね」

「ああ、そば屋さん」

おゆうは急に真赤な顔になった。そこは弟を連れて、二、三度そばを喰べたことがある、それだけの店だと言った。そこのそばはうまいのだとも言った。

「悪い女だわ。源作さんを探しにやったりして」

「しかし、会えてよかった」

と源作は言った。

「ずーっと探していたんだ。あんたにもう一度会いたくて」

「でも、素姓がわかって興ざめでしょ?」

「そんなことはない。いまだって、神さまに礼を言いたいくらいだよ。こうして引きあわせてくれたんだから」

「………」

「もっとも、俺にそんなこと言われちゃ、迷惑かも知れないな。俺は、女のひとに好かれたことがない男だから」

訥々《とつとつ》と源作は言った。するとおゆうが膝でいざってきて源作の手を取った。おゆうは静かに首を振った。その眼に、じわりと涙が盛り上がるのを源作は見た。

障子にさす仄明《ほのあ》かりで、源作は目覚めた。やはり気持が昂《たかぶ》っていたせいだろう。横をみると、おゆうが眠っていた。源作の方に顔をむけ、少し口を開けているが、安らかな寝顔だった。

——二十両といえば一年分の手間賃だ。

半身起き上がり、おゆうが寒くないように、夜具の隙間《すきま》を埋めてやってから、源作は指を繰った。おゆうの借金のことを考えているのだった。

何年かかかって溜《た》めた金が、十二両ほどある。それを入れて、残っている分を払い、おゆうを請け出すには、爪《つめ》に火をともすように暮らしても、一年どころでない月日がかかりそうだった。

親方に話して仕事を分けてもらい、家で内職をしよう。源作はそう決心した。それぐらいの我ままはきくはずだ、と源作はちらとおきくのことを思った。源作はむろん、ひとこともそういうことを洩らさなかったが、親方の豊治が、娘の不始末の尻《しり》ぬぐいをさせようとした形跡ははっきりしているのだ。

昨夜、女郎という身分をしきりに恥じたおゆうが、おきくより汚れているとは言えない、と源作は思った。おゆうは考えていたとおり、つつましくあたたかい女だった。

振りむくと、おゆうが眼を開いていた。源作を見つめたまま、黙って微笑した。

赤い夕日

一

「豆腐は三つにして頂戴。それから大根二本ね」

おもんはてきぱきと言いつけた。

「あ、それからね。豆腐は三河屋から買ってね。少し遠くて悪いけど、多賀屋はこのごろ少し品物がよくないのよ」

女中のおしげが出て行くと、おもんはさっきもう一人の女中のおつねが取りこんできた洗いものを畳みはじめた。

夫の新太郎の肌着を手にとったおもんの手が、ふととまった。襟《えり》のところに、桃色のしみのようなものがついている、と一瞬どきりとしたのだったが、指先ではじくと色は消えた。裏庭の物干場には、色とりどりに夏の花が咲いている。その花粉かなにかが、干し物にくっついていたらしかった。

だがおもんは、白い晒《さらし》の襦袢《じゅばん》を膝《ひざ》の上に置いたまま、障子のひとところに顔を向けて、ものを考える表情になった。中庭に小さな池があって、その照り返しが障子に映っている。時どき風が吹くらしく、障子に映った照り返しの日のいろが、たよりないふうに揺れた。

店の方から夫の声が聞こえる。低いがひびきのいい声で、女客に反物をすすめている様子だった。それに答える女客の細い声も聞こえる。その間に、番頭の忠兵衛の甲高い早口の声がまじるのは、ほかにも客がきているようだった。

おもんはその声に耳を傾け、また膝の上の襦袢に眼を落とした。

——あの噂《うわさ》は、ほんとうだろうか。

と、おもんは考えていたのである。それは口紅のあとにまぎらわしい色をみて、自然に浮かび上がってきた考えだった。

夫に女がいるらしい、と聞いたのは春先のことである。店から金を両替えにきた手代の七蔵がそう囁《ささや》いたのである。だがそのときおもんは、七蔵の言葉に、自分でも思いがけないほど疳《かん》を立てて、

「夫婦の間のことに、奉公人が口を出したりするものじゃありませんよ」

と叱《しか》りつけたのだった。ぴしゃりとした言い方だったが、おもんがそう言ったのは、七蔵が、日ごろどことなく粘っこい眼で自分を眺めたりすることに気づいているためだった。

七蔵は子飼いの奉公人でなく、おもんが若狭屋《わかさや》に嫁入ってきてから、夫の新太郎がほかから引き抜いてきた男である。目をつけて引きぬいただけあって、仕事はよく出来たが、人柄がはっきりしないところがあった。客を迎える顔と同僚に向ける顔に、差がありすぎた。おもんを見る眼にも、時どき奉公人らしくない不遜《ふそん》な色があるとおもんは思っていた。

それでぴしゃりとした言い方になった。ほかの奉公人にそう言われたのであれば、おもんの受けとり方は、もっと違ったものになったかもしれない。

おもんの言い方が激しいので、七蔵はさすがに鼻白んだ顔になった。

「失礼しました。ただ、何も知らないんじゃおかみさんが気の毒だと思いましただけで……」

七蔵はそこで薄笑いした。

「でもあたしは、でたらめを言ったわけじゃありません。女はここからそう遠くもない松屋町にいますよ。おしづと言って、もと常磐津《ときわず》の師匠だったそうです」

「…………」

「お確かめになれば、わかることです」

「結構よ。おまえの指図は受けません」

おもんは七蔵の口を封じるように強く言ったが、立って行く七蔵の薄笑いが、夫婦の仲を裂く邪悪な喜びをふくんでいるようで、腹立ちは薄気味悪い気持に変るようだった。一方で、わずかな毒が全身にまわるように、七蔵の言った言葉が次第に心を染めるのも感じたのであった。

おもんの見幕に驚いたのか、七蔵はその後何も言わず、おもんはだんだんにそのことを忘れた。夫の新太郎は、相変らず仲間の寄合いだ、友だちとのつき合いだと夜飲みに出ることは多かったが、家をあけるようなこともなく、これといって不審なところも見えなかったからである。おもんは、松屋町の女などということを、夫に確かめたりしないでよかったと思うようになった。

ところが、ついひと月ほど前、七蔵が店をやめさせられ、そのことでおもんはまた七蔵が言ったことを思い出すことになったのだった。七蔵がやめさせられたのは、とくい先からの掛取りの金をごまかしていたことがわかったからだ、と夫は言ったが、おもんは、そうでなくて七蔵が夫の女を嗅《か》ぎ回っていて、首にされたような気がしたのである。

松屋町とか、常磐津の師匠とかいう言葉がまたおもんを悩ませるようになった。よほどの確信がなくては、そんなはっきりしたことは言えないはずだ。どういう意図があったのかは知らないが、七蔵はやはり本当のことを言ったのだ、とおもんは考えたりした。

——あたしに、倦《あ》きたのかしらね。

と、おもんはいまもぼんやりとそう思った。松屋町にいるかも知れないその女は、たぶん若くて、きれいな女なのだろうと思った。

——それとも……。

子供が欲しいのかしら、と思って、おもんはぴくりと伏せていた顔をあげた。十八のとき若狭屋の嫁になって、五年経《た》ったが、子供が出来なかった。新太郎がよそに女を囲ったりしているとすれば、それは子供が欲しいからかも知れなかった。

おもんは、いままで味わったことがない、みじめな気分に襲われるのを感じた。一度それとなく松屋町のあたりを探してみようか、とはじめて思った。

夫に確かめる気はなかった。新太郎はやさしい人間だから、聞いても怒りはしないだろう。

だが、それでも確かめることはこわかった。

十八のとき、おもんは夫に言えない秘密を抱いたまま、若狭屋の嫁になった。そのときこのしあわせを放すまい、と心に誓ったのである。もし、夫に女のことを確かめ、夫の口からそれが事実だと聞かされたりしたら、と思うと、おもんは胸がふるえるほどこわいのだ。

「おかみさん」

おしげの声がして、おもんは我にかえった。

みるとおしげは手ぶらだった。

「おや、どうしたの？　買物は？」

おもんは若狭屋のおかみの顔に戻って言った。

「途中でひとに会って……」

「………？」

「おかみさんを呼んでくれって言うんです、そのひと」

「だれ？」

「知らない男のひとですけど」

おもんは首をかしげた。

「変ね。誰だろう？　それで？」

「裏口で待ってるんですけど」

「そう」

おもんは少し鈍重そうにみえるおしげの顔をじっとみた。だが、おしげは、言われるままに戻ってきたらしく、その顔からは何も読みとれなかった。

「いいわ。それじゃ出てみるから、あんたは買物に行ってちょうだい。お金を落とさないようにね」

おしげは、はいと言った。まだ十五である。おしげが出て行くと、おもんはちょっと鏡をのぞいて、髪を手で撫《な》でつけてから茶の間を出た。

裏口を出ると、細長い庭がある。裏庭は草木が生い繁《しげ》って、その上に午後の暑い日が照りつけていた。外井戸のそばに、手拭《てぬぐ》いで姐《あね》さんかぶりにしたおつねがしゃがみこんで草むしりをしていた。おつねは出戻りの三十女で、無口な働き者である。

「ごくろうね」

おもんはおつねに声をかけ、塀《へい》の潜《くぐ》り戸《ど》を押した。すると、人通りのない小路に男が立っていて、おもんをみるとすぐに近寄ってきた。

「おもんさんですか」

と男は言った。店をやめさせられた七蔵は二十七だったが、男もそのぐらいの年ごろに見えた。だが男の顔にも、身のこなしにも、どこか険しいものがつきまとっている。おもんに見覚えのある空気を男は身にまとっていた。

「どなた?」

「斧次郎《おのじろう》の使いできた兼吉という者です」

「…………」

「斧次郎は病気で、ひと眼おもんさんに会いたいと言っております」

「…………」

重おもしい衝撃が、おもんの胸を叩《たた》いた。

「いかがですか。いらして頂けますか」

男はやくざ者のはずだが、丁寧な口をきいた。

「病気は重いの？」

「はい。もって二、三日だろうと」

ふたたびおもんの胸を、重くるしい痛みが襲った。おもんは空を見あげた。雲ひとつない青空がひろがっていたが、おもんは不意にその空に夕焼けを見たようだった。

一面に夕焼け空の下を、人が二人歩いている。一人は長身の男で、一人は子供だった。赤い、漂うように穏やかな光が二人を染めていた。夕日に染まっているのは、二人の人間だけではなかった。二人が歩いている長い土堤《どて》も、土堤の影が落ちかかる田圃《たんぼ》もその影が切れる先から赤く日を浴び、遠くの村も夕焼けていた。ほかに人影はなく、歩いているのは二人だけだった。

不意に長身の男がしゃがんで、小さな女の子を抱きあげ、また歩きだした。男の手のあたたかさが、二十三のおもんの中にまだ残っている。

「考えさせて」

とおもんは言った。

「承知しました。でもおわかりのように、長くは待てませんよ」

と兼吉という男は言った。おもんはうなずいたが、兼吉の眼に走った険しい光を見落としたようだった。

二

寝返りを打ったとき、軽いいびきがやんで、闇《やみ》の中で新太郎の声がした。

「眠れないのか」

「すみません。起こしたかしら？」

「なあに、こっちも眠ったわけじゃない。うとうとしていただけだ」

あんなことを言っている、とおもんは思った。新太郎は寝つきがよくて、暑かろうが寒かろうが、眼をつむると間もなくいびきをかく人間である。身体《からだ》が丈夫で、気性も大らかだった。

「こう暑くちゃ、眠れないな」

「ええ」

あのひとが父親でないとわかったのは、八つの時だった、とおもんは思った。

それまでは斧次郎を、父親だとばかり思って、そう呼んでいた。だがある日、斧次郎が自分の口からそう言ったのだ。

「だから、ちゃんと呼ぶのは、そろそろやめな」

「………」

おもんはあっけにとられ、それから悲しくなって泣いた。すると斧次郎はやさしい口調で言った。

「なに、わかったらそれでいい。呼びたかったら、今までどおりちゃんと呼んでもいい。だが、一度はほんとのことを言っておかないとな」

そう言ったが、斧次郎は、なぜ赤の他人の自分がおもんを養うようになったのかは話さなかった。

そしておもんにも、それを聞きただそうとする気持はなかった。この世の中でのおもんの最初の記憶は、斧次郎と二人、赤い夕日を浴びて、どことも知れない土堤の上を歩いていたところからはじまっていた。それで十分で、その前のことには興味がなかった。

斧次郎が、おもんにそう言ったころ、二人は江戸深川の永堀町に住んでいた。がらんとした大きな一軒家で、時どき若い男や中年の女がきて家の中を掃除したり、汚れものを洗ったりして行くほかは、いつも二人きりだった。斧次郎は自分で飯の支度をして、おもんに喰わせた。

斧次郎が、博奕《ばくち》を打って暮らしている男だとわかったのは、さらに一、二年したころである。そのころになると、二人だけの住居に眼つきが鋭く、人相の険しい男たちがしきりに出入りするようになり、男たちは斧次郎を兄貴とか親分とか呼んだりした。

ある夜、途中で眼覚めたおもんは、人気のない家の淋《さび》しさに耐えかねて、起き上がって斧次郎を迎えに行った。斧次郎がいる場所は、前に何度か連れて行かれたことがあってわかっていた。

おもんが入って行くと、斧次郎は盆の向うから疲労に血走った眼をあげたが、そのまま立ってきて、おもんの手をひくと賭場《とば》を出た。

「眠れないのか」

と斧次郎は聞いた。頭の上に月が出ていて、大小二つの影が、足もとに踊るように動いた。

「お金もうかった？」

とおもんは聞いた。

「いや、もうからねえ」

斧次郎はむっつりした口調で答えたが、機嫌が悪いわけではなかった。無口な男だった。時には出入りしている男に、匕首《あいくち》をつきつけて怒るようなこともあったが、おもんにはいつもやさしかった。

斧次郎のあたたかい手に、手を包まれて歩いているうちに、おもんは眠くなって道の小石につまずいた。すると斧次郎は無言でおもんの前にしゃがんで背をむけた。背負われるとすぐに、十歳のおもんはこんこんと眠った。

――あれは、十六のときだった。

また新太郎の健康そうないびきがひびくのを聞きながら、おもんは闇の中に眼を見ひらいて思った。

「どうしておかみさんをもらわなかったの？」

ある夜食事が終ったとき、おもんは斧次郎にそう言った。斧次郎は驚いたようにおもんを見返した。その鬢《びん》に、白髪がまじっているのを、おもんは傷ましい思いで眺めた。斧次郎は四十八だった。

斧次郎は時どき賭場に出かけたが、それだけで、身のまわりに女がいるような気配はなかった。そういうことは、女であるおもんによくわかる。

「あたしを育てて、年取っちゃったのね」

「お前のために、嬶《かかあ》をもらわなかったわけじゃねえ」

「じゃ、どうして？」

「女はこわいからよ」

「あたしも女よ」

「おめえが？」

斧次郎は珍しく笑顔になっておもんを見た。斧次郎は、浅黒く引き締った顔に、鋭い眼をもち、めったに笑顔を見せない男だった。

「おめえは、まだ女なんかじゃねえ」

「もう、一人前の女よ」

おもんはゆっくり言って斧次郎を見返した。こみあげるような愛情に衝き動かされていた。

「あたしが、おかみさんになってあげてもいいのよ」

「ばか言え」

斧次郎は狼狽《ろうばい》したように顔をそむけた。

「大きくなると、ろくなことを考えねえ」

「かわいそうに」

とおもんは言った。ひどく大人びた気持になっていた。

「女のひとに、よっぽどひどい目にあったのね」

その夜、おもんは斧次郎が寝ている部屋に忍んで行った。

「やめろ」

斧次郎は険しい声で言った。

「つまらねえ真似《まね》をしやがると、後で後悔するぞ」

「まだ女じゃないって言ったでしょ。だったら昔のように抱いて寝てよ」

斧次郎は沈黙したが、やがて黙ったまま夜具の端をあげた。

一年ほど、二人は夫婦のようにして暮らした。もっともそれは夜だけのことで、朝になると親子にもどった。斧次郎がどう思っているかわからなかったが、おもんはそうすることに違和感は持たず、満足していた。女房も持たず、子供もない斧次郎のために、女房になったり、子供になったりしてやっているという気がした。じっさいおもんは、斧次郎の身体の中で、女の喜びを告げたあと、子供のときそうしたように、斧次郎の股《また》の間に足を入れ、幅はあるが痩《や》せている胸に頬を埋めて眠った。そうすると、一人で眠るときよりもよく眠れた。

だがそうして一年ほど経ったとき、斧次郎は、おもんに家を出て仲町の料理屋に奉公に行け、と言った。

「俺は先が短けえ身体だ。こんな暮らしをしていたら、いずれお前が泣きをみることになる」

「あたしは、いまのままでいいのよ」

「そいつは、お前が世間を見てねえから、そう思うだけだ。世間に出てみろ。お前を嫁に欲しいなどという男がきっといるはずだ。俺みてえな年寄なんぞじゃなくて、若くて活《い》きのいい男がな」

「若い男なんて、きびが悪いよ」

「ばかぬかすなってんだ。女はちゃんとしたところに嫁に行くのが一番だ。そして俺のことなぞ忘れろ。いまならまだ間に合う」

「あたしが邪魔になったの？」

おもんが言うと、斧次郎は首を振って、じっとおもんを見つめた。

「俺はやくざ者だ。いつまでも一緒にいちゃ、お前のためにならねえ。そろそろこの家を出るときがきたということさ」

斧次郎が言ったとおりで、おもんは女中勤めをして三月も経った頃に、太物商若狭屋の主人新太郎に見初められて嫁になった。やくざ者の娘だということになれば、縁談にもさしさわりがあったかも知れないが、おもんは斧次郎に言いつけられたとおり、孤児で通した。斧次郎は、おもんを預けた料理屋にも、金を使ってそう言い含めてあったので、新太郎がそのことを疑った気配もなかった。

別れを言いに行ったとき、斧次郎は、これでいい、きっぱりと縁を切るから、俺のことは忘れろ、と言った。

「永代橋《えいたい》のこっちに、俺がいることは、もう忘れるんだぜ。どんなことがあろうと、橋を渡ってきちゃならねえ」

斧次郎は、そのときの自分の言葉を守って、病気になっても知らせなかったのだ。だが、死に際《ぎわ》になって、やはりひと眼あたしに会いたいと思ったのだろうか。

おもんは闇の中で眼を濡《ぬ》らした。涙がつぎつぎと溢《あふ》れて、仰向《あおむ》いているおもんの眼尻《めじり》を伝い、枕《まくら》を濡らした。

——明日、すぐに行ってみよう。

とおもんは思った。そばで高いびきの音を立てている、どこかに妾《めかけ》を囲っているかも知れない夫を、ひどく遠くにいる人間のように感じていた。

三

五年ぶりに、おもんは永代橋を東に渡った。暑い日射《ひざ》しが、橋にも欄干の外にひろがる大川の水の上にも、白く光る照り返しをふり撒《ま》いていた。

渡るのを禁じられた橋だった。そしてじっさいおもんは、若狭屋の嫁になってから、一度もこの橋を渡っていない、と気づいていた。過去のことは、橋のこちら側に置いて行け、と言った斧次郎の言葉のせいでもあったが、それだけおもんが若狭屋の人間になり切ろうと、懸命だったのだとも言えた。

初めはそうすることが、斧次郎を喜ばせることだと思った。だが夫婦の仲が濃くなると、橋の向うに行くのは、夫を裏切ることになるという気持に変っていた。

事実、橋を渡りながら、おもんは夫を裏切っているという気持になった。新太郎には、ただ買物に行くとだけ告げて出てきている。だが夫だって、どこかに妾を囲っているかも知れないではないか。育ての親の死に目に会いに行くのが、なにが悪い、とおもんは少し猛《たけ》だけしい気持になっていた。

流れる汗を拭《ふ》きながら、おもんは橋を渡り、佐賀町の下ノ橋を渡った。白い夏の日は、おもんが河岸《かし》を行き、堀にかかる橋を渡る間もぴったりつきまとって、汐臭《しおくさ》い水の上に光をばら撒いた。

通りから少し引っ込んだ、柴垣《しばがき》に囲まれた家が見えると、おもんは思わず駆け出した。

「おとっつぁん」

おもんが家に駆け込むと、茶の間から顔を出した若い男が、驚いたように棒立ちになった。

おもんの知らない男だった。

「おとっつぁんは？」

「向うです」

男は奥座敷の方を指さした。おもんは茶の間を横切って、座敷に入ると、もうひとつ奥座敷との間の襖《ふすま》を開けた。すると、そこに中年の男が坐《すわ》っていた。

「やっぱり来なすったね」

と男が言った。肥って肌の白い男だった。座敷の障子は開けはなしてあって、庭の木の葉の照り返しが、男の顔を薄あおく染めている。斧次郎の姿はなかった。

「おとっつぁんは、どこ？」

おもんは襖ぎわに立ったまま、用心深く言った。座敷に坐っている男が、むかし堅気の人間を恫《おど》し、金を強奪して斧次郎に叱責《しっせき》された仙助という男だと思い出したのである。

そのとき斧次郎は、仙助を膝の前にひき据え、匕首を抜いて、いまにも刺しかねないすさまじい怒りを示したのだった。畳に額をこすりつけ、泣き声をあげて詫《わ》びを言っていた仙助を、十歳のおもんは見ている。仙助は、その後遠ざかって、おもんがこの家にいる間は姿を見せなかったのだ。その男が、この家に、どうしてゆったり坐ったりしているのだろうと、おもんは思った。

「まあ、お坐りになったらどうです？」

「いいえ」

おもんは首を振った。

「おとっつぁんはどこって聞いているのよ。返事して」

「親分ですか。親分なら二年前に死にました」

「…………」

おもんは顔から血が引くのを感じた。悪い想像が頭の中を走った。

「あんたが殺したのね」

「人聞きの悪いことをおっしゃっちゃ、困ります。病気ですよ。病気で死んだんです」

「どうして、あたしに知らせなかったの？」

「知らせちゃいけないと、親分がおっしゃったもんでね。ま、それはいいじゃありませんか」

「…………」

「それより、一寸《ちょっと》坐りませんか。立っていられちゃ話がしにくいや」

「あたしは話などありませんよ。おとっつぁんが死んだなんて、思いもしなかった。でも、それならどうして、だますようなことをしてあたしを呼んだんですか」

「さ、そこが話ということですよ」

「なにか、魂胆があるのね」

おもんはきっとなって言った。

「魂胆と言われても困るんですが、じつは親分は大枚の借金を残して死になさったもんで、それで一度ご相談したい、と」

「借金ですって？」

おもんは漸《ようや》く坐った。

死ぬ半年ほど前、斧次郎は柳島に賭場を持つ喜六という親分といさかいして壺《つぼ》を争った。勝てば女が手に入り、負ければ百両払うという勝負だったが、斧次郎は負けて、用意してきた百両を取られた。

するとと斧次郎は、その場ですぐさま喜六に百両を借りて、もう一度勝負を挑んだ。その勝負にも負けて、返せない借金を抱えたまま、斧次郎は間もなく病気になり、半年後に死んだ。

「女って、誰なんです？」

「喜六親分の妾でね。お玉という十八になる女ですよ」

傷ましい話を聞いたと思った。女など好きでなかったはずの斧次郎が、なぜそんな大金を賭《か》けてまで、そのお玉という女を欲しがったのだろうか。

——一人では淋しかったのかしら。

おもんは、胸を衝《つ》かれるような気がした。きっぱり縁を切ると言って、おもんを嫁に出したあと、斧次郎がどんな気持で暮らしていたかはわからない。その間一度もこの家を訪れなかったことが悔まれた。

「それで、借金のかたに喜六親分は、賭場とこの家を、親分が死んだあと取りあげたわけですよ。それでも親分がなくなるまで待ったのは、喜六親分の情味のあるところですが、これじゃ半金にもならないとこぼしておりました。なにしろこの家だって、このとおり古うがすからね」

「それで、後の半金をあたしに返させようと言うんですか」

「それがね。はじめはそんなつもりがなかった。娘といっても、おもんさんは斧次郎親分と血が繋《つな》がっていないことを、柳島の親分は知ってましてね。おもんは、斧次郎親分を捨ててほかの男と駆け落ちした女房の娘だ。斧次郎は若え時分に、その女房を五年も探し歩いてやっとけりをつけたはずだ、と柳島の親分は言ってましたがね」

おもんは、もう一度顔から血がひくのを感じた。仙助が無雑作に言ったけりをつけたという言葉に、衝撃をうけていた。仙助が喋《しゃべ》っていることが事実だとすれば、斧次郎はおもんの実の両親を殺したのかも知れなかった。そうでなければ、自分を連れて、あんなところを歩いているはずがない。

おもんの眼に、赤い夕日に照らされた長い土堤を歩いている二人の姿が浮かんだ。その前のことはわからなかった。

「それにね、だいいちおもんさんの嫁に行きなすった先がわからなかった。斧次郎親分が一切そのことを話さなかったもんで。柳島の親分も諦《あきら》めていたんですが、ひょんなところからおもんさんの行方がわかりましてね」

「…………」

「おもんさん、いいところの嫁になんなすったんですなあ。油町の若狭屋といえば、内証の裕福なことで知られた店じゃありませんか」

おい、七蔵がいたら呼んでくれ、と仙助が言った。おもんが振りむくと、茶の間と座敷の間に、二人を監視するように立っていた三人の男の後から、店をやめさせられた七蔵が顔を出した。七蔵は青い顔をしていた。

四

夜になって、若い者が膳《ぜん》を運んできたが、おもんは何も喉《のど》に通らなかった。しばらくして、その若い男は膳をさげにきたが、おもんが何も喰べていないのを見ても、声をかけるでもなく無表情に膳のものを持ち去った。

そして今度は布団《ふとん》を持ち込んできて、やはり無言のまま敷くと、出て行った。出て行くとき、ぴしゃりと襖を閉めて去った。家の中には、仙助を含めて五、六人の男たちがいる気配だったが、仙助のほかは知らない顔ばかりだった。柳島の喜六という親分に使われている男たちのようだった。仙助も座敷を出て行ったきり戻らない。むろん戻って来ない方がいい。

もとは自分の家だった場所に、こうして軟禁されているのは奇妙な感じがした。男たちはべつに乱暴したりするわけではなかったが、おもんが座敷から逃げ出さないように、厳しく見張っている。廊下の隅の方で、時どき鼻をすすったり、咳払《せきばら》いをしたりする音が聞こえるのは、縁側の端に、見張りの男がいるのである。

男たちはそうして、若狭屋から金がとどくのを待っているのだった。使いは、おもんが家に入るとすぐに出て行ったらしい。

「おもんさんに金を返せと言っても無理な話で、そこはこちらが若狭屋に掛け合います。柳島の親分のお言いつけですから、しばらく辛抱して頂きますよ」

と仙助は言った。若狭屋に行った使いが、どんな口上を持って行ったか、仙助は言わなかったが、おおよその見当はつく。おかみさんを預かっていますが、帰してもらいたかったら、百両耳をそろえて出しな、といったような使いに違いなかった。

若狭屋をやめさせられた七蔵は、賭場に出入りしていて、七蔵の口から偶然おもんの行方が知れたのだという。柳島の喜六は、斧次郎がおもんを門前仲町の小峰屋という料理屋に奉公に出したところまでは知っていた。そして七蔵が、その後のことを知っていたのである。

――夫がお金を出すかしら。

行燈のまわりを、小さな虫が飛び交うのを眺めながら、おもんはそう思った。喜六という男が、どれだけの金を出せと言ったのかはわからない。だが五十両、百両などという大金であれば、夫の新太郎だって、おいそれと出せるわけはないのだ。

まして夫には妾がいるかも知れないのだ。気に入った妾がいるなら、子供も生まない女房など捨ててしまいはしないか。そこまで考えると、おもんは不安が胸にこみ上げるのを感じた。

男たちはいまのところおとなしくしている。おもんに対する扱いも丁寧だった。だがそれはおもんが大事な金蔓《かねづる》だからに過ぎない。斧次郎に死なれ、夫に捨てられた女だとなれば、男たちはどう変るか知れたものではないのだ。慰んだ上に、どこかに売り飛ばすかも知れなかった。

おもんは立って、障子を開けると廊下に出た。すると幾分冷えた夜気が、庭から押し寄せてきて、おもんはほっと息をついた。

おもんをみると、廊下の端に足を投げ出して腰をおろしていた男がすばやく立ち上がった。

男はおもんが近づいて行くと、暗がりの中で身構えるようにし、

「どちらへ？」

と言った。

「はばかりですよ」

おもんは言い捨てて、男の胸を押しのけるようにして鉤《かぎ》の手になっている廊下を曲った。みると、後から男がついてくる。

「ついて来なくてもいいわ。自分の家だからはばかりがどこにあるかぐらい、わかっていますよ」

おもんはそう言ったが、男は黙ってついてくる。明るい灯かげが廊下にこぼれている茶の間の横までくると、中の話し声がぴたりとやんで、中から声がかかった。

「どうしたい、源次」

そう言ったのは仙助の声だった。

「おしっこだとよ」

「よし、しっかり見張れ」

おもんが便所のある三和土《たたき》に降りると、後で男たちがどっと笑う声がした。誰かが卑猥《ひわい》なことでも喋ったらしかった。おもんは唇を噛《か》んだ。

部屋に戻ると、そこまでおもんにぴったりくっついてきた男が、障子を閉めて去った。その

足音が遠ざかるのを確かめてから、おもんは敷いてある布団の上に、身体を投げだした。

するとと布団から嗅《か》ぎなれた、少し湿った匂《にお》いが立ちのぼって、おもんの鼻を刺した。斧次郎は、ひょっとすると実の父母を殺した男かも知れなかった。だがその詮索《せんさく》はおもんの手に余ることだった。おもんの両親は、柳島の親分が言う不義者の男女とは違うかも知れなかったし、またそうだとしても、斧次郎がたずねあてたときは、二人とも病死していて、斧次郎は孤児のおもんを引き取っただけかも知れないのだ。

おもんにわかっているのは、斧次郎との長い歳月だけだった。その歳月の思い出が、汚れた布団から匂ってくるようだった。そこに頬を押しあてていると、ひとりでに涙が溢れた。

男らしく、それでいてやさしかった斧次郎が、死ぬ前に女のことで争ったりしたことが哀れだった。それは自分がいなくなったためで、結局自分が斧次郎の死期を早めたのだ、とおもんは思ったりした。

五

いつの間にか、そのまま眠ったらしかった。揺り起こされて眼を開くと、思いがけなく近いところに七蔵の顔があって、おもんは思わず飛び起き、居住まいを直した。しっと七蔵は唇に指をあてた。

「すみませんでした、おかみさん」

と七蔵は囁いた。

「私が軽はずみに口を滑らせたばかりに、とんだご迷惑をおかけしました」

「そんなことは、いまさらいいわ」

とおもんは言った。

「あんた、どこから来たの？」

「庭から回って来ました」

と七蔵は言った。

「見張りは寝こんでいます。いまなら裏口から抜け出せますからご案内します」

「ほんとに眠っているの？」

「はい」

「それなら案内はいらないわ。この家のことなら、あたしの方がくわしいんだから」

「しっ」

と言って、七蔵は不意に行燈《あんどん》の灯を吹き消した。闇の中で、おもんは身体を固くした。すると、七蔵の生あたたかい手が肩を探りにきた。

「やっぱり私がご案内します。一人では危のうございます」

そう言いながら、七蔵の手は前に滑り落ちて、おもんの胸を探った。

一瞬にしておもんは男の意図を察した。この男と一緒に、この夜中に外に抜け出したりしたら、どこに連れて行かれるかわかりゃしない。

おもんは男の手を振り払うと叫んだ。

「誰か来て……」

驚いて廊下に飛び出した七蔵に、走ってきた見張りの男が組みついた。揉《も》み合う二人が障子を倒し、それが板の間に落ちてけたたましい音を立てたので、茶の間の方からも別の男たちが走ってきた。

一人が持ってきた行燈を掲げたので、見張りの男に組みしかれている七蔵の顔が照らし出された。男たちはすぐに事情を覚《さと》ったようだった。

一人がおもんのいる部屋に入ってきて、行燈の灯をともすと、男たちは見張りを残し、七蔵をひき立てて茶の間の方に戻って行った。すぐに怒声が起こり、顔を殴るらしい鈍い物音が続けざまに聞こえた。その合間に七蔵の哀願する声がまじった。

不意に男たちが静かになったので、おもんは顔をあげた。入口に誰か訪れた気配がし、男たちがあわただしく動く音がした。

「今晩は」

という男の声がした。のんびりした声だった。

——夫だ。

はじかれたようにおもんは立ち上がった。座敷を二つ抜けて茶の間に行くと、ちょうど茶の間に入ってきた夫と、ばったり顔が合った。

「やあ」

と新太郎が言った。走り寄ろうとしたおもんを、二人の男があわてて押さえ、おもんは茶の間と座敷の境目に引きすえられた。

「お手やわらかにお願いしますよ」

新太郎は、艶《つや》のいい白い顔に穏やかな笑いを浮かべて言うと、部屋の真中にいる仙助の前に坐った。

「親分さんでしょうか」

「親分じゃないよ」

仙助はとまどったように言った。

「代理だ。あんた、若狭屋さんか」

「さようでございます」

「ご主人がじきじきにおいでとは恐れ入ったな。金は使いにでも持たせてよこすかと思ったぜ」

「金は、商人にとっては命でございますからな。百両という大金を、人には持たせられません。それに、引き換えにあれを」

新太郎はおもんの方に顔をむけた。

「引き取って行かなくちゃなりませんのでね。あたしが来るのは当然です」

「わかった。で、金は持ってきたのだな」

「むろん、お持ちしました」

新太郎は部厚い胸をさぐって、懐《ふところ》からふくさ包みを出して畳の上にひろげた。小判が行燈の光に鈍く映えた。

「ちょうど品物を仕入れたときで、かき集めてやっと持ってきましたが、百両あるはずです。数えて頂きましょう」

「しかし若狭屋さんの身代じゃ、このぐらいの金なんぞメじゃあるめえよ。土蔵までは行かず、店にある金を持ってきたということったろうが」

小判を数えながら仙助が言った。

「冗談をおっしゃられては困ります。お断わりしておきますが、今度こういうことがありましたら、私は脇目《わきめ》もふらずお奉行所に駆けこみますよ」

「お奉行所だと？」

仙助は小判を数えていた手をとめて、険しい顔をしたが、新太郎に真直《まっす》ぐ見つめられると、気おされたように下をむいた。新太郎は肩幅も坐高《ざこう》も仙助よりひと回り大きく、堂々としていて、うつむいて金を数えている仙助が貧相にみえた。

「わかった。こっちもそうたびたびこんなことをやる気はねえよ」

「いかがです？　ありますか？」

「ある。ぴったりだ」

家を出て、しばらく歩いてから、おもんははじめて、男たちに一間に閉じこめられていた恐怖がこみ上げてきて、何度も後をふりかえった。いつの間にか新太郎の袖《そで》を摑《つか》んでいた。

月が出ていて、影が二つ並んで前を行く。新太郎の影はひどく大きく、こんな大きな男だったかと、あらためて顔を見上げるようだった。

「こわがることはないよ」

おもんが後をふりむくのに気づいたらしく、新太郎が言った。

「呉《く》れというものを置いて来たんだから、誰も追っかけてくるわけはない」

「あなた、すみませんでした」

「ま、いいじゃないか。これで貸し借りなしになったんだから、もう心配することは何もない」

おもんは口を噤《つぐ》んだ。二人は佐賀町のひっそりした町並みから永代橋にさしかかった。大川の流れに、月の光が砕けている。橋の上にも人影はなかった。時刻はよほど遅いようだった。

「あなた」

おもんが立ち止った。

「貸し借りなしって、どういうことですか?」

「ああ」

新太郎も立ち止っておもんを見おろすと、にこにこ笑った。

「さっき使いの男に、なんのためにお前をつかまえたりしたのか、ちょっと鎌《かま》をかけて聞いてみたのだ。そうしたら斧次郎の借金がからんでいると、ひとこと洩《も》らしたんでわかった。斧次郎さんの借金なら払わなくちゃならないからな」

おもんは息をつめた。欄干まで歩いて、ふり返ると言った。

「斧次郎を知っていたのね」

「ああ、お前を嫁にした後でな。悪いが人を使って調べさせた。親がいなくとも、育ての親ぐらいはいそうなものだと思ってな」

「それで？」

おもんは息苦しいのをこらえて聞いた。

「お前を育てたのが、斧次郎という人で、博奕打ちだということが間もなくわかったよ。博奕打ちだから、堅気に嫁に行く娘の父親面《づら》は出来ないと思ったらしいね。哀れな話だが、向うの気持を察して、そっとしておくことにしたんだ」

「…………」

「斧次郎さんが、二年前に死んだことも知っている。かわいそうなことをした」

「知っているのは、それだけ？」

「それだけだよ。まだ何か、俺に隠してることがあるかね」

おもんは首を振った。おもんはゆっくり近づくと、新太郎の胸に縋《すが》った。太い腕がおもんを抱き取った。

「無事でよかった」

「すみませんでした、ご心配かけて」

おもんはいろいろな意味をこめてそう言ったのだが、新太郎はてれたような笑い声を立てて、他人行儀なことを言うな、と言った。

新太郎に肩を抱えられるようにして歩きながら、おもんは新太郎の顔をのぞいて言った。

「お妾さんがいるって聞いたけど、ほんと？」

「誰の妾だ？」

「あなたの」

「ばか言え。そんな女がいたら、こんな夜の夜中に迎えになぞ行かないよ。ひと月ぐらいは様子をみてから行くね」

「…………」

「俺の女は、お前だけさ。おもん」

言ってから新太郎は、ヘッ、こいつは確か五年前に言ったせりふだな、と言った。

永代橋を渡り切ったとき、おもんは立ち止まって橋をふりむいた。月明かりに、橋板が白く光って、その先に黒く蹲《うずくま》る町がみえた。

――橋の向うに、もう頼る人はいない。

と思った。突然しめつけられるような孤独な思いがおもんを包んだ。頼る人間がいるとすれば、ぶらぶらと先に歩いて行く身体の大きな男のほかになかった。

おもんは踵《きびす》を返し、小走りに新太郎の後を追った。走りながら、赤い日に照らされた土堤を、斧次郎の後からついて行った、二十年前の自分に似ている、とおもんは思った。

小さな橋で

一

「原っぱに行こうよ」

朝吉の声がした。昼すぎ遊んでやったのに、まだ遊び足りないらしかった。朝吉の甘ったれた声を聞くと、広次の気持はぐらぐらする。日は傾いたが、まだ遊べない時刻というわけではない。

家の中は少し薄暗くなっているが、外はまだ明るいだろう。げんに木戸のあたりから、女の子たちが唱《うた》う毬《まり》つき唄《うた》が聞こえてくる。だが広次は我慢した。

「いま、いそがしいんだよ」

広次は米をといでいた。それが終ると、姉のおりょうを迎えに行かなければならない。もう朝吉と遊ぶひまはないのだ。今日の遊びは終りだった。

「どうしてさ。いまなにやってんだよ」

「米といでんの」

「じゃ、それ終ったら原っぱへ行こうよ」

広次は泣きたくなる。荒々しい音を立てて米をといだ。原っぱというのは、崇伝寺の後にひろがる雑木林と葭《よし》の茂る湿地のことである。寺の境内からこの原っぱにかけての一帯は、町の子供たちの遊び場所だが、日暮れになると淋《さび》しくなる。親たちは口やかましく、日暮れどきに原っぱに行くんじゃないと言う。

だから朝吉は一人では心細くて、誘いにきているわけだろう。朝吉は二つ年下の八つである。いまから行けば、ちょっと遊んで、日が暮れるまでに帰れるな、と思う。葭の間に見つけてある行々子《よしきり》の巣をのぞいてくるだけでいいのだ。そう思うとやはり心が動くが、広次は我慢した。

朝吉には答えずに米をとぎ終り、水の加減をして竈《かまど》の上にかけた。それから尻《しり》をおったてて台所に雑巾《ぞうきん》がけし、裏の戸締りを確かめ、外に出ると、朝吉が立っていた。

「なんだ、おめえまだいたのか」

「だめ?」

「だめだ。おいらこれから姉貴を迎えに行くんだ」

朝吉はちぇと言って膨れ面《つら》をした。だが広次はもう朝吉にはかまわずに裏店《うらだな》の木戸を出た。外に出るとすぐに、朝吉の母親に会った。朝吉の母親は、表の店で買ってきたらしい大根を、両手に一本ずつぶらさげている。

「おや、広ちゃん」

朝吉の母親は肥っている。丸い顔に細い眼をしている。その眼を一そう細めて笑いかけた。

「姉ちゃんのお迎えかね」

広次はうんとうなずいただけで、いそいで擦れ違った。広次の小さな胸に恥辱感のようなものが溢《あふ》れる。

――みんな知ってんだ。

広次が姉のおりょうを迎えに行くのは、姉が怖がりだからでも、身体《からだ》が弱いからでもない。通い勤めしている松ヶ枝町の米屋の手代で、重吉という男とできているからだった。できているということが、どういうことか広次にははっきりわからない。

ともかくできている仲だから、二人で夜遊びなどしないように、店が終ったらすぐさま家に連れてこい、と広次は母親に言いつけられている。母親のおまきは牛込《うしごめ》水道町の飲み屋に勤めていて、昼過ぎに出て家に戻るのは夜の五ツ（午後八時）過ぎになる。しかも大概酔っぱらって帰るから、娘の見張りなど行きとどくわけがない。それで広次を頼りにしているのである。

だがおりょうは十六である。六つも年下の弟の監視を受けなければ、真直《まっす》ぐ家に帰れないというのは、感心した話でないことは広次にもわかる。朝吉の母親は、お多福のお面のような笑顔で、お迎えかねなどと言ったが、あの笑いには軽蔑《けいべつ》のまなざしが含まれていた、と広次は思う。

その上夕方の一番いい時刻に、姉の迎えに行かねばならないというのは、広次にとっては傷《いた》手《で》だった。以前、こんなことがなかったころは、米をといだり、菜っぱを切ったりしたあと、もうひと遊び出来たのだ。

これもひとえに姉があの重吉という手代とできたためだと思うと、広次は男が憎らしかった。

そして、こうしたことはせんじつめれば父親が突然姿を消したから、こんなふうになったのだ、といつもの考えに落ちつくのだった。父親がいないから、母親のおまきは夜の働きに出なければならないし、親が家にいないから姉は重吉とできて、隙があれば夜遊びをしようと狙っている。結局一番割をくっているのはおいらだと広次は思わざるを得ない。

父親がいなくなったのは、広次が六つのときである。ある朝、まだ十分に夜が明けないうちに、父親の民蔵は町外れの小さな橋を渡って、音羽《おとわ》九丁目に続く真直ぐの道を遠ざかって行ったのだ。小川にも道にも白い霧が這《は》っていて、民蔵の姿は間もなく霧に紛れて見えなくなった。

広次は母親と二人で、民蔵を見送ったのである。そのまま四年たったが、なぜ父親の民蔵がいなくなったのかは、母のおまきも、姉のおりょうも話したことがない。広次が聞いても、二人とも不機嫌な顔をするばかりである。いつか民蔵は帰ってくるのか。それさえわからなかった。

――あ、危なかった。

米屋がみえる場所まできたとき、広次はぎょっとして眼を瞠《みは》った。姉は帰り支度をしてもう店の横手に出ていて、その脇《わき》に重吉がいるではないか。出がけに朝吉と話したり、途中考えごとをしながらきたために、いつもより少し遅れたようだった。

松ヶ枝町と古川町の間の道は、夕方の買物で人が混んでいる。広次は人をかきわけるようにしていそぎ足に姉のそばに行った。

「ほら、ちゃんと来たでしょ？」

おりょうはそう言って重吉に笑いかけた。その笑い方が、広次には気にいらなかった。おりょうは家にいるときは口をすぼめて笑ったりはしない。大ていは口をあけっ放しで馬鹿《ばか》笑いしている。甚《はなは》だしいときは笑いながら横に倒れたりする。

——気取ってやがら。

と広次は思い、おまけに身体をくねらせたりして気色悪いったらありゃしない、と思った。できるということがこういうことなら、馬鹿らしいことだった。

「広ちゃん、ごくろうだね」

重吉が馴《な》れ馴れしく言った。重吉は背丈もあり、がっしりした肩を持ち、米屋の手代らしく力がありそうだった。男ぶりもまあまあだろうと広次は思っている。

だがこの男がいるために、毎日姉の迎えに来なければならない、と思うとやはりあまりいい気持はしないのだ。馴れ馴れしく肩など叩《たた》かれても、白い歯をみせるわけにはいかない、と広次はむっとした顔で重吉を見返した。

「物は相談だが……」

重吉は不意に広次の前にしゃがむと、懐《ふところ》から財布を出し、中から穴明き銭をつまみ出して手のひらに乗せた。広次がすばやく眼で数えると、銭は十文あった。

「ちょっと、あんたの姉ちゃんと話がしたいんだ」

「…………」

「いやいや、変なことをするわけじゃない」

広次の顔色をみて、重吉はあわてたように手を振った。

「場所も言おう。そこのな、角の甘酒屋で、ほんの一刻《いっとき》話をするだけだが、どうだろ？　そうさせてもらえば、お駄賃にこの銭を上げるが……」

この金があれば、朝吉や良太、源治などに水飴《みずあめ》を振舞うことが出来るな、と広次は考えた。ひとつ年下で、仲がいいおよしにもおごれる。広次は気持が動いた。慎重に言った。

「おいら、ついて行っていいかい？」

「え？」

重吉は絶句しておりょうの顔を見上げた。おりょうはにやにや笑っている。そして広次に言った。

「だめよ。二人だけで話したいんだもの」

「それじゃ、だめ」

広次はむっとして言った。

「お金はいらないよ」

「しかし……」

重吉は諦《あきら》めきれないように、掌《てのひら》の上の銭をもてあそびながら言った。

「おっかさんはいま家にいないんだろ？　広ちゃんさえ黙っていてくれたら、わかりゃしないんだがな。ほんの一刻でいいんだぜ」

「…………」

「だめよ。広次は固いんだから」

　とおりょうが言った。

「またにしましょうよ。そのうちいい折りがあると思うわ」

　おりょうは大人びた口調で言った。広次は不思議な気がした。おりょうは家の中にいるとしじゅうふざけて、広次を相手に追っかけっこをしたり、組み打ちをしたりする。だが重吉にそう言っているおりょうは、一人前の大人のようだった。

　そういえば、顔色も頬のあたりが上気しているようにほの紅く、眼はいきいきと光っていつものおりょうのようでなかった。おりょうは見知らぬ女のようにもみえた。男とできるということは、家の者と他人になることなのか。

「そうかい。残念だな、せっかく俺の方にもひまが出来たというのによ」

　重吉は未練がましく言って、ようやく銭を財布にもどした。あ、あと広次は思ったが、腹に力を入れて我慢した。

　母親を裏切ることは出来なかった。家の中で、ただ一人の男として責任があった。

二

朝飯を喰いながら、母親のおまきは、くどくどとおりょうに文句を言った。

「いいかい。つき合ってたらいずれろくなことにならないんだからね。重吉というひとを、あんた、なんだと思ってんのさ。子持ちだよ。れっきとした女房がいて、子供がいるんだよ」

広次は箸《はし》をとめて、母親の顔を見上げた。おまきは寝不足の青い顔をしていた。昨夜は帰りがおそく、町木戸が閉まるまぎわに、それもへべれけに酔って這《は》うようにして帰ってきたのだ。

それも店で何か面白くないことがあったらしく、ちきしょうとか、あの野郎とか、広次がこれまで聞いたこともないような口汚い悪態をつき、しまいには起きて待っていたおりょうにしきりに絡《から》んだ。

広次は次の間で寝ていたが、この騒ぎで眼を覚ました。母親の女だてらの悪態声が、近所の眼を覚ましやしないかと、広次はひやひやしたが、一方で次第に心がもの悲しく沈む気もした。おりょうだけでなく、母親まで以前と少し変ったように思われたからである。

おまきは青白い機嫌が悪い顔をしていた。おりょうに対する文句は昨夜の続きだった。

「お前、まだ十六だろ。だまされてんだよ、あの男に」

「…………」

「どうしてもつき合うのをやめないってんのなら、あたしが一ぺん会うよ。会ってあの男に言ってやるさ」

「やめてよ、みっともない」

それまで黙って飯を喰べていたおりょうが、顔をあげて不意に言った。

「あたいだって、もう子供じゃないんだから、自分のやってることぐらいわかってるよ。よけいな口出ししないでよ」

「みっともないだって？」

おまきが、がたりと飯椀《めしわん》を下に置いた。

「親に向かって、なんて口のきき方だい。みっともないのはどっちだい。まだけつの青みもとれないひよっ子のくせして、一人前に子持ちの男なんか追っかけ回して。おっかさんの方こそ、みっともなくて人前に出られやしないよ」

広次はそっとお膳の前から立ち上がると、草履をはいて外に出た。家から二、三歩離れたとき、中からおりょうの泣き声が聞こえた。

――ああ、やだ、やだ。

朝っぱらから親子喧嘩《げんか》をして、みっともないのはあの二人じゃないかと思った。それにしても母親の言うことも一理あるという気がした。十文でだましにかかった重吉に嫁もいて、子供もいるとは知らなかった。それだったら、おりょうが重吉の嫁になれるわけはない。あの男の前で、身体をくねらせたりしても無駄なのだ。すると、できたというのはどういうことなのだろう。

「広ちゃん」

広次がむつかしい顔をして木戸を出ると、朝吉が呼んだ。みると朝吉だけでなく、源治、良太、栄助、それに女の子がおよし、徳江、おはると三人も塊っている。みんなの顔をみると、広次はすっと胸が晴れるのを感じた。

「みんな行くか」

胸を張るといった感じで、広次は言う。みんな一斉にうなずいて、にこにこした。

広次は昨日の夕方、行々子が卵を生んだのを確かめたのだ。二つの巣の中に、小粒で白に焦《こげ》茶《ちゃ》の斑《まだら》がある卵が、あわせて八つも入っていたのである。広次は裏店に飛んで帰ると、今日卵をみせに連れて行くと触れを回しておいたのである。

町をはずれて、みんなは崇伝寺裏の雑木林に入って行った。近くの百姓家で下草を刈るので、林の中はきれいになっている。ところどころに、子供たち二人でも抱えきれないほど太い松があり、ほかは楢《なら》やえごの木、欅《けやき》、もみじなどが雑然と空に枝をのばし、日を遮《さえぎ》っている。

裏店の子どもたちは、狭い路地から抜け出してよくこの林にやってくる。蟬《せみ》を取ったり、とんぼを取ったり、女の子なら灌木《かんぼく》の陰に咲いている花を摘んだり、ここに来ると遊びの種にはこと欠かないのだ。あちこち木の根のあたりに、土を掘り返したあとがあるのは、広次たちが腰の曲った蟬のおばばを掘り出したあとである。

だが子供たちは、広次や広次と同い年の源治、それに今日は来ていないが、ひとつ年上の正作など年上の子をのぞいて、一人で林にくることはない。大てい二、三人連れ立って来て、遊びは日が暮れないうちに切りあげる。それは親たちからやかましく言われていた。林は奥深く、子供の一人や二人すぐにみえなくなるのだ。ことに薄暗くなると、このあたりにはよからぬものが跳梁《ちょうりょう》する。

子供たちは親にそう言われていたし、それを信じていた。だが、いまは林の中は、木の葉を洩《も》れる日の光で、明るかった。子供たちは一列になって林の中をすすんだ。

そして不意に、眼の前にもっと豊饒《ほうじょう》な光が溢れた。林が切れて、目ざす湿地に出たのである。青空がひろがり、遠く近く行々子が啼《な》いている。密集した葭の原が眼の前にあった。一度だけ、広次は源治と二人で葭原を奥へ奥へとすすんで行ったことがある。葭の葉先は、はるかな空の中ほどまでのびていて、二人は森の中をさまようような心細い気分になったが、ついに原を突っきったとき、眼の前に広い田圃《たんぼ》がひろがっていた。田圃の向う側に、四、五軒の百姓家が小さく塊っているところまで見きわめて、二人は満足して帰ったのである。

「濡《ぬ》れても、草履を脱いじゃだめだぞ。足が切れちまうぞ」

広次はみんなに注意をあたえてから、葭原に踏みこんだ。中には、広次たちが葭を踏み折ってつけた道がある。行々子の巣は七つもあるので、道は途中から分かれて迷路のようになっていた。卵が入っているのは、その中の二つの巣である。

歩いて行くと、道はじわりと沈み、足もとが濡れた。ところどころに水溜《みずたま》りがあり、水は澄んで、その中で泳いでいる黒い虫がみえた。子供たちは黙りこくって歩いているので、原の中は、行々子のけたたましい啼声と、時どき風がゆすって行く葉ずれの音が聞こえるだけだった。暑かったが、誰も暑いとは言わなかった。

「ここだ」

広次は小さい声で言った。近くで行々子が囀《さえず》っている。鳥を驚かせてはいけないのだ。子供たちは空を見上げた。黒っぽい巣が、葉の先端から二尺ほど下がったところに浮かんでいる。行々子は、三、四本の葭を支柱にして巧みに巣をかけるのだ。巣は、広次が手をのばしても届かない、高い場所にある。

「どうするの？　広ちゃん」

とおよしが囁《ささや》いた。しっと言って、広次は支柱になっている葭に手をかけると、折れないように気を配りながら、ゆっくりたぐりはじめた。

すぐ近くで、猛《たけ》だけしく行々子が囀っているが、姿はみえなかった。広次の手の動きに従って、巣はだんだんとみんなの頭の上に降りてきた。

「もっと、後にさがって」

と広次は言った。ついに巣がみんなの前に降りてきた。斜めにかしいだ、ほとんど滑らかな巣の内側に、小粒な卵が五つ入っている。みんなは一斉に手を叩いた。すると行々子の囀りがぴたりとやみ、続いて鳥が飛び去る羽の音がした。だが行々子は、離れたところでは、休みなく囀っている。

「向うの巣に三つ入っている。みるか」

ゆっくり手間をかけて、巣を上にもどしながら広次が言うと、みんなは口ぐちに、みると言った。どの顔も興奮して赤くなり、眼がきらきらしているのを、広次は満足そうに見回し、よし、みせてやると言った。

卵が入っているもうひとつの巣と、ほかに空の巣をひとつみて、みんなは葭原から出た。中はむし暑く、歩きまわっている間にすっかり汗をかいたが、みんな満足していた。

だが半助店《はんすけだな》の子どもたちは、葭原から出たところでぎょっとして立ち止まった。眼の前に、同じぐらいの年ごろの子どもたちが五、六人、立ち塞《ふさ》ぐように塊っている。見たことのない顔だった。よその町の連中だ、と広次は思った。

「おまえら」

中で、広次より二つぐらい年上にみえる大柄な子どもが、横柄な口調で呼びかけた。

「卵を探してきたんだろ？」

「そうだよ」

広次は言ったが、急に腹が立った。

「それがどうしたい？」

後からおよしが腰をつついて、広ちゃん喧嘩はやめてよ、と言ったが、広次はその手を振り払った。葭原の中の道は自分たちでつけた。巣も卵も自分たちが見つけたものである。よその町の連中に咎《とが》めだてされるいわれはない。

「卵、あったかい？」

「あったさ。だからどうだというんだよ」

「おれたちにも、わけろよ。な？」

もう一人の子供が、にやにや笑いながら言った。すると、顔もみたことがないその連中は、一斉に小馬鹿にしたような笑い声をあげ、口ぐちに、おめえらでひとりじめすることはないだろ、とか、卵はうめえぞとか言った。たちの悪い連中のようだった。

「ふざけるんじゃねえや。この原っぱはおれたちのもんだぞ」

気の強い源治が前に出てきて、口をとがらせて言い返した。

「あんなこと言ってら」

大柄な子が、ほかの連中の顔を見回して、けしかけるように言った。

「こいつら、チビのくせして、生意気だと思わねえか」

連中が一歩前に出てきた。すると広次のわきに、源治と良太、栄助が出てきて並んだ。

——喧嘩だ。

と広次は思った。朝吉は臆病《おくびょう》で前に出て来ないが、喧嘩ならこの四人で十分だと思った。町内のほかの連中とやり合うときも、大概この四人で戦って、あまり負けたことがない。喧嘩馴れしていた。向うがやる気ならやるぞ、と思ったとき、喧嘩する前にいつもそうなるように、股《また》ぐらが涼しくなるような感触が襲ってきた。

「おめえら、やる気か」

広次が叫んだとき、後から徳江が出てきて、源治の横にならんだ。徳江は広次と同い年で気の強い女の子である。おい、おまえはひっこめよ、と広次が言ったが、徳江はもう眼をいからしていた。

双方がもう一歩ずつ前に出て、そして突然乱闘になった。広次は脇目《わきめ》もふらず、大柄な年上の子に組みついて行った。後でおよしたちの派手な悲鳴と朝吉の泣き声が起こった。広次は何度か頬を殴られたが、組みついた手を離さず相手の股ぐらを蹴《け》りあげ、手に嚙《か》みついた。夢中になっていた。

三

日が落ちかけて、薄暗くなった町を、広次は駆けていた。姉のおりょうを迎えに行くのが少し遅れている。途中で、帰ってくる姉に会いはしないかと、きょろきょろ擦れ違う人をみながら走った。

遅れたのにはわけがある。五日前の喧嘩は、みんな頭に瘤《こぶ》をつくったり、唇を切ったり、足を蹴られたりしたものの首尾よく勝った。どこかの町からきた連中は逃げたが、そのうち鳥の巣をめちゃめちゃにしてやるぞとか、卵を盗《と》ってやるからな、とか捨て科白《ぜりふ》を残して行った。

それで翌日から、広次たちは代りばんこに林の隅で張り番をしているのである。広次は日暮れ前の張り番を引きうけていた。鳥の巣なんかこわしに来たら、相手が何人だろうとやっつけてやる、と意気ごんでいた。

今日も米をとぎ、菜っぱをきざみ、台所の拭《ふ》き掃除を終えると、林に行って源治と張り番をかわったのだが、もう少しもう少しと思っているうちに、迎えの時間に遅れてしまったのだった。

息せき切って駆けつけると、米屋ではちょうど戸を閉めているところだった。おりょうの姿は見えず、あたりはすっかり暗くなっている。広次は胸騒ぎがした。

「あの……」

広次がおずおずと呼びかけると、戸を閉めていた若い男が振り向いて、威勢よく言った。

「何か用かい、坊主《ぼうず》」

「姉、もう帰ったでしょうか」

「姉って誰のことだい」

「お店で働いている、おりょうです」

「何だい、お前おりょうちゃんの弟かね」

「はい」

「おかしなこと言うじゃないか、弟さんよ。姉ちゃんは今日、店を休んでるぜ」

広次は胸の中で何かが弾《はじ》けたような気がした。茫然《ぼうぜん》と若い男の顔を眺めた。姉は朝、いつものように店に行くと言って家を出たのだ。行ってくるよ広ちゃん、と手を振って木戸を出て行った後姿を、広次は見送っている。

「あれ、俺が嘘《うそ》でもついていると思ってるのかい」

「いいえ」

広次は激しく首を振った。いつか、やはり少し迎えが遅くなって、店に着いたときあたりが薄暗くなっていたとき、店の横で手を握り合っていたおりょうと重吉の姿を思い出していた。

「あの、重吉さんいますか」

「重吉？　ああ手代さんか。あのひとなら昨日やめたんだがね」

広次は一瞬眼の前が暗くなった。どういうことか、くわしいことはわからないが、大変なことが起こったという気がした。おっかあが心配していたのはこういうことだったのだ。

「あの……」

「まだ何か用かい？」

「重吉さんの家、わかりますか」

「家か。さあーて」

若い男は腕組みして首をかしげたが、やはり威勢よく言った。

「待ちな。いま中で聞いてやろう」

男が戻ってくるまで、広次は暗い路上に顫《ふる》えながら立ち続けた。機嫌のいい顔で木戸を出て行った姉を思い出していた。やがて足音がして、男の顔が内側からのぞいた。だが男は道に出て来ようとはせず、広次を手招きした。

「ちょっと中に入りな。旦那《だんな》が用があるそうだ」

広次が店に入ると、帳場から肥った中年の男が立ってきて、広次を手で招き、板の間にしゃがんだ。それが旦那らしかった。案内した若い男は、そのまま店に上がって奥に姿を消した。広次は立ちこめている米と糠《ぬか》の匂《にお》いの中で、店に積み上げてある米俵の山を、落ちつきなく見回した。

「あんた、おりょうの弟さんだって？」

旦那は、落ちついた丁寧な口調で言った。広次は口の中ではいと言ってうつむいた。

「おりょうを訪ねてきたそうだが、姉さんは今日店を休んでいるよ。家にはいないのか」

「………」

「どうなんだね」

「姉は、朝お店に行くと言って、家を出たんです」

「ふむ」

旦那は首をかしげた。

「あんた、重吉の家がどこかと聞いたそうだが、なぜだね」

「行ってみようと思って。姉がそこにいるかも知れません」

「なぜそう思うのかね」

「あの、姉は重吉さんと、できていましたから」

旦那は笑い出した。あまり笑って苦しそうにむせている旦那を、広次はきょとんと眺めていた。

「子供はそんなことを言ってはいけない」

漸《ようや》く咳《せき》がおさまった旦那は、手を振ってそう言った。

「それで、あんたは重吉をよく知ってるのかね。つまりだ。重吉はあんたの家に行ったりしていたかね」

広次は首を振った。

「重吉は昨日、突然にこの店をやめた。それはいいが、少し店の金をくすねて行ったようでな。それほどの金でもないので、お上には届けたくないと思って、じつは明日にでも重吉の家に行ってみようかと思っていたところだ」

「…………」

「だが、あんたの話で、事情が少し読めてきた。二人は駆け落ちしたかも知れんな。あんたがそうしておりょうを探し回っているところをみるとな」

駆け落ちというのは、何だろうと広次は思った。姉のように、突然いなくなることか。すると四年前に姿を消した父親の民蔵も駆け落ちしたのか。

「重吉の家を教えてあげてもいいが、行っても無駄だろう。それでも行ってみるかね。行くんなら図面を書いてやるが」

「教えて下さい」

と広次は言った。

重吉の家は、松ヶ枝町からずっと西の天神町《てんじん》というところにあった。暗く長い道を、広次は常夜燈の明かりで、米屋の旦那が書いてくれた図面の目印を読んだり、通りがかりの人に訊《たず》ねたりして辿《たど》って行った。暑い夜で、町屋ではまだ家の前に縁台を持ち出して涼んだりしている人がいたが、全く人通りのない武家屋敷や寺の横を通る道もあって、広次は肝を冷やした。重吉の家を訪ねあてたとき、広次はひどく疲れていた。腹も空いていたのだ。

重吉の家は表店で、障子から明るい光が洩れ、中で赤ん坊の笑い声がした。出てきたのは、まだ若い女で、腕に赤ん坊を抱いていた。

「重吉さん、いますか」

と広次は言った。

「亭主はまだ帰りませんけど」

重吉の女房と思われるその女は、広次があまり小さいのでびっくりしたようだった。まじまじと眺めて言った。

「あの、あんたはどちらのお使いですの？」

「重吉さん、どこへ行ったか知りませんか？」

女は怪訝《けげん》そうに首をかしげた。

「朝、お店に出かけて、まだ帰っていないんですよ。もうじき帰るだろうと思いますけどね」

広次は後じさりした。このひとは何も知らないのだと思った。重吉が店をやめたことも、突然いなくなる駆け落ちをしたことも。広次は姉のおりょうが、遠いどことも知れない場所に去ってしまったのを感じた。

むずかり出した赤ん坊をあやしながら、なにか呼びかける女からのがれて家を出ると、広次は暗い道を走った。どこかへ行ってしまった姉を思うと、走らずにいられなかった。駆け落ちというからには、姉もどこか遠い道を、こうして休みなく走っているのか。そう思いながら、息せき切って走る広次の頬を、涙がこぼれ落ちた。

四

広次は林の中の一本の松の下に、足を投げ出して坐っている。葭の穂の陰に日が沈もうとした。時おり風が吹くと、葭は波のようにざわめく音を立て、穂は乱れて日に光った。そして風が通りすぎると、葭原は静まりかえり、遠くで啼いている行々子の声がはっきり聞こえる。

行々子は、暑くなりはじめたころは、林のすぐそばまでやって来、時には姿を見せて猛だけしく囀っていたものだが、いまは葭原の奥のほうで啼いている。心なしか、その声には元気がなかった。行々子は、日一日と遠くに去ろうとしているように思えた。

広次がこうして坐《すわ》っているのは、行々子の卵の張り番をしているのである。いつか喧嘩をしたよその町の子供たちは、その後いっこうにやって来なかった。源治や良太たち、半助店の広次の友だちは、はじめの間こそ張りきって卵番にやってきたが、喧嘩相手がさっぱり現われないのでそのうちすっかり倦《あ》きてしまったようだった。いまもやってくるのは広次だけである。

その広次にしても、半分は家にいるのがいやだから林にやってくるのである。おりょうが駆け落ちしてから半月ほどたつ。おりょうがいなくなると、母親のおまきは、時どき店を休むようになった。店を休んで、広次に酒を買って来させ、昼の間から酒を飲んだりする。飲むだけならいい。酔っぱらって広次に愚痴を言ったり、はては泣き出したりする。ろくに髪もとかさず、そうしている母親は醜かった。いたたまれなくなって広次は家を出る。

今日も広次は酒を買って来いと言われ、酒屋に行ってくると、そのまま家を飛び出してきたのである。母親はいまごろは一人で酔っぱらっているに違いなかった。

姿を消した父親をぐちり、おりょうを罵《ののし》り、あたしほど不しあわせな女はいないという。そして広次にむかって、お前だけが頼りだからね、などと言ってにじり寄る。母親の身体からは、鼻をつまみたくなるような酒の香が押し寄せてくるのだ。

そのくせ母親は、店に出た夜は、時どき得体の知れない男に送られて、派手な嬌声《きょうせい》をあげたりしながら帰ってくるのである。そういうとき広次は耳をふさぎたい気持になる。俺が頼りだなんて言うなら、もっとしっかりしてくれと言いたくなる。

広次はぼんやりと葭の原のむこうに日が落ちるのを眺めていた。行々子は卵を孵《かえ》したろうか、と思うこともあるが、もうそれを見に行く気持は失われていた。少し薄暗くなってきたが、広次は動く気にはなれないでいる。膝《ひざ》を抱き、その上に顎《あご》をのせ、赤く染まりはじめた空を見つめている。おりょうがいなくなって、夕方あわてることもいらなくなったのだ。

ふと林の奥に人影が動いたような気がした。遠い、林の端《はず》れのあたりだった。眼をこらしたとき、動くものは見えなくなった。

——何だろ?

広次は立ち上がった。ぞっとして逃げ腰になっていた。夕方になると、このあたりにはよくないものが出てくる。そう言っている裏店の人たちの言葉を思い出していた。

また何かが動いた。同時に人の声がした。

「いたぞ。そっちに回れ」

遠い罵り声がした。二、三人の黒い影が林の中に走りこんでくるのが見えた。薄暗く遠くて、はっきりは見えなかったが、黒い影のひとつが手をあげて振ったとき、その手に鈍く光るものが握られているのがみえた。

広次は足が顫え、動けなくなった。松の幹に背をこすりつけるようにして立っていた。すると、突然後に足音がして、黒いものが広次の脇を擦り抜け、眼の前の葭原に駆けこんで行った。

――あ、ちゃんだ。

葭の薄闇《うすやみ》の中に沈んで見えなくなった背を見送りながら、広次は思わず叫びそうになった。尖《とが》って痩《や》せた肩と、少し前かがみにした背が、一瞬だったが四年前の朝、町端れの小さな橋を渡って行った、父親の民蔵に間違いないと思われた。

すぐに荒々しい二、三人の足音が横から迫ってきた。

「おい、誰かいるぜ」

行き過ぎようとした足音が戻ってきてそう言った。まがまがしい顔をした男たちに、広次は取り囲まれていた。男たちは三人で、一人は素手だったが、ほかの二人は手に抜身の匕首《あいくち》を握っている。

「おい、小僧」

肥った素手の男が、唇をゆがめて広次の顔をのぞきこんだ。

「こんなところで、何をしてる？」

「…………」

「ま、それはいいや。おめえ、誰かを見なかったか」

広次は激しく首を振った。

「嘘をつくと、これだぞ」

一人が、匕首の腹で広次の頬をぴたぴたと叩いた。匕首の冷たさが、広次の恐怖を絶頂に押しあげた。広次は眼をつりあげ、夢中になって首を振りつづけた。

男たちは低い含み笑いをあわせ、それから崇伝寺の塀《へい》の方に歩いて行った。逃げられたな、やろう今度見つけたらただじゃおかねえ、などという男たちの声が聞こえたが、その声も消え、あたりは急に静かになった。行々子の声もいつかやんでいる。葭原の上には、とろりとした夕焼けの空がひろがっていて、その中はもう暗くなっていた。

不意にぴちゃぴちゃと水音がして、葭がざわめき、男が林に上がってきた。男は広次に気づいて、ちょっと立ち止ったが、すぐに背を向けて、さっき走ってきた方角に歩き出した。その背に、広次はまたしてもはっきり、父親をみた。

「ちゃん」

広次が呼びかけると、男は振り向いた。だが近寄ろうとはしないで、確かめるようにこちらをみている。月代《さかやき》がのびて少し人相が変っているが、頬骨がつき出た顔の輪廓《りんかく》は、まぎれもなく父親の民蔵だった。広次は胸がせまった。

「ちゃん、おれだよ。広次だよ」

すると民蔵は、ゆっくり近づいてきて、広次の肩をつかんだ。

「なるほど、広次だ。大きくなったからわからなかった」

懐《なつ》かしい父親の肉声だった。広次は胸の中の塊が、喉《のど》の方までふくらんでくるのを感じた。

「…………」

「おめえ、こんなところで何してる？」

民蔵は、さっきの悪党たちと同じことを聞いた。だが広次は答えないで、民蔵の袖《そで》をつかんだ。

「家へ帰ろうよ。おっかあが待ってるよ」

「いや、家へは帰れねえ」

と民蔵は言った。

「おっかあに渡すものがあってな。ちょっと帰って来たのだが、悪い奴《やつ》らに見つかってしまった。家へ近寄ると、おめえたちが迷惑する」

「…………」

「そうだ、ちょうどいいところで会った」

民蔵は懐をさぐると、布に包んで紐《ひも》で縛ったものを取り出し、広次の手に握らせた。受け取ると、ずしりと重かった。

「金だ。遠州屋さんに渡してくれろ、とおっかあに言いな。そう言えばわかる。それからこう言え。おれはすぐ江戸を出るが、もう二度と江戸に戻れねえ身体になったと。だからおれのことは諦めて、いいひとがいたら一緒に暮らせとな。ちゃんがそう言っていたと言うんだ」

「そんなの、おれ、いやだよ」

「言われたとおりにしろ。大事なことだ。おっかあはまだ若いのだ」

「…………」

「おりょうは元気か」

「ああ」

広次は嘘をついた。ほんとのことを言う気にはなれなかった。

「みんなで、元気に暮らせ」

民蔵は、不意に広次から身体を離した。

「さっきのやつらが戻ってくるといけねえから、もう行くぞ」

「…………」

「おっかあを頼んだぞ」

民蔵の姿は、微《かす》かな足音を残して林の暗がりにまぎれた。その足音もすぐに聞こえなくなった。広次は茫然と立っていた。

五

戻ると、家の中から母親のけたたましい笑い声が聞こえた。それにあわせて男が笑っている。広次は憤然として茶の間に駆け上がった。

膳《ぜん》をはさんで、おまきと痩せた小男が向きあい、酒を飲んでいた。男はだいぶ飲んだ様子で、猿のように赤い顔をしている。

「や、あんたが広ちゃんかな」

男は広次をみると、胡座《あぐら》から正座に足を組みかえた。

「あんたのことは、おっかさんからようく聞いています、はい。なかなかしっかりして、働き者だそうですなあ」

「…………」

「あたしは銀平と言いましてな。おっかさんとは長いつき合いです。どうですかな、おちかづきのしるしに一杯」

銀平は立っている広次に盃《さかずき》をさし出した。その手をおまきが横から叩いた。

「よしなさいよ、相手は子どもじゃないか」

「そうか」

銀平は盃をおろして言った。

「そういうわけで、今度この家に厄介になることになりました。なにぶんよろしくな」

そう言ったが、広次が入口に突っ立ったままで自分を睨《にら》みつけているので、銀平はとほうに暮れたようにおまきを振りむいた。

「あんな眼で、あたしを睨んでますがな。おまきさん、あんたからなにか言ってくれないか」

「あのな、広ちゃん」

今度は母親が広次に膝をむけた。おまきはいつの間に化粧したのか、髪もきちんと結い、顔には白粉《おしろい》をぬり、唇に毒々しい紅までぬりたくっている。頬がさくら色に染まり、変に生ぐさい女に見えた。

「おとっつぁんがいなくなって、家が困ってることは、おまえもわかっているだろ。おっかさんが稼《かせ》がないと喰えない、姉ちゃんがどっかへ行ってしまっても、探しに行く人もいないし、こないだ大風で戸がこわれちまったけど直すひともいない。やっぱり誰か男のひとがいないと困るんだよね」

「困らないよ」

広次はぶっきらぼうに言った。男も変な男だが、母親もいやらしかった。醜い大人二人に対する嫌悪感《けんおかん》で、広次は吐き気がしそうだった。

「それでさ」

母親は広次の様子にはとんちゃくなしに言葉を続け、身体をくねらせるようにして銀平に流し目を送った。

「このひとは、お店のお客で古い知り合いだから、気心がよくわかっているわけ。おまえにもすぐにわかるけど、仏さまのように気のいいひとさ。だからこのひとに、広ちゃんのおとっつぁんになってもらおうと、おっかさん決めたんだよ。それで……」

「いやだ」

と広次は叫んだ。

「おいらのおとっつぁんは、ちゃんといるんだ。こんなおじさんなんか知るもんか」

「そりゃいるさ。だけどどこにいるかわからないおとっつぁんじゃ、何の役にも立ちはしない」

母親が言うと、銀平が下卑た笑い声をあげて、ちげえねえや、役には立たねえと言った。すると母親も声をあわせて笑い、あんたはまた、すぐに変なふうに考えるんだから、いやらしいよ、と言った。

広次は怒りで、頭の中が火のようになるのを感じた。二人を指さして叫んだ。

「それじゃ、あんたら二人で暮らしたらいいさ。おいら、こんな家にいないよ。誰が、一緒になんか暮らすもんか」

広次は茶の間を飛び出した。そのまま草履をひっかけて外に出た。広次、ちょっと待ちな、どこへ行く気だい、と路地へ出てきた母親が喚《わめ》く声が聞こえたが、広次はふり向かなかった。

木戸を出ると、いそぎ足に町を歩いた。

日はすっかり沈み、夕映えも色がさめてしまったが、空には直後の明るさが漂っていた。町にはまだ歩いている人がおり、大通りの乾物屋の前では、子供たちが四、五人塊って遊んでいた。どこかで蚊遣《かや》りを焚《た》く匂いがしている。

いつの間にか広次は、四年前に父親を見送った、町外れの小さな橋にきていた。橋の下に、さらさらと水の音がした。欄干によりかかって空を見上げると、西の方は町の屋根の向うに、ほんのひとひら黄色い日没の名残りが残っているだけだった。行々子はもう寝たろうかと広次は思った。

東の空には、まるい銀色の盆のような月が浮かんでいる。だが月は、まだ町を照らすほどの光をもたず、橋の向うの音羽の町は黒っぽい薄闇の中に沈んでいる。その中にちかちかと瞬《また》く灯明かりが見えた。

——この橋を越えて行こうか。

と広次は思った。無性に父親に会いたかった。さっき林の中で会った父親はまたこの橋を渡って、遠くへ行ったのかと思った。橋を渡って、どこまでも歩いて行けば、そこで父親に会えるかも知れなかった。

——お金ならある。

懐には、さっき父親から預かった金が、ずっしりと重くおさまっている。遠くへ行けば、父親だけでなく、姉のおりょうにも会えるかも知れなかった。

「やっぱり、ここに来てたんだね」

不意に後で、母親のおまきの声がした。元気のない声だった。広次は振り向かなかった。欄干に首を乗せるようにして、暗い水面をのぞきこみながら、頑《かたくな》な気持になっていた。

「おっかさんが悪かったよ」

おまきはしおれていた。

「あのひとには帰ってもらったから、家へ戻っておくれ。おりょうがいなくなり、この上おまえまでいなくなったりしたら、おっかさんは、生きてる気がしないよ」

「…………」

「そんなことになったら死んだほうが、ましさ」

不意におまきはすすり泣いた。その泣き声は広次の心を動かしたが、広次はそれでもまだ振り向かなかった。

「おっかさんも、少し疲れたんだよ。おまえには言わなかったけど、身体のぐあいだってよくないし……」

おまきは哀れっぽい口調で続けた。

「あんな店で働いて、好きで白粉をぬったり、男の相手をしたりしてるんじゃないよ。もとはといえば、おとっつぁんが悪いんだよ」

「…………」

「おとっつぁんは、白銀町の遠州屋という問屋さんで、番頭をしてたんだよ。それが博奕《ばくち》に手を出して、お店の金を遣っちまってね」

遠州屋の主人が好人物で、民蔵はお縄を免れた。民蔵は、旅で働いて、必ずその金を返すと主人に誓って、江戸から姿を消したのである。だがそのまま、一年たち、二年たっても何の音《おと》沙汰《さた》もなかった。

おまきは、二人の子供を育てることもさることながら、遠州屋に申しわけがなくて、実入りの多い飲み屋の酌婦に身を落とし、少しずつ遠州屋に金を入れていたのである。

「でも、きりがない話だからね。おとっつぁんのことは、とうに諦めているけど、この先何年こんな暮らしが続くかと思うと、ふっと息が切れるときがあるんだよ」

「………」

「でも、やっぱり、おっかさん間違ってた。あんな男はもう来やしないから、家へ帰っておくれ」

「………」

「頼むから広ちゃん、こっち向いておくれよ」

だが広次は振りむかなかった。ほとんど母親を許していたが、男が一たん家を飛び出したからには、そう簡単には帰れないと思っていた。

「一緒に帰るのがいやだったら、おっかさん先に帰っているから」

「………」

「きっと戻っておくれ、ね」

おまきはそう言ったあともしばらく後に立っていたが、やがて諦めたように歩き出す足音がした。力のない足音だった。

広次は振り向いてみたが、もう母親の姿は見えなかった。広次は欄干の下に腰をおろして膝を抱いた。月があるので、橋の上は明るい。思い出したように橋を渡る人通りがあり、人々は声をかけたものかどうかと、一瞬迷う様子をみせて、広次の前を通りすぎて行く。

怒りがおさまってみると、腹が空いていた。そのせいか、ときどき広次は睡気《ねむけ》に襲われ、頭を膝頭にぶっつけては、はっと眼ざめた。

「広ちゃん」

女の子の声がし、小さな手で肩を抱かれて、広次は頭を上げ、眼をこすった。ちょっとの間だが眠ったようだった。およしの顔が眼の前にあった。

「こんなところで眠ってたらだめじゃない」

およしは、にっと笑った。

「おばちゃんが家へ来たの」

「…………」

「広ちゃんが橋にいるんだけど、呼びに行っても帰らないって。あんたが行ったら帰るかも知れないから、行ってくれっておばちゃんに頼まれたの。おばちゃん、そう言いながら泣いていたわよ」

みっともないおっかあだ。よその人にまで泣き顔を見せて。そう思ったが、突然広次は胸がふさがり、眼から涙がふき出るのを感じた。広次はうつむいて、手で顔を覆《おお》った。するとおよしが腕を一杯にのばして、広次をかばうように抱いた。

「かわいそうな広ちゃん」

およしは細い腕に力をこめて囁いた。

「広ちゃんは、おとっつぁんがいないから、かわいそう」

そういうと、およしは自分もえッ、えッと泣き声を立てた。二人はしばらくそうしていたが、涙がおさまった広次がそっと顔をあげると、およしもちょうど顔をあげたところだった。二人は眼を見合わせて、きまり悪そうに笑った。

およしは広次の肩に回した腕を解いたが、今度は両手でくるむように広次の手を握った。二人は身体をくっつけ合って橋の上にしゃがんだまま、しばらく無言で、丸い月を見つめた。漸くおよしが身じろいで言った。

「帰る?」

「うん」

帰って、母親に金を渡さなければならないが、父親が言ったことを全部言っていいものかどうかと、広次はまだ迷っていた。

そしてそれよりも広次はもう少しそのままでいたいような気がしていた。浴衣《ゆかた》を通して、およしの身体のあたたかみが伝わってくる。日盛りの草いきれのような髪の匂いがし、にぎり合った手は少し湿って、くすぐったいような感触を伝えてくる。およしともう少しそうしていたいと思った。そうしていると安心出来、そのくせ一方で心が落ちつきなく弾むようだった。

突然に、広次は理解した。

——おれ、およしとできた。

氷雨降る

一

「喜三郎さんは、どうするんですか、お前さん」

とおまさが言った。喜三郎は、王子の在に住む叔父である。その叔父を、息子の祝言《しゅうげん》に呼ぶかどうかとおまさは聞いているのだった。

吉兵衛の胸に、むくりと怒気が動く。聞くまでもないことではないかと思う。喜三郎はたった一人の叔父である。

だが吉兵衛は、穏やかな口調で言った。

「呼ばないということは出来ないだろう。考えてもごらん、私のたった一人の身内だ」

「それはそうですけど、もう何年というもの、家とはつき合いがないでしょ」

そういうふうにしたのは誰だ、と吉兵衛の胸はもう一度カッと熱くなる。二十何年か前、吉兵衛が浅草の幡随院《ばんずいいん》裏に貧しい所帯を持ったころ、喜三郎叔父は時どき自分の家でとれた大根や豆、ときには大事そうに一升か二升の米を抱えて訪ねてきたのだ。

だが吉兵衛が三間町《さんげんちょう》に小さな店をもち、さらに川を越えていまの北本所表町に小間物の大きな店を構えるようになったころから、叔父は次第に足が遠くなった。それは叔父が年取ったということでもあった。だが吉兵衛の連れ合いのおまさが、そうして自分が訪ねるのを喜ばないことを、喜三郎叔父は長い間に覚《さと》ったのかも知れなかった。叔父が、吉兵衛の店を、まったく訪ねることがなくなってから、もう十年にもなる。

だが吉兵衛は、そのことを言わなかった。言っても無駄だった。吉兵衛はただ、静かなきっぱりした口ぶりで言った。

「つき合いがあろうがなかろうが、叔父貴は叔父貴。こういうときに来てもらうのは、筋というものです」

「でも……」

おまさは、まだ何か逆らいたげに口をとがらせたが、不意に皮肉な笑い方をした。

「そりゃ来てもらったって構いませんよ。ただあたしは、喜三郎さんがかえって迷惑じゃないかと思ったんですよ」

吉兵衛は黙って立ち上がった。

「おや、またお出かけですか」

「うん」

「浅草ですか」

「そうです」

近ごろ酒量がふえた、と吉兵衛は家を出て、大川の河岸《かし》の方に歩きながらそう思った。酒は若い時分から好きだったが、いまの店を持ったころは、仕事がいそがしくて一時は酒を飲むひまもなかったのである。

客も固まり、商いが順調になると、また酒に戻ったが、ここ一、二年の間に、急に酒の量がふえている。夜になると、吉兵衛は何かにせかされるように、浅草の町に足を運ばずにいられない。

——汗水たらして、一所懸命に働いたのは、いったい何のためだったのか。

と吉兵衛は、近ごろ時どきそう考える。そういうことは二十代にも、三十代にもなかった考えだった。そのころは、ただ夢中になって働いた。働いて、少し暮らしが楽になったり、子供をもち、子供が大きくなるというようなことに満足した。

はてな、という気がしたのは、四十を半ば過ぎたころだった。吉兵衛は金に不自由せず、周囲から旦那《だんな》と呼ばれる身分になっていた。人を使い、商いは繁昌《はんじょう》して、何の不安もなかった。だがそういう日々に、なぜか喜びがなかった。やることをやってしまった虚脱感のようなものがあることに気づき、間もなく五十だな、と自分の年ばかりが気になった。五十は目前で、その坂を越えれば、あとはらちもなく老いて行くばかりだと思った。そしていま、五十をすぎてみると、いよいよそれがはっきりした。

子供を育てたり、金をためて店を持ったりすることのほかに、なにかやることがあったような気がするのだが、それが何だったかはわからなかった。

わからないが、吉兵衛は時どき自分が何か大きな忘れものをしているような気がすることがある。

それは、いまのように女房のおまさが、祝言に叔父を呼ぶのかと訊《たず》ねたり、息子の豊之助が、ねちねちした口調で奉公人を叱《しか》りつけているのを聞いたりするとき、不意に激しく吉兵衛を襲ってくる。

おまさも豊之助も、いまの境遇に、どっぷりと首まで漬かっていた。おまさは繁昌している小間物屋のおかみらしく腹が出て、店に出るときも厚化粧をし、一分の隙《すき》もない着付けをしている。店が休みの日は、女中を連れて、猿若町《さるわかちょう》の芝居を見に行く。

四十八になったとき、吉兵衛は店を豊之助にまかせたが、豊之助には吉兵衛を上回る商人の才覚があるようで、店のことは何の心配もなかった。むしろ豊之助の商いは、吉兵衛からみるとやりすぎだと思うほど、抜け目がなかった。

——そんなに儲《もう》けて、どうするつもりだ。

と吉兵衛は、豊之助の商売ぶりをみて、商人らしくもない感想をもつことがあった。やり手の豊之助は、奉公人にも厳しかった。

商売に身を入れなくなった父親を、豊之助は次第に相手にしなくなった。大ていのことは母親のおまさと相談して運んでしまう。今度嫁に決まった相手は、取引先の問屋の娘だったが、長崎屋というその問屋は、豊之助が店をやるようになってから、新しく取引をはじめた店だった。そのとき、豊之助は古いつき合いの問屋である伊奈屋との取引をあっさりと切っている。

縁談も、豊之助は母親と相談してあらまし決めてから、吉兵衛に知らせている。吉兵衛は賛成したが、相手の娘を見たわけではなかった。息子の嫁に対する吉兵衛の関心は、驚くほど薄かった。

自分と母子との間に、いつの間にか大きな隙間が出来たことを、吉兵衛は承知している。ある意味では、隙間は吉兵衛の方から作ったとも言えるのだ。

叔父をどうするかという、さっきのおまさとのやりとりにしても、昔はおまさがそういう言い方をすれば、吉兵衛は頭から湯気を立てて怒ったのだ。だが怒っても甲斐《かい》なかった。おまさはその場だけは不服げながら黙るが、決して自分の考えを変えるようなことはしなかった。自分の考えが正しく、吉兵衛の言い分が間違っているというおまさの考えは、どんな場合でも小ゆるぎもしないのだ。

そういうことの繰り返しに、吉兵衛は疲れ、倦《あ》きた。そしてある日、豊之助と商売のことで言い争って、豊之助の性格の中に母親とそっくりなものを感じ取ったとき、吉兵衛は、不意にこれまでの生き方が徒労だったのではないかという気がしたのだった。

橋の上に女がいる。若い女に見えたが、あたりは薄暗くて、女の顔立ちなどはよく見えなかった。女は橋の欄干に胸を乗り出すようにして、暗い川波をのぞきこんでいる。

——男を待っているところか。

そう思いながら、吉兵衛は女のうしろを通りすぎた。夜は幾分涼しくなったが、ついこの間まで夜は暑く、いまごろの時刻には、橋の上は逢引《あいび》きの男女でいっぱいだったのだ。

上野の森の上に、ひと刷《は》け日が忘れていったように薄赤い雲が残っている。だがその下の町はもう暗かった。雷門前の広場を照らす茶屋町の灯を目がけて、吉兵衛はいそいだ。

二

「でも、そういうことは言っても仕方ないんだよ、吉さん」

とおくらは言った。

「人間はみんなそう思ってさ、心の中に味気ないものを抱いたまま死んで行くんだよ」

「わびしいことを言いなさんな」

「でも、そうなんだから。人の一生なんてものはさ、そんな気の利《き》いたもんじゃないんだよ、きっと。俺は満足だ、思い残すことがないなんて死ぬ奴《やつ》は、この世に何人もいるもんか。みんな大概のところで諦《あきら》めをつけて、死んで行くのさ、きっと」

「そんなもんかねえ。おくらさんよ」

「熱いのを一本つけようか。あたしだってそうさ」

おくらは徳利から銚子《ちょうし》に酒を移しながら言った。茶屋町裏の三間町の、そのまた片隅にあるおくらの店は屋台のように狭く、羽目板も天井も煤《すす》けている。客は吉兵衛一人だった。

「亭主に死なれて、大家に金を借りて、ここに店を持ったのが、二十五のときだよ。二十五だよ、あんた」

おくらは二十数年前の自分をいとおしむように、一瞬手を休めて吉兵衛の頭の上のあたりにじっと眼を据えた。そういうおくらは、皮膚こそ昔のおもかげをとどめて白いものの、額には皺《しわ》をきざみ、髪は白髪まじりで、昔のおもかげもなく肥《ふと》っている。

「あたしはまだひと旗上げるつもりだったんだ。お長というコブつきじゃあったけれども、まんざら捨てたもんでもあるまい、という気はあったのさ。好いたらしい客が来たら、しがみついてやる、ぐらいの色気はあったよ」

「あんたはきれいだったからな。誰それと出来たらしいなどと浮いた話もあったじゃないか」

「あった。あった。懐《なつ》かしいねえ。でもいざとなるとみんな逃げ出しちゃってね。みんなパーさ。それでずーっと飲み屋のおかみで、とうとうここまで来ちゃった」

「そうか。そんなもんか」

「もうおしまいだ。店の客だってさ、吉さんのような昔馴染《むかしなじみ》がきてくれるだけで、若いもんなぞ、ひとりも寄りつかないもんね」

「お長はどうしてるね。しあわせにしてるかね」

お長は子供の時分から店を手伝い、ついこの間までいたように思うが、鳥越《とりごえ》に住む屋根葺《やねふき》職人に嫁に行って、もう四、五年になるはずだった。

「子供が二人も生まれてね。もう親のところになんぞ寄りつきもしないよ。子供なんか育てたってあんなもんかね。苦労して育てたって言うのにさ」

「そりゃそんなもんさ」

「動けなくなったら面倒はみるって言ってるけどさ。あてになんぞなりゃしない。向うにも婆さんがいるんだから」

もう一本つけようか、とおくらが言ったとき、職人風の若い男が二人入ってきた。若い衆がきたじゃないかと吉兵衛は囁《ささや》き、あたしはもういいから、そちらを構ってくれと言って立ち上がった。

金を払って外に出ると、後でおくらが若くつくった声で、客に何か言うのが聞こえた。愚痴を言いにきて、半分は愚痴を聞かされた恰好《かっこう》になったが、それでも吉兵衛は、家を出たときのささくれ立った気分がおさまっていた。その上飲んだ酒が利いて、吉兵衛は諦めに似た穏やかな気持で町を歩いた。

両側に茶屋がひろがる町は、たえず三味線の音や、唱《うた》う声、女の笑う声がしている。吉兵衛が馴染にしている助六という茶屋も、その中にあるが、この頃吉兵衛は茶屋遊びからも遠ざかっていた。

芸者を呼び、金を使って女たちを遊ばせるのが面白かった時期は過ぎたのかも知れなかった。近頃は吉兵衛はほとんどおくらの店で飲んでいる。おくらは吉兵衛がまだ小間物の触れ売りをしていた頃からの知り合いだった。何でも話せた。

大川橋の手前で、道が心もち上りになる。酔っていてもそういうことはわかった。

——橋だな。

橋を渡れば家か、と思うと一瞬酒がさめるような気がした。近頃吉兵衛は、酔って帰る途中で、ふと帰る場所が他人の家ででもあるような気分に襲われることがある。

提灯《ちょうちん》を持たなかったが、薄曇りの空に見えがくれする月があって、足もとに迷うようなことはなかった。

——おや。

橋の途中まできたとき、吉兵衛は一瞬眼を疑った。

橋の上に女がいる。月の光はおぼろだったが、そこにいる女が、さっきおくらの店に行く時、欄干から身体《からだ》を乗り出すようにして、川を見おろしていた若い女だということはすぐにわかった。

女は同じ場所にいた。そしてやはり川を見おろしていた。川には灯をともした舟が点々と動いている。

ほっそりした女の後姿を眺めながら、吉兵衛は通りすぎた。

——どういう女か。

と思った。さっきは、男を待っているのだろうと見て通ったのだが、女が来ない男をまだ待っているとは考えられなかった。時刻は四ツ（午後十時）近いはずで、間もなくして町木戸が閉まる。吉兵衛はそのことが気になった。

橋を渡り切ったところで、吉兵衛はふり向いた。橋の中ほどに女の姿が小さく黒く見えた。そしてほかに人影はなかった。

しばらく見まもったあとで、吉兵衛はいま渡ってきた橋を引き返した。女に事情を聞いてみようと、簡単に決心がついたのは、身体をほてらしている酔いのせいのようだった。どっちみち、ああしている女を、そのままにしてはおけない、という気がした。

三

一日置いて、吉兵衛はおくらの店に出かけた。

汚れた暖簾《のれん》をかきわけると、吉兵衛は眼を瞠《みは》った。いつも閑散としている店の中に、四、五人の客がいて、中は珍しくざわめいている。

「いらっしゃい」

とおくらが潰《つぶ》れた声をかけた。すると、板場の奥から立ち上がった若い女が、吉兵衛をみて黙って頭をさげた。一昨日の夜、大川橋の上から連れてきて、おくらに預けた女である。事情を話して、おくらに預かってもらったが、吉兵衛はまだ名前も聞いていない。

「どうだね」

おくらが銚子を持ってくると、吉兵衛は訊《き》いた。女のことである。

「それが、とんだ拾いもの」

おくらはくすくす笑った。

「若い子がいると違うねえ。客の寄りがいいんだよ。それに何か喰うものを作らせてもうまいしね。いいよ、吉さん。当分預かってやるよ」

「いや、それよりも……」

吉兵衛は盃《さかずき》をあけてから言った。

「何かわかったかね。親元がどことか、年はなんぼだとか」

「それは聞いてない。いえ、聞いたんだけどさ、まだ何も喋《しゃべ》らないんだよ、あの子」

「名前は？」

「それだけは言った。おひさというそうだよ」

吉兵衛は若い女を見た。細面で眼が細く、口もとが小さくて美人顔だった。だが頰のあたりと長いまつげに淋《さび》しげな感じがつきまとっている。

「口紅をつけているな」

と吉兵衛は言った。淋しそうな顔立ちの中で、ぽっつりと紅を塗った唇だけが、若い女らしく生なましく見える。

「店に出るっていうから、あたしが貸したんだよ。何にも持っていないんだから、不思議な子だねえ」

「…………」

「それでいて、着ているものは、わりにぜいたくなものだよ」

とおくらは言った。

一昨日の夜のことを、吉兵衛は思い出していた。

吉兵衛が橋を引き返し、そばに立っても、女は見むきもしなかった。

「あんた、ここで何していなさる」

と吉兵衛が訊いたが、それでも女は黙って暗い川を眺めているだけだった。

――狂人か。

とそのとき吉兵衛は思ったのである。だが狂人にしても、そのまま深夜の橋の上に見捨てて行くわけにはいかない、という気がした。

「あたしはこの先の表町で、小間物屋をいとなんでいる王子屋というものです」

と吉兵衛はとりあえず名乗った。

「暮れ方にここを通ったら、あんたがいた。ところが帰ろうと思ってきたら、またあんたがいるので、あたしは驚いているところです」

「…………」

「よけいなお節介かも知れないが、そろそろ家へ帰りなすったらいかがですかな。親ごさんが心配なすっておられるだろうが……」

親のことを言ったのは、女がまだ二十前のように見えたからだが、女はあるいはもう嫁入った身分で、婚家でいざこざでもあって飛び出し、ここにいるというのかも知れなかった。

「とにかく若いひとが、夜遅くにこんなところに一人でいちゃいけません。何が出てくるか、わかったもんじゃありませんよ。男のあたしでさえ、一人歩きがこわいぐらいのものだから」

「…………」

「さ、帰んなさい。なんだったら、あたしがお家まで送って上げてもいい」

それでも女が動かないので、吉兵衛は業《ごう》を煮やして女の肩を摑《つか》んで引いた。女の上体が少し揺れただけで、手はまだ欄干を摑んでいて離れなかった。

「あんた」

思わず吉兵衛は女の顔を見た。ぼんやりした月の光に、虚《うつ》ろな表情が浮かび上がった。せわしなく吉兵衛は欄干から女の指を、一本ずつ引き剝《は》がした。女の指は、爪《つめ》が喰いこむほど固く欄干を摑んでいて、吉兵衛は一本ずつ力をこめて引き離さなければならなかった。

欄干から引き離されると、女は夢がさめたような顔で、吉兵衛を見た。

「さ、送って行こうか。お家はどこかね」

吉兵衛は言ったが、酔いがどこかに行ってしまったのを感じていた。川に飛び込んで、死ぬつもりだったかも知れないと吉兵衛は思った。その決心がつかないまま、川を見おろしているうちに、女の身体は凍りついてしまったのだ。

油断なく女の袖《そで》の端を握りながら、吉兵衛は言った。

「家は近いのかね。さ、遅いから送って行こうか」

吉兵衛がもう一度そう言ったとき、女の顔がゆがみ、不意に身体が橋の上に沈んだ。絞り出すような悲痛な泣き声が洩《も》れた。声はやがて号泣に変った。吉兵衛が立たせると、女は吉兵衛の胸にもたれて、なお泣きつづけた。

吉兵衛は、女をおくらの店に連れて行った。女はおそらく腹を空《す》かしているだろうし、おくらの店で何か喰わせ、そのうえで家がどこかも聞いて、送るつもりだった。

思ったとおり、女はおくらが作ったおじやを二椀《わん》も喰った。だが、家がどことも、どういう事情で、橋の上にいたかも言わなかった。もう泣きはしなかったが、青白い顔をうつむけて、かたくなに口を閉ざしたままだった。

もてあまして、吉兵衛は女を自身番に連れて行くことも考えたが、おくらが一晩預かってみると言い出したのである。おくらは店とは別に、三島明神《みょうじん》門前に小さいが一軒家を借りていた。

「店に出るなんて言うところをみると、ここに腰を落ちつけるつもりかな」

と吉兵衛は小声で言った。

「それならそれでいいじゃないか、吉さん。そのうちには事情も知れるだろうし。あたしゃべつに構わないよ」

「…………」

「家にはどうせ一人でいるんだし、それにこうして手伝ってもらえば助かるもの」

吉兵衛は答えないで、また女の方をみた。女は新しくお燗《かん》をつけた銚子を、客にすすめている。どういう素姓の女なのだ、と吉兵衛は思っていた。

四

暖簾をくぐると、いらっしゃいとも言わずに、おくらが寄ってきた。

「あんたを待っていたんだよ」

「どうしたね」

そう言ったが、吉兵衛は、すぐにおひさに何かあったのだ、と思った。店の中におひさの姿が見えなかったからである。

「ゆうべ、変な男が来たんだよ」

とおくらは言った。ゆうべは、吉兵衛は来ていない。

「変な、というとどんなふうなのかね」

「これこれの若い女がいないかって言うんだけどね。それが姿恰好から顔立ちから、おひささんのことなんだよ。あたしゃ驚いちまった」

「それで話したのかい。そのときあの子はどうしていたんだね」

「おひささんは、買物に寄ってもらったから遅かったんだ、来るのが。それがよかったんだよ。おひささんのことを話したかって？　とんでもないよ、あんた」

おくらは手を振り、吉兵衛一人しかいないのに囁き声になった。

「男は三人だよ。それも人相が悪い奴ばっかり」

ははあ、と吉兵衛は思った。おひさが隠している世界が、ちらと覗《のぞ》けたような気がした。

「すると亭主や身内が探しに来たというのではないわけか」

「違う、違う。あたしゃ、これはいけないと思ったから、きっぱり言ったんだよ。そういう子はおりません、て」

「それで？」

「このあたりで見かけた人間がいるって聞いてきたってね。それはしつこいんだよ。あたしゃその間に、あの子が来たらどうしようと、胸がどきどきしたけれどね」

「顔は合わせないで済んだのか」

「そう。だけど、ゆうべはすぐに家に帰らせたし、今夜もこうして来ていないわけ」

「………」

「どうしたらいいのかね、吉さん。あの子は相当に曰《いわ》くつきの人間だよ」

「やくざものだったんだな、その男たちというのは」

「そうさ。ひと眼見てぴんと来たものね」

「それで、おひささんに聞いてみたかね」

「聞いたさ。ゆうべ帰ってすぐに、さっきのはどういうわけかって聞いたんだけど……」

「例によって、だんまりかね」

「そう」

おくらは上体をそらせて言うと、途方にくれたように吉兵衛を見た。

「ま、一本つけてくれ。考えるのはそれからでもいいじゃないか」

吉兵衛に言われて、おくらは板場にもどった。

そうか、やくざにつながっている女かと吉兵衛は思った。

おひさをここに連れてきてから、ひと月ほど経《た》っている。おひさは相変らず物を喋らなかったが、吉兵衛をみると、黙ったまま笑いかけるようになった。その笑いは、深い傷を負った者が、少しずつ傷を癒《いや》しているというふうに吉兵衛には見えた。そのうちに、傷は治癒して、何もかも喋る気になるときがくるかも知れない、と吉兵衛は考えていたのである。

おくらには言っていないが吉兵衛はおひさはあの橋の上で死のうとしていたのだ、と思っている。すると、おひさはやくざの手から逃げてきた女なのか。

客が二人入ってきた。客は樽《たる》に掛けるとすぐに「きれいなねえちゃん、どうしたい」と訊いた。

「風邪ひいて、寝てんですよ」

とおくらが言った。季節はもうすっかり秋で、戸を閉めていない外の闇《やみ》から、冷えびえとした夜気が忍びこんでくる。

後からきた客に酒を出してから、おくらは板場を回って吉兵衛のそばにきた。

「どうするね？　吉さん」

吉兵衛に盃をもたせて、酒を注ぎながらおくらは言った。

「怖いかね」

「そりゃ怖いよ。この年になって、危ない目にあうのは、あたしゃごめんだよ」

もっともだ、と吉兵衛は思った。おひさは店に出ていて、大勢の人間に顔を見られている。この店に、その女がいた、といつ客の方からばれないものでもない。

それならおひさをどうするかという思案はつかなかったが、おくらにこの上迷惑をかけられないことは確かだった。おひさは、吉兵衛が持ちこんだお荷物である。吉兵衛が始末しなければばならなかった。

「それで、あの子はいま家にいるのかね」

「いるよ。あたしがそのことを言ったもんだから、また黙りこんでしまったけどね。かわいそうに」

「わかった」

と吉兵衛は言って、盃を伏せた。

「これから行って話してみよう。あんたに迷惑はかけられないからな」

悪いね、と言ったが、おくらはそれは後でいいとは言わなかった。

おくらに見放された、と暗い道をいそぎながら、吉兵衛は思った。だが見放したおくらを悪いとは言えなかった。吉兵衛自身が、曰くのある女をかくまってしまったことに、身顫《みぶる》いするほどの恐ろしさを感じている。五十年生きてきて、商売の上で人と喧嘩《けんか》したことも一度や二度なかったわけではないが、世の裏側で息をしている怖い人間とは、有難いことにかかわりあいがなかった。だが、おくらの言いぐさではないが、この年になってかかわりあいが出来たのだ。

だが、おひさという女を見放すことは出来ない、と思った。

――あの子は、あのとき半分死んでいた。

生き返らせてしまった者の責任がある、と吉兵衛は思った。三間町の店から明神門前のおくらの家まで、道のりは何ほどもない。その距離の短さで、吉兵衛はもう一度おくらの怯《おび》えはもっともだ、と思った。その男たちは、今夜もこのあたりの茶屋や飲み屋を探し回っているかも知れないのだ。

ほとほとと戸を叩《たた》いた。何の答えもなく、家の中はしんとしている。だが微《かす》かな灯明かりが洩れていて、中に人がいることは確かだった。

「わたしだ」

吉兵衛は、戸を開けようとしたが開かないので、隙間に口をつけて小声で言った。

「吉兵衛です」

すると家の中で障子を開ける音がして、人が出てきた。心張棒をはずしている。戸を開けて土間に入った吉兵衛に、柔らかいものがどっとぶつかり、しがみついてきた。おひさだった。おひさの身体はひどく顫え、指は縋《すが》りついた吉兵衛の胸のあたりを、ぎりぎりと締めつけてくる。そのことが、喰いこむように欄干をにぎりしめていたおひさの指を思い出させた。おひさの怯えの深さがわかった。

おくらに見捨てられた二人がここにいる、という気がした。吉兵衛は女の背を軽く叩いた。

「こわがることはない。いますぐ、べつの安心出来るところへ連れて行きます」

あそこへ行けば、何とかしてくれるだろう。吉兵衛はここへ来る途中考えながらきた、山伏《やまぶし》町の同業の顔を思いうかべながらそう思った。美濃屋というその同業は家作持ちで、あちこちに貸し家を持っている。

「すぐに出られるかね」

と吉兵衛が言うと、おひさは漸《ようや》く吉兵衛から離れて、はいと言った。

五

帳場に豊之助がいる。客が二、三人いて、番頭の藤蔵と手代の芳次郎が相手をしている。客は若い女たちで、白粉《おしろい》と紅を出させてああでもない、こうでもないと品定めしていた。はしたないほどにぎやかな笑い声を立てる女たちを相手に、藤蔵も芳次郎も身を乗り出してあれこれと品物をすすめている。店に出てきた吉兵衛を見ようともしなかった。

吉兵衛が土間に降りると、豊之助が後から声をかけた。振りむいた吉兵衛に、豊之助がそろばんを置いて立ちあがってきた。

「父さんに話があるんですよ」

豊之助は固い表情で言った。面長で色が白く、細い眼が少しきつい光を宿している。色が黒い吉兵衛には似ていなかった。並んで立つと背も吉兵衛より二、三寸高い。

「家の中じゃなんですから、外に出ましょうか」

と豊之助は言うと、自分から先に立って外に出た。

——あのことだな。

と吉兵衛は思った。おひさを海禅寺《かいぜんじ》裏の新鳥越町に住まわせている。そのために、吉兵衛は時どき家から金を持ち出していた。

表町から竹町の自身番がある河岸まで、豊之助は先に立って黙って歩いた。十月の底冷たい日射《ひざ》しが町を照らしていたが、日はすでに西に傾いて力を失っていた。

「ほかのことじゃありませんが……」

河岸に出ると、豊之助は不意に立ちどまって、吉兵衛を振りむいた。

「いつまで続けるつもりですか。あのひとを、これからずっと囲っておくつもりですか」

「…………」

吉兵衛は豊之助を見た。豊之助は腕組みをして、見据えるような眼で吉兵衛を見まもっている。吉兵衛は、他人と向かい合っているような気がした。

「悪いがひとを使って調べましたよ」

吉兵衛の顔色を見て、豊之助が言った。嘲《あざけ》るいろが、顔の上を通りすぎた。

「あのひとはおひさという名前だそうですな。いまのところに引越してきたのは先月の十七日と、日にちも解《わか》っています」

「…………」

「どうもおかしいとは思っていたんだ。前からの知り合いですか」

「困ったわけじゃない。あたしはあの女に手などつけていないよ」

「そりゃおかしい。変ですよ」

豊之助は激しい口調で言った。

「じゃ、道楽で女の世話をして、金までやってるというわけですか」

「事情があるひとで、しばらくかくまってやっているだけだ」

「そんなことは誰も信用しませんよ。父さんだって、まだ老いぼれたという年じゃないでしょう？　へたな言いわけはやめた方がいいんだ」

「信用しないならしないでもいいさ」

「で、どうなんですか」

豊之助は一歩詰め寄るような口調で言った。

「これからずーっと、あのひとを囲うつもりですか」

「囲ってなどいないが、時期がくるまではかくまってやらなきゃならないよ」

「だいぶお金を注ぎこんだようですな」

「あたしの金だ。商売はまかせたが、お前に財産まで渡したわけじゃないよ。どう使おうと勝手だね」

「いまのところはね」

豊之助は挑むような笑いをうかべた。

「だが、いつまでもそれでは困るんだな。もう店を切り回しているのはあたしです。仕入れの方も切り換えて、あたしがやるようになってから、だいぶ儲かっているはずですよ」

そのかわり昔から義理のあるところと、みんな縁を切ったらしいな、と言おうとしたが、吉兵衛は黙った。商売のことから、驚くほど心が離れていた。

「嫁をもらったら、そろそろ財布を渡してもらおうと思っていたところです。誰がみたって、父さんはもう隠居したようなものだから、そうするのが当たり前でしょ。財布だけは俺が握るという言い方をされちゃ困るんだ」

「それは相談次第ということだな」

「時期が悪いんだよ、父さん」

と豊之助は言った。

「いままで女道楽のケもなかった人が、選《よ》りに選って息子が嫁をもらうというときに、急に女狂いをはじめることはないじゃありませんか」

「…………」

「とにかくみっともないことはやめてもらいたいな。向うはこっちなんかとくらべものにならない裕福な家なんだ。それが、まあちゃんとした家だからというので、今度の縁談もまとまったことなんでね。親爺《おやじ》が妾《めかけ》を囲ってるなんてことが知れてごらんなさい。破談ですよ。いきなり断わられますよ」

豊之助はそれが言いたくて、吉兵衛を外に連れ出したようだった。激昂《げっこう》した口ぶりで、色白な顔に血の色をのぼらせた。声も高くなっていた。高い声を出している豊之助を、通りがかりの人間がふりむき、吉兵衛の顔と見くらべるようにして通りすぎたが、豊之助は眼もくれなかった。

吉兵衛はひややかな眼で豊之助を眺め返した。いまからそんなぐあいじゃ、そのうち嫁に尻《しり》にしかれるぞ、といった突きはなした気持になっていたが、口に出しては言わなかった。

「言いたいことは、それだけかね」

と吉兵衛は言った。吉兵衛の口調のそっけなさに、一瞬気を呑《の》まれたように、豊之助は口を噤《つぐ》んだ。

「それじゃ、行ってくる」

「このままで通すつもりかい、父さん」

背を向けた吉兵衛に、豊之助が鋭く声を投げた。それならこっちにも考えがあるよ、と豊之助はさらに言い募ったが、吉兵衛は振り返らなかった。

西空の下のあたりに、雲とも靄《もや》ともみえるものが溜《たま》っていて、秋の日はその中に沈み、赤黒い光が、ようやく日のありどころを示している。町は暮れかかり、大川の鉛色の水の上を、音もなく舟が滑って行くのがみえた。

——おひさといるときの方が、まだ気持がくつろぐ。

と吉兵衛は、風景の寒ざむしさに襟《えり》をあわせ背をまるめて足を運びながら思った。荒涼としたものが、吉兵衛の胸を満たしている。そのなかで、おひさの存在だけが、一点の灯のようにあたたかく思われた。

豊之助が言うように、吉兵衛はおひさを囲ったわけではなかった。一度死のうとしたおひさは、心に傷を持つ病人に似ていた。見捨てることが出来ない病人を、病気がなおるまでかくまってやっているだけだと吉兵衛は思っている。病気がなおり、ひとり歩き出来るようになれば、おひさはいまの家を出て行くだろう。それでいい、と吉兵衛は思っていた。

三日に一度ぐらい、吉兵衛は海禅寺裏の小さな家に行く。するとおひさはあたたかい手料理を作って喰《た》べさせたり、吉兵衛に言われれば酒を買いに走って、吉兵衛の酒の相手をした。それだけで吉兵衛は帰る。

そういう暮らしがひと月近くも続く間に、おひさは、肝心の素姓についてはまだ口を噤んでいるものの、吉兵衛には気を許した口をきくようになっていた。もてなしにも心を籠《こ》める。吉兵衛は、そんな心配はいらないと言ったのだが、おひさは近所の指物師の女房に世話してもらって縫物の賃仕事をしていた。吉兵衛になるべく金の迷惑をかけまいとしているのだった。

はじめて見たころにくらべると、おひさの表情はずいぶん明るくなってきている。そういうおひさを見ていると、吉兵衛は自分の気持も明るくなるのを感じた。三日に一度、おひさを見回りにくるつもりで訪ねるのだが、そうすることで吉兵衛は自分も慰められていた。おひさのために、多少の金を使うぐらいは何とも思わなかった。海禅寺裏の家は、新しい巣のように、あたたかく居心地よく思われるのだ。

戸を開けようとしたとき、中から出てきた若い男と、もう少しでぶつかりそうになった。いつかのやくざ者かと、吉兵衛はぎょっとして道をあけたが、違ったようだった。若い職人ふうの男だった。男はちらと吉兵衛を見たが、顔をそむけるようにして、そばをすり抜けて行った。

家の中に入ると、膝《ひざ》の上に反物をひろげたおひさが、ぼんやり坐《すわ》っていた。部屋の中はもう薄ぐらく、おひさの顔はそのぼんやりした光の中で、どことなくなまめかしく見えた。

「いまのは誰だね」

吉兵衛が声をかけると、おひさははっとしたように顔をあげて、あら、いらっしゃいと言った。

「定七さんのところの職人さんで、喜作という人です。袷《あわせ》を頼まれていたんですけど、今日寸法をとってもらいに来たんですよ」

定七というのは、おひさに縫物の内職を世話した指物師の家である。そうかい、と言ったが、吉兵衛はなんとなく釈然としない気分が残った。それは、さっき見たおひさの変になまめかしい表情のせいかも知れなかった。心にからまる疑いをふり捨てるように、吉兵衛は、わざと陽気な声を出した。

「今日はうすら寒い。おひささんに湯豆腐でも作ってもらって、一杯やろうかね」

行燈《あんどん》に灯を入れながら、おひさはええ、と言った。吉兵衛を見て微笑した顔は、いつものおひさに戻っていた。

六

「事情はこのひとに聞きまして、何とお礼を言ったらいいかわかりません」

海禅寺裏の家を訪ねると、十日ほど前に入口で顔を合わせた男がいて、吉兵衛の前に膝をそろえ、そう言い出したとき、吉兵衛はすぐに事情を覚った。ただ、いやに早いじゃないかと思ったただけだった。

眼の前に畏《かしこま》っているのが、おひさの男なのだ。

「縁もゆかりもないこのひとを助けてくれて、べつに無理なことを言うでもなく、面倒みてくれたんだそうで」

「ま、そんなことはいいですよ」

吉兵衛はおひさが運んできた茶を啜《すす》りながら言った。

「それで、もう夫婦約束でもしなすったんですか」

「はい。そのことはだいぶ前に二人で話し合ったんですが、今度あっしがにわかに国に帰ることになったもんで、実は王子屋さんがいらっしゃるのを、昨日今日はお待ちしていたようなわけで」

「くに？　どこですか、あんたのお国は」

「甲府です」

「ほう。甲府へ帰んなさる。するとおひささんを連れて帰るわけですか」

「はい。このひとも江戸には居辛《づら》いわけがあるとかで、いっそ連れて帰ろうと思ったわけでして」

「そのわけというのを、あなたおひささんに聞きましたか」

吉兵衛は、いい男というのではないが、真面目《まじめ》そうな職人の顔をじっと見つめた。

「いいえ、聞いてもこのひとは言わないんです。言いたくないものなら、あっしも強いて聞くことはないと思っています」

甲府か、と吉兵衛は思った。いまのおひさにとって、江戸を離れることは、多分一番いいことなのだ。それも頼る相手が出来て、一緒に行くというなら、それに越したことはない。

吉兵衛は、男のそばに坐ってうつむいているおひさをじっと見た。おひさは、多分病気が治ったのだ。それでここからどこかに行こうとしている。

「で、いつですか。お国に帰るというのは」

「それが……」

喜作という若い指物師は、頭に手をあげた。

「急なことなんですが、じつは明日です」

「明日！」

吉兵衛は茫然《ぼうぜん》と二人を見た。若い者にはかなわないという気がした。思い立ったらいつでも無鉄砲なことが出来る。

「家賃を出してもらったり、喰うもの、着るものにずいぶんお金を出して頂いたと、このひとが言っています。あっしは甲府に帰ると、父親の跡を継いで指物師をやりますので、落ちついたら、王子屋さんには、多少のお金は返せると思います。それでごかんべんを……」

「そんなことはいいよ、あなた」

と吉兵衛は遮《さえぎ》った。

「返してもらうつもりで、そうしたわけじゃありません。見るに見かねてお世話したことなんだし、あたしの道楽と考えてもらえばいいんだ」

すみませんでしたとおひさが言った。呟《つぶや》くような小声だったが、吉兵衛の耳にはっきりとどいた。

おひさの家を出ると、吉兵衛は暗い道をよろめくように歩いた。なぜかひどく疲れていた。自分が、いままでひどく無駄なことをしたような気がしていた。

——ばか、とんま、間ぬけ！

暗い道に、吉兵衛は自分を罵《ののし》る言葉を吐き捨てた。大枚の金を使ったあげく、とんびに油揚げをさらわれた、と自虐《じぎゃく》的に思った。

——一度ぐらい、抱いてもよかったのだ。

本音を言えば、お前はそうしたかったのではなかったかと、荒々しくそう思った。闇の中に、おひさのほっそりとした肩や腰を描き出し、おくらの家をたずねたとき、いきなりしがみついてきたおひさの身体のあたたかみを思い出していた。

だがそれだけのことだった。吉兵衛の血は眠ったままで、おひさにむける思いにゆさぶられてざわめく、その気配はなかった。気持だけのことで、若い女を抱く元気などとうの昔になくなったらしい、と吉兵衛はわびしく思った。肩を落として歩きながら、吉兵衛はおくらの店があある方角に足をむけていた。

広小路を横切り、三間町のおくらの店をのぞいた吉兵衛は、そこに異様な光景をみて立ちすくんだ。

肥ったおくらを樽《たる》に腰かけさせて、まわりを、四、五人の男が取り囲んでいる。一人はおくらの片腕を後にねじ上げて押さえつけていたし、一人はおくらの首筋を摑《つか》んでいた。ひと目見たとき、吉兵衛は店の客がおくらと一緒になって、ふざけているのかと思ったが、すぐにそうでないことがわかった。店の中は無気味に静まり返り、殺伐でひややかな空気が澱《よど》んでいる。

男たちは客ではなかった。

思わず吉兵衛は、一歩店の中に踏みこんだ。すると中にいた者が一斉にふりむいて吉兵衛を見た。凶悪な人相の男たちだった。

そしてうなだれていたおくらも顔を上げた。おくらはしばらくぼんやりと吉兵衛を見つめたが、不意に吉兵衛を指さして叫んだ。

「あたしは嘘《うそ》なんか言ってないよ。このひとだよ。このひとがあの女を連れて行ったんだよ」

すると男たちが急に動き出した。一人はすばやく入口にきて、吉兵衛の退路を断ち、ほかの男たちは、おくらから離れて、取り囲むように吉兵衛に近づいた。男たちの支えを失ったおくらが樽からころげ落ちたが、誰も見むきもしなかった。

「お前さんが、王子屋さんかね」

正面に立った三十半ばに見える瘦《や》せた男がそう言った。吉兵衛は胸が冷えるような気がした。相手がおひさを探している男たちだとわかっていた。あれからふた月以上にもなるのに、男たちはまだ執念深くおひさを探していたのだ。

「そうです」

「あの女が……」

瘦せて眼つきの悪い男は、のろのろと土間から立ち上がろうとしているおくらを指さして言った。

「あんたがおひさをどこかに連れて行ったと言っている。ここへ連れてきたのもあんただと。ほんとかね」

「…………」

「それがほんとなら、あの女がいま、どこにいるか聞かせてもらおうか」

「…………」

「おい、黙ってちゃわからねえぜ。どこにいるか知ってるんだろ、お前さん」

「いや、あたしは知りません」

「知らねえ、だと？」

男はにやりと笑った。

「隠したりすると、とんでもねえことになるぜ。おひさというのは、うちの親分がずいぶん金を使って手に入れた女だ。草の根をわけても探して来いと言われてる」

「…………」

「逃げ出して行方がわからなかったんだが、ここでしばらく働いていたことをやっと突きとめたんだ。さあ、こっからどこに行ったかだ。それを知ってるのは、お前さんしかいねえようだ」

「そんなことは、あたしは知りませんよ」

青ざめた顔で吉兵衛は言った。

「なるほどここにあの女の人を連れてきたのはあたしです。夜中に、行くところもないように見えたから連れてきましたが、それだけのことです。そのうち……」

「そのうちどうしたい」

「なにか曰くありげな女の人だとわかったので、おくらさんと話して、あのひとには店をやめてもらった。そのあと、あの若いひとがどこに行ったかなんてことは、あたしが知るはずがありません」

「嘘つきやがれ」

いきなり胃の腑《ふ》のあたりを拳《こぶし》で突かれて、吉兵衛はうっと身体を折り曲げた。

「そんなきれいごとは聞きたくねえ。そのあと、女をどこかに隠したんだろう？　じじいが考えることは大概そんなことだ。身よりも、住むところもねえ若え女を、そのまま見のがすはずがねえや」

頰を張られて、吉兵衛は右に左にぐらついた。いつの間にか、左右からほかの男が吉兵衛の腕と肩をしっかりと押さえつけていた。

「おい。どっかに囲って、いい思いをしてんじゃねえのかい。大それた野郎だ。親分の女に手をつけやがった」

「…………」

「吐きやがれ。どこにいるか言えよ。言わなきゃ吐くまでこうだぜ」

男はまた胃の腑を叩いた。激痛のために、吉兵衛の身体は、押さえられたまま躍りあがった。

——今夜ひと晩の辛抱だ。

明日になれば、おひさは江戸からいなくなる。殴られて顔が腫《は》れあがるのを感じながら、吉兵衛はそう思っていた。ぼんやりしてくる頭の中に、暗い橋の上にじっと佇《た》ちつづけていたおひさの姿を思い描いていた。この男たちにおひさを渡してはならない。あの子をかばうことが出来るのは、あたしだけだ。そう思う吉兵衛の脳裏から、喜作という若い指物師の姿は抜け落ちていた。はじめてみたおひさの笑顔、吉兵衛のために、いそいそと鍋物《なべもの》を作っている姿などが、切れ切れに浮かんでは消えた。

知らないと言い続ける吉兵衛に、業《ごう》を煮やした男たちは、さらに店の前の道に吉兵衛をひっぱり出して、殴ったり蹴《け》ったりした。

ようやく男たちが去ると、おくらがのろのろした足どりで店から出てきて、地面に倒れている吉兵衛を助け起こした。

「ごめんよ」

とおくらが言った。

「あたしも叩かれたもんで、こわくなって喋っちまったんだよ」

「いいよ」

おくらに支えられて立ちあがりながら、吉兵衛はうめくように言った。

「もともとはあの子を連れてきたあたしが、悪いのさ」

「言っちまえばよかったのに。そしたら叩かれずに済んだのに」

「いや、あの子は、もう江戸にはいないのだ」

手当てするというおくらを振り切って、吉兵衛は暗い道を歩き出した。

広小路を出たあたりで、不意に音立てて雨が降ってきた。つめたい雨だった。雨に叩かれながら、吉兵衛は殴られて痛む身体をちぢめて、ゆっくりゆっくり足を運んだ。

橋の上に、雨が音を立てていた。はじめておひさと逢ったあたりまで来たとき、吉兵衛は立ちどまって後を見、また行く手を見た。浅草の方には、まだ灯明かりがにじんでみえたが、本所側は暗くて墨のような闇があるばかりだった。

そこに荒涼としたものが待ち構えている気配がしたが、吉兵衛が帰るところはやはりそこしかなかった。低くうめき声を洩らしながら、吉兵衛は氷雨の中をまた歩き出した。

殺すな

一

吉蔵が相川町の裏店《うらだな》に帰ってきたとき、時刻は四ツ（午後十時）を過ぎていた。

吉蔵は、すぐ自分の家に入りかけたが、一軒先の小谷善左エ門という浪人者の家に、まだ灯がともっているのをみると、戸を開けて声をかけた。

「吉蔵か、入れ」

「いえ、ここで結構でさ」

吉蔵は障子を開いて茶の間をのぞいたが、そのまま疲れたように上がり框《かまち》に腰をおろした。四月末の生ぬるいような夜気が、家の中にも籠《こも》っていて、戸を開けておいても寒いようなことはなかった。

「いま、帰りか」

善左エ門は、仕事の筆作りに精出していて、吉蔵をふりむかずにそう言った。仕事台の前に大あぐらをかいて、襷《たすき》がけのかいがいしい姿だが、肩のとがりが見え、こけた頬に無精をしている髪が垂れさがって、いたいたしくみえた。ひげものびている。

善左エ門は喘息《ぜんそく》持ちで、寒い間はほとんど寝ている病身だった。三十を半ば過ぎていることは確かだが、妻子もいない独り者で、裏店の者は誰も善左エ門の素姓を知らない。

「旦那《だんな》、こんなおそくまで仕事してて、身体《からだ》にさわりませんかい」

吉蔵は自分の疲れを忘れて言った。

「なに、大丈夫だ。こういうあたたかい日はよく身体が動く」

「そういえば、近ごろは咳《せき》の音を聞きませんな」

「寒い間だけだ。みんなにもたいそう迷惑をかけたが、もうなおった」

「ところで、旦那」

吉蔵は、握りしめていた手拭《てぬぐ》いで、顔をひとふきして声をひくめた。吉蔵の浅黒く精悍《せいかん》な顔に、きまり悪げな表情が浮かんだ。

「あいつ、どうでしたかい。今日はどっかに出かけるような気配は、ござんせんでしたかね」

「お峯《みね》か」

善左エ門は、はじめて手を休めて吉蔵をふりむいた。

「何ともないぞ。お前は、逃げ出すかも知れぬから、見張り役のつもりで頼みます、などと申したが、そのような気配はないな」

「へ。そうですか」

「よほど、女房を信用出来んと見えるな。こっちは手伝ってもらって大助かりだが、なにやら気の毒になってきたぞ。なにせ、これだけの仕事だから、駄賃もさほど出せんしの」

「なあーに、旦那。駄賃なんぞは、ほんのおしるしでいいんで」

吉蔵はあわてて手を振った。

「それよりは、お願いしたことを、このちとも、頼みまっさ」

お峯というのは、吉蔵の女房で、いま善左エ門の筆作りを手伝っていた。吉蔵夫婦が裏店に越してきたのは去年の秋だが、越してくると間もなく、隣家の浪人者の咳の音に悩まされることになったのである。

ときには聞いている方も身あんばいが悪くなるような、苦しげな咳にたまりかねて、吉蔵夫婦は時どき介抱に駆けつけるようになった。それまでも善左エ門のぐあいが悪いとき、裏店の誰かれが介抱したり、お粥《かゆ》を炊《た》いてやったりしていたらしかったが、お峯という看病人が出来ると、これ幸いとみんな手をひいてしまった。お峯は家のことをしているだけだったが、ほかの家では、女房連中も内職や外稼《そとかせ》ぎにいそがしかったからである。

隣とはいえ、裏店では新顔の吉蔵夫婦が、そんなことから小谷善左エ門という病身の浪人者と、急に親しくなったのであった。お峯が、昼の間の一刻《いっとき》、善左エ門の筆作りを手伝っているのも、そんないきさつからだった。

もっとも、女房が退屈しているから手伝わせてくれと、善左エ門に頼みこんだのは吉蔵で、吉蔵はそのときもうひとつ善左エ門に頼みごとをしている。頼みごとというのは、いま二人が喋《しゃべ》ったようなことだった。

——考えてみりゃ、ばかな話さ。

隣の家を出て、自分の家の戸を開けながら、吉蔵はそう思った。だが、吉蔵が、時どきお峯が家を逃げ出すのではないかという心配にとりつかれることも事実だった。吉蔵がそう思うのには理由があった。

戸の内側に心張棒をかって、吉蔵は這《は》いこむように、暗い家の中に入った。手さぐりで茶の間に入り、寝部屋に入る。寝部屋の中を手でさぐると、お峯が寝ている布団《ふとん》に触れた。その高いかさを確かめて、吉蔵はほっとする。ついでに布団の中に手をさし入れて臀《しり》のあたりにさわると、その手は邪険にはらわれた。お峯はくるりと寝返った。

様子からみて眼がさめているはずなのにそれだけで、お帰りとも言わなかった。

溜息《ためいき》をついて、吉蔵はそばの自分の寝床にころがりこんだ。身体をのばすと、あちこちの身体の節が痛んだ。吉蔵は柳橋の船宿に雇われて、屋根船の船頭をしている。まだ二十七の若い身体は、船をこいでいるときは疲れを知らないが、夜遅くまで働くと、さすがにぐったりする。

――どうなるんだね、いったい。

闇《やみ》の中に眼を開いて、吉蔵はそう思った。お峯の心が摑《つか》めなかった。ことにいまのように邪険にされるとそうだった。そしてその不安な気分はいまはじまったことではなかった。だいぶ前からそうなっていた。

――三年前には、そうでなかった。

あくびが出て、そのあとから兆《きざ》してきた眠気に身をまかせながら、吉蔵はぼんやりそう思った。三年前、お峯は堀江町の玉木屋という、小さな船宿のおかみだった。行方をくらまして、抱え船頭だった吉蔵と一緒になったのである。

二

「わかりゃしないよ、うまくやれば」

とお峯はそのとき囁《ささや》いたのだ。掘割の岸にもやった船の中だった。あわただしい情事が終って、あおむけにのびた吉蔵に、お峯はのしかかるように胸をもたせかけていた。濃い髪油の匂《にお》いが、吉蔵の鼻を刺戟《しげき》した。お峯は、吉蔵に駆け落ちをもちかけているのだった。

「しかしなあ。ばれて捕まったら、えらいことになるぜ」

と吉蔵は臆病《おくびょう》に言った。お峯の魅力からのがれられなくなっていたが、それと逃げ出すことはまた別だった。眼をかけてくれるお峯の旦那の利兵衛を裏切るのもこわかったし、世間の眼もこわかった。逃げ出せば、その後は世間をはばかって、悪事を働いた者のように日陰をえらんで暮らすしかないのだ。

逃げようとお峯は簡単に言うが、そういう暮らしにお峯が我慢できるとは思われなかった。お峯は船宿の家つきの娘で育った。利兵衛を婿《むこ》にもらって、その利兵衛がなかなかのやり手で、小さいながら店はうまくいっているから、何の苦労もしていない。吉蔵より二つ年上だったが、娘のようなところがあった。

「それじゃ、会うのをやめるかい」

「…………」

お峯は重く胸をもたせかけてきて、吉蔵の鬢《びん》の毛をいじった。

「そら、ごらんな」

「あたしたちは、もう離れられっこないんだから。あーあ、あたしはなんて運のない女なんだろ。あんな相撲取りみたいなのでなくて、お前が旦那だったらよかったのに」

利兵衛は大男だった。お峯と十以上も年がはなれていた。

「旦那のことを言うのは、よしな」

「おや、嫉《や》いたの。だいじょうぶ。お前とこうなってから、あのひととは寝てないんだから」

吉蔵はお峯の胸に手をさし入れた。やわらかく、どこまでもくぼんで弾む胸があった。お峯は身体をよじった。

「ね、逃げよう。二人で」

「だめだよ。すぐ捕まるさ」

「だいじょうぶだって。お前がさきにお店をやめちまうんだよ。それから日を決めておいて、しばらく間をおいてから、あたしが逃げ出せば、誰も二人が仕組んだなんて、思いやしないよ」

吉蔵はお峯が言うとおりにした。船宿をやめ、亀戸《かめいど》の天神裏で百姓をしている兄の家で、逃げてきたお峯と落ち合うと、中《なか》ノ郷《ごう》八軒町の裏店に所帯を構えた。

吉蔵は、そこから山谷の船宿に通った。はじめは荷足船《にたりぶね》の船頭だったが、すぐに客船の船頭に引きあげられた。

八軒町にいた一年ほどの月日は、二人にとって満ちたりた日々だった。吉蔵はせっせと働き、家にもどるとお峯と睦《むつ》みあった。そうなってみると、お峯の身体には以前は知らなかった悦楽の鍵《かぎ》が隠されていて、吉蔵は人の女房を奪ったこわさを忘れた。

八軒町の裏店は、いつも二、三軒家が空いているようなひっそりした家だった。町に出ても、本所のはずれにあたるそのあたりは歩いている人も少なく、ところどころ大きな空地があったりして、人眼をしのぶ必要もなかった。はじめに恐れたように、二人を探す人間がやってくる様子もなかった。

だが一年ほど経《た》ったころから、お峯は元気がなくなった。どこかが痛む病気というのではなかった。ただ顔色が悪く、ぼんやりしているときがあった。

「どうしたい？」

吉蔵が聞くと、お峯は上眼づかいに吉蔵をみて言った。

「静かすぎて、退屈なんだよ、このへんは。あたしはにぎやかなところで育ったから、馴染《なじ》めないんだよ、こういうところ」

「ばか言っちゃいけねえや。おれたちは人眼をしのんで暮らしてるんだぜ。にぎやかな場所になんぞ行ってみろ。そこで誰に会うか、知れたもんじゃないぜ」

「そりゃわかってますよ。だからあたしだって、こうしてじっと閉じこもってるじゃないか。

だけど、たまには川向うに出かけて、せめて浅草あたりで買物でもしてみたい」

「おめえ、倦《あ》きたのか」

と吉蔵は言った。

「倦きたなんて、言ってやしないよ」

「そうだろうな。そんなことは言わせねえ」

吉蔵はきめつけるように言った。

「おめえは家を捨てたと思ってるだろうが、おれだって兄貴がすすめた娘をふり切って、おめえと一緒になってるんだ。そのことでは兄貴に兄弟の縁を切るとまで言われたんだ。いまさら倦きたなんて言わせねえぜ」

「…………」

「川向うになんぞ、行っちゃいけねえ」

お峯はしおれてうつむいた。船宿のおかみでいたころより、少し痩《や》せた首筋だった。そして、それが別の色気をお峯に添えていた。その姿をみると、吉蔵はこの女とは離れられないという気がしてくるのだった。一生の腐れ縁だ。

そう思いながら、吉蔵は尻《しり》をすべらせて、お峯に近づき抱いた。お峯ははじめはもの憂《う》げに応じたが、やがてすぐに燃えた。昼間なのに、お峯は声を立てた。

だが、お峯はふさぎの虫に取りつかれたようだった。吉蔵が帰ってきても、飯の支度に手をつけていないことがあった。夜中に不意に起き上がって、

「あたしを縛っておこうたって、そうはいかないよ」

と喚《わめ》いたりした。

吉蔵は少しにぎやかなところに引越した。知った人間はいないかと、あたりを下見してから移った。荒井町の裏店だった。そのあたりは人通りも多く、店も多かった。

お峯は顔色を取り戻した。だが半年ほどたつと、お峯は今度は両国あたりに住みたいと言い出した。吉蔵はお峯と喧嘩《けんか》した。荒井町に引越すとき、身もと引請人を探すのにひどい苦労をしていた。だが結局吉蔵は、また両国に移った。相生町《あいおいちょう》の裏店だった。

吉蔵が、お峯は日かげの裏店住まいに倦きて、家に戻りたがっているのでないかと疑うようになったのは、そのころからである。吉蔵は、裏店で懇意になった近くの女房に、こっそりお峯の模様を見張ってくれるように頼んだりした。

お峯が、いまの暮らしに倦きて、家に戻りたいと考えはじめているとしたら、そんなことをしても無駄だった。家の中に縛っておくことは出来ないから、いずれお峯は家を出ていくだろう。

だが、そうはさせたくなかった。吉蔵はお峯を手離したくなかった。お峯がいない暮らしなどは考えられなかった。笑われるのを承知で、近所の女房に見張りを頼んだのも、ひとりで不安を抱えているのにたえられなかったからである。

――いっそ、子供が生まれればいいのだ。

吉蔵はそう思った。そうすれば、お峯もあきらめて、船頭の女房で暮らす気になるだろう。

だがお峯の身体はいつまでも、娘のように若わかしかった。

中ノ郷から荒井町に、そして相生町へと移ってくるたびに、吉蔵はお峯が少しずつ元の堀江町の家の方に近づいてきているように感じる。だから、相生町にきて三月《みつき》たって、お峯が今度は両国の向う岸に移りたいと言ったとき、吉蔵は険しい顔でお峯を睨《にら》んだ。

「なにさ、そんな顔をして」

とお峯は言った。

「そんな顔で睨むことはないじゃないか。米沢町のあたりに住んで、あんたも柳橋の船宿に雇ってもらえば楽でしょうに」

「そして時どき堀江町の家でも覗《のぞ》きに行くのか」

「そんなバカなことはしないよ。何言ってるのさ、もうあれから二年以上も経ってんだよ。あたしが家をのぞきに行ったりするはずがないじゃないか」

「わかりゃしねえよ。おめえの腰が落ちつかないのは、わけがあるんだ、きっと」

「わけなんぞありはしないよ。ただあたしはこのへんの土地が性にあわないんだよ。育った土地じゃないからだろ、きっと」

「とにかく、川向うに移るのはよせ」

吉蔵はきっぱり言った。

「どんな知り合いに見つかるか、わかったもんじゃない」

お峯は黙ってしまった。だが一たん移りたいと思った場所に、いつまでもいるのはいやだと言った。ちょっと町に買物に出ようとしても、どこへ行くかと同じ裏店の安吉の女房がうるさくて、いつも見張られているようで気色悪いとも言った。

安吉の女房に、そうするように頼んだのは吉蔵である。仕方なく吉蔵はまた引越した。川の近くがいいというお峯の望みを入れて、永代橋《えいたい》に近い深川相川町に引越して来たのが、去年の秋である。

だが、吉蔵はそのころから、二人の先が見えてきたように思いはじめていた。夫婦の仲も以前のようでなくなっていた。お峯は、もう引越したいとは言わなかったが、時どき一緒に寝るのをこばんだりした。

「あーあ、あたしも小三十か。これでずーっと一生、川船頭のかみさんで暮らすのかねえ。それも日陰の身分でさ」

などと、あからさまに厭味《いやみ》を言ったりした。お峯が、吉蔵との暮らしに倦きてきたことは確かだった。

——だが、そうやすやすと別れたりするもんか。

ぼんやりと眠気に身をまかせながら、吉蔵はそう思った。お峯に少し冷たくされて、かえって執着が増したようだった。

三

女中のおふさに言われて、吉蔵は猪牙船《ちょきぶね》を一艘《そう》仕立てた。客は男二人で、山谷堀《さんやぼり》まで行くのだという。吉原に繰りこむには、まだ時刻が早いが、山谷の船宿で一杯やって、それから吉原に行く客かも知れなかった。客を待ちながら、吉蔵は舟の艫《とも》に蹲《うずくま》って、煙草《たばこ》を一服した。

そうしながら、昼すぎ家を出がけに、お峯と口喧嘩してきたことを思い出していた。喧嘩のもとは人には言えないような、つまらないことだった。だがこのごろは、何か言えば言葉がとげを含むのだ。吉蔵はやりきれなかった。

——いっそ別れるか。

別れてやり直すか、と思った。そうしたらさぞさばさばするだろう。まだやり直しがきく年だ。だが、そう思ったとたんに、お峯への未練が衝きあげてきた。さくら色の耳たぶや、少しも形が崩れない乳房が頭の中にちらつき、本所のはずれに、人眼をしのんで所帯を持ったころの、心がはずむようだった日々が思い出されてきた。吉蔵は溜息をついた。

吉蔵は煙草を吸いながら、川を眺めていた。三梃櫓《さんちょうろ》の荷足船が、矢のように上流から下ってくると、あっという間に両国橋の下をくぐり抜けて行った。そうかと思うと、動いているかどうかわからないほどゆっくりと、岸をなめるようにして大川橋の方にのぼって行く屋根船がみえた。

吉蔵がもう一度溜息をついて、舟ばたで煙管《きせる》の灰を叩《たた》きおとしたとき、足音がして客が降りてきた。吉蔵が雇われている船宿有明屋では、裏手からすぐ船着き場に下りて、そこで客が舟を乗り降り出来るようにしていた。裏庭と船着き場の間を、少し急な石段でつないでいる。太い声で客が何か言い、それに答えて、女中のおふさが笑いながらお愛想をいう声が聞こえた。

煙管をしまって立ちあがると、吉蔵は顔をあげた。そしていきなり顔がこわばるのを感じた。客の一人はお峯の夫利兵衛だった。

利兵衛もすぐに吉蔵に気づいて、おや、吉蔵かと言った。

「お前さん、ここで働いているのか」

「へい」

もっと何か言うかと思ったが、利兵衛はそれだけで、連れをうながして舟に乗りこんできた。そのまま坐《すわ》って連れと話している。連れは小柄で髪が白いが、丈夫そうな年寄りだった。

「船頭さん、お願いしますよ。では玉木屋の旦那、またおいでなさいまし」

おふさの声に送られて、吉蔵は艫綱をとき、舟を出した。いつかこんなふうに、ばったり顔が合うときがくると思ったよ、と吉蔵は腹の中で呟《つぶや》いた。

利兵衛が、吉蔵とお峯のつながりを感づいているかどうかはわからなかった。利兵衛は吉蔵に背を向け、商人ふうの年寄りの男と熱心に喋っている。一度も吉蔵を振りむかなかった。吉蔵は居心地悪い気持に耐えながら舟を漕《こ》いだ。力を出していつもより飛ばした。一刻も早く利兵衛たちを山谷の宿までとどけたかった。

山谷堀の入口が見えてきたとき、利兵衛が不意に振りむいた。

「もう少し上まで、このままのぼってくれないか」

「へ」

吉蔵は答えたが、連れの客が怪訝《けげん》そうな顔をしたのを見た。吉蔵は漕ぎ続けた。今戸を過ぎ、橋場町にかかっても、利兵衛は舟を岸につけろとは言わなかった。

舟は橋場の渡し場をすぎた。町屋が尽きて、土堤《どて》越しに畑が見え出したとき、ようやく利兵衛が、そのへんにつないでくれ、と言った。葦《あし》の間に舟を乗り入れて、吉蔵は岸に突き出ている黒い棒杭《ぼうぐい》に舟をつないだ。

これから何が起こるか、吉蔵にはわかっていた。それで利兵衛に舟を降りろと言われたときも、素直に降りて土堤にのぼった。

「しばらくここで待ってくださいよ。この男とちょっと内密の話がありますので」

利兵衛が連れにことわっている声が、後で聞こえた。

利兵衛は土堤をのぼってくると、吉蔵をうながして畑に入った。暑い夏の日が、田圃《たんぼ》の向う側につらなる三ノ輪《みのわ》の町の上に傾いていた。

「お峯はどうしているかね」

と利兵衛は言った。真向からむき合うと、お峯が言ったように、相撲取りのように大きな身体だった。吉蔵は畏怖《いふ》を感じた。

「おかみさん？　何のことですか」

「とぼけてもだめだよ」

と利兵衛は言った。表情を押さえた肉の厚い顔が無気味だった。

「あれはわがままで、多情な女だ。お前を相手にいたずらをしてたのは知っていたよ」

「…………」

「それに、わたしの知り合いが、本所のへんでお前とお峯が一緒に歩いているのを見かけたと知らせてくれた。夫婦気取りで歩いていたそうだな」

利兵衛はわずかに歯をむくようにして言った。

「すぐ探しに行ったが、家が見つからなかった。いま、どこにいるんだね。教えてもらおうか」

「旦那。そりゃ何かの間違いです。あっしがおかみさんと一緒だなんて、とんでもない話です。そのひとは誰かを見まちがえたんですよ」

利兵衛はにやりと笑っただけだった。吉蔵は汗を流した。腕力には多少自信があるが、この巨漢の前では、それは何の役にも立たないだろう。吉蔵は必死になって言った。

「むかし、たしかにおかみさんに誘われたことがあります。悪うござんした。このとおりお詫《わ》びします。しかしお店をやめてから、あっしは一度もおかみさんに会ったりはしていません」

「…………」

「おかみさんが、ほんとにどうかしたんですか」

「とぼけるのはよしなと言ってるんだよ、吉蔵。一緒にいることは、さっきのお前の顔色でわかっている」

不意に大きな身体が眼の前一ぱいに立ちはだかり、吉蔵は万力のような力で、両腕を摑まれていた。身体が浮いた。

「さあ、いまどこにいるね」

「あっしですか」

「お前とお峯だ」

「それが誤解だというんです、旦那。あっしは富川町に住んでいます。けやき長屋というところです。嘘《うそ》だと思ったら調べておくんなさい。でもおかみさんのことは、あたしは知りません」

吉蔵は必死に白を切った。すると、利兵衛が手を離して、いきなり頬を張った。顔から火が出たような感じの中で、吉蔵は畑に倒れていた。利兵衛は近づいて、胸もとを摑んで吉蔵を立たせると、今度はこぶしで腹を殴った。

吉蔵は腹を曲げて地面に嘔吐《おうと》の声を吐いた。はらわたがまくれ上がったような気がした。

「さあ、吐け」

「旦那、そいつは無理というものだ」

吉蔵は摑みかかってきた利兵衛の手をはらいながらそう言ったが、言い終ったとたんに、地面に叩きつけられていた。殺されるか、と吉蔵は思った。だが、お峯と一緒にいる相川町の住居を言う気はなかった。こんな化物にお峯を返してたまるかと思っていた。呻《うめ》きながら、吉蔵は立ち上がった。

土堤を降りてきた二人を見て、利兵衛の連れが驚いた声を立てた。

「どうしました、その男」

「なに、この船頭はね」

利兵衛は綱をとき、羽織をぬいで竿《さお》で舟を岸から離しながら言った。

「以前家で使っていた男ですが、家の中から大切なものを盗んで逃げましたので、ちょっとお仕置きをしてやったところです」

山谷の船宿まで、利兵衛は自分で櫓を漕いだ。二人が陸《おか》に上がったあと、吉蔵は舟をつないでしばらく横になって休み、それから川をくだった。身体のあちこちが痛んで、吉蔵は櫓を押しながら、時どき呻き声を立てた。

——これで、有明屋の仕事もおしまいだ。

どこか別の船宿に雇ってもらって、それも釣り客のおともをする百文舟《ひゃくもんぶね》でも漕ぐしかないと思った。手間はぐっと安くなるが、仕方なかった。

有明屋の裏に舟をつなぐと、吉蔵は女中のおふさを呼び出し、夜の仕事を休むと言った。腫《は》れあがった頰を見て驚いたおふさには、山谷堀の岸で、喧嘩を売られたと言いわけした。

吉蔵が、下ノ橋を渡り、佐賀町を抜けて、永代橋の橋ぎわまで来たとき、そこにお峯が立っていた。お峯は吉蔵には気づかず、橋向うの霊岸島《れいがんじま》の方を眺めている。喰いいるような眼だった。

近づいて、吉蔵は声をかけた。お峯はびっくりして声を立てた。そしてすぐに吉蔵の普通でない様子に気づいたらしく、駆けよってきて手を出した。

「まあ、どうしたの？　顔がこんなに腫れちゃって」

吉蔵は答えないで、橋から川向うの町々まで眼を投げた。たそがれ色がせまる橋の上を、せわしげに人が歩いている。

「喧嘩でもしたのかい、あんた」

「言っておくがな、お峯」

吉蔵はお峯を見ると、低い声で言った。

「この橋を渡ったら、殺すぞ」

四

「殺すって、そう言ったんですよ、旦那。あたしこのごろ、あのひとがこわくって」

お峯は、器用に筆の穂をしばりながら言った。筆作りも、半年も手伝ってすっかり馴れてしまったようだった。

小谷善左エ門は、相かわらず襷《たすき》がけで仕事をしていた。髪は鳥の巣のように乱れているが、ひげをあたった顔はさっぱりしている。善左エ門は、ちらとお峯を見た。

「それは吉蔵が、お前に惚《ほ》れているからだろう。そういうことを言うのは」

「でも、どうかしら。あのひとだって内心どうしたらいいいか、自分でもわからなくているると思うんですよ」

「そうかな」

「そうですよ。あのひといま釣り舟の船頭をしてるんです。働いている場所を、あたしの元の亭主に知られちまったから、もう柳橋では働けないいって」

「…………」

「この先どうなるかと思うと、眼の前が真暗になるんです。これっぽちの望みもないんですから。泥棒とおんなじ。人眼忍んで、決して表には出られないんですから」

「それは覚悟の上で逃げてきたのではないのかな」

「浅はかだったんですよ、考えが。若かったんですね、きっと。二十六だったから、若くもないか。でもそういうことが、三十近くなったいまごろ、やっとわかってきたんですよ」

「…………」

「そりゃ、あのひとをいまでも好きですよ。でも惚れたはれたで過ごす時期っていうのは、短いんじゃありませんか？　近ごろは、このまま三十になり、四十になったらと思うと、ぞっとするんですよ。これ、あたしだけでなく、あのひとだって同じだと思うんです」

「それはどうかわからんな。吉蔵はお前が考えているよりも、お前に対する思いが深いように思うがな」

「そうだとしても、それはあのひとが若いからですよ。さきの暗さがまだ見えないんです。だけどいずれ気がつくはずです。あのひとのためにも、あたしいまのうちに家へ帰ろうかと思うことがあるんです。あたしがいなくなれば、あのひとすぐに立ち直れますよ。腕のいい船頭なんですから」

「…………」

「まだ遅くないもの。ちゃんとした嫁さんをもらって、子供をつくって。ね、旦那。そうは思いません？」

「そういうことを、吉蔵に言ったことがあるかの？」

「いいえ。別れ話など持ち出せば、すぐに怒りますから。色恋の時期はすぎて、もう何にも残っちゃいないというのに。そしてあのひとも、うすうすそのことに気づいていながら、自分じゃそう思いたがらないんですよ。そしてすぐにあたしのここに……」

お峯は指で自分の胸を指さした。

「顔をつっこんでくるんです。それであたしも変な気持になるっていうわけ」

お峯は手で口を押さえて、くすくす笑った。それから真顔になって言った。

「でも、それも一刻のことですよ。すぐに醒《さ》めちまって、頭の中は先の心配でいっぱいになるんです。旦那、男と女って変なものですね」

「確かにな」

「旦那は、奥さまいらっしゃらなかったんですか」

「いた。いたがずいぶん昔に死んだ」

「まあ、お気の毒に」

「わしが殺したのだ」

お峯は息を呑《の》んだ。思わず手を休めて善左エ門の顔をみると、善左エ門は黙ってうなずいた。筆作りの手は休めなかった。

「江戸詰めを終って国に帰ると、家内に不義の噂《うわさ》が立っておった。真疑のほどはわからん。むろん家内は根も葉もない噂だと申した。だが、ある夜わしは不意に激昂《げっこう》して家内を斬《き》ってしまった」

善左エ門は、作りかけの筆を、台の上に置いて、お峯を見た。お峯が見たこともない、淋《さび》しげな表情になっていた。

「斬らんでもよかった。あれをいとしんでおったゆえ、斬ったと思ったが、違うな。いとしいなら、生かすことを考えるべきじゃった。どこまでも生かしてやることをな」

「…………」

「それに気づかなかった罰を、いま受けておる。あれを斬ったとき、わしの生涯は終ったのじゃが、死にきれずにこのようなざまで生きながらえておる」

「…………」

「お峯が家へ戻るとしてだ」

善左エ門は、いつもの声音にもどって言った。

「もとのご亭主が快くむかえてくれるかな」

「さあ」

お峯は、頬に手をあてた。

「そりゃ、気持よくはないでしょ。でも詫びぬけば、あたしはもともとあの家の人間なんですから、まさか殺しもしませんでしょ」

「…………」

「少しぐらい叩かれても、辛抱するつもりですよ、旦那。旦那のさっきのお話じゃありませんが、あたしも、生意気のようですがいい思いのところが終った気がするんです。浅はかで、浮気な女が、やりたいことを全部やったんですよ」

「吉蔵がかわいそうだな」

「それを言わないでください、旦那」

お峯は不意にうつむいて、膝《ひざ》の上に涙をこぼした。

「それを言うときりがないんです。切なくなります。でも、このままでいたら、どうせにっちもさっちもいかなくなって、お互いに憎み合うだけになるんですよ。もう、それがはじまっていますから。だからいまのうちに……」

お峯がそう言ったとき、表でごめんください、という声がした。お峯は、あわてて袖《そで》で眼を拭《ふ》き、誰かしらと言って立ち上がった。お峯が出て行き、しばらく表で低い話し声がしたと思うと、不意に声の調子が険悪になった。

待ってくださいよ、なんですか急に、というお峯の声が聞こえ、人が揉《も》み合う気配がした。

善左エ門は、すばやく寝間に入って小刀をつかみ取ると、腰にさしながら表に出た。

男が三人いた。商家の勤め人とわかる身なりの男たちだった。中の三十過ぎぐらいの男はお峯の手首を握っていたが、善左エ門の姿をみると、あわてて手を離した。

「どうした？」

善左エ門は、うしろ手にお峯をかばうように立って言った。

「店のひとなんですよ、みんな。探しあてて来たらしいんですけど、急に連れて行こうたって無理ですよ」

「しかし人を頼んでずいぶん探したんですぜ、おかみさん。見つかったというんで、こうして駆けつけてきたんですから、われわれも手ぶらじゃ帰れませんよ」

さっきお峯の手首を摑んでいた男がそう言い、なあ……とほかの二人に眼を配った。眼を見あわせた三人の顔に、一様にある表情をともなった薄笑いが浮かんだ。彼らは、この騒ぎを面白がり、もとの女主人をあなどっていた。

善左エ門は少し暗い顔で、そういう彼らの顔を見ていたが、漸《ようや》く口を開いた。

「ま、その気持はわかるが、人間ひとり、すぐに連れて行こうというのは無理ではないかな。こちらにはこちらの事情というものもある」

「しかし、お侍さんのお言葉ですが、またよそに行かれたりすると、あたしらが叱《しか》られますんで」

「いや、その心配はない。このひとは店に帰ろうかといま思案しているところでの。見つかったから逃げるということはせん。そのことならわしが保証してもよいぞ」

「しかしその思案が変って、やっぱり帰るのはやめたということになりますと、ぐあい悪いのですがね」

「とにかくよそに行くことはないと、わしが保証しておる」

善左エ門は強い口調で言った。

「思案のゆとりをあたえ、日を改めてまた来たらどうだ」

「お言葉ですが……」

三十過ぎの男が、あとの二人に眼くばせした。

「やっぱり見つかったところでお連れしないと、主人がやかましいもので。縄をつけてもひっぱって来いと言われておりますんでね」

「縄だと?」

善左エ門の顔に赤味がさした。お峯をつかまえようと、前に進んできた二人の男に立ちふさがると、善左エ門の身体が身軽に左右に動いた。二人の男に軽くさわったように見えた。

すると二人の男が、苦痛の声を洩らし、一人は地面にしゃがみ、一人は後へ逃げた。二人とも右腕の関節を手で押さえている。善左エ門が手刀を使ったのだった。

男たちは恐れて、木戸の方にさがった。

「主人とやらに申せ」

善左エ門は少し怒気を含んだ声で言った。

「それほど戻って欲しい女房なら、自分で迎えに来いと。また縄でしょっぴくような扱いをするつもりなら、誰を寄こそうと、わしが渡さんと申したと言え」

男たちが逃げ去ったあとに、善左エ門とお峯、それに騒ぎを聞きつけて家を出てきた裏店《うらだな》の者たちが残った。遠くから見守っている裏店の人びとを見ながら、善左エ門が囁いた。

「あの様子では、戻って、それでしあわせに暮らすというわけにはいかぬかも知れんぞ」

「仕方ありませんよ、旦那。そのぐらいのことは覚悟しています」

「それでも戻るか」

「ええ」

「…………」

「だって、もう逃げ回る元気など、あたしにはありませんもの」

「いつ戻る？」

「明日にします、旦那」

「お峯、来てますかい、旦那」

吉蔵が顔を突っこんで言った。

「いや、おらん」

「おらん、て、どこへ行ったか、知りませんか」

「堀江町へ戻ると言って出て行った」

「ちきしょう」

吉蔵は叫んだ。

「やっぱり虫が知らせたんだ。そんな気がしたんだ。いつです？　出て行ったのは」

「たったいまだが……」

善左エ門は作りかけの筆をおいて立つと、上がり框に出た。

「しかし、吉蔵追うな。追っても無駄だ」

吉蔵は返事をしなかった。身をひるがえして自分の家に駆けこむと台所から出刃包丁をとって、手拭いに包んだ。吉蔵は家を走り出た。

――あの橋を渡らせやしねえ。

堀江町に戻すぐらいなら、殺してやると思っていた。ゆうべ、やさしかったお峯の言ったことや、したことが吉蔵の頭の中で、きれぎれにひらめいたり、消えたりした。堀江町の舟の中で、はじめて睦み合ったときの、お峯の白い胸を思い出していた。

「吉蔵、待て」

後から小谷善左エ門の声が聞こえた。だが吉蔵は振りむかずに走りつづけた。行きあう人間が、血相を変えて走る吉蔵をみて、あわてて道端に身を避けたが、実際吉蔵は、眼の前に邪魔なものが立ちふさがったら、刺しかねないほど、狂暴な怒りにとらえられていた。ゆうべあんなにやさしかったのは、今日こうして裏切るつもりだったからだ。

――いた。

河岸から永代橋に曲ったお峯の姿が見えた。吉蔵は必死に走った。吉蔵が橋に駆けこんだとき、向うからきた物売り風の男と、あぶなくぶつかりそうになった。

「どけ！」

吉蔵にどなられて、背に風呂敷《ふろしき》の荷物を背負った男は、あわてて左に寄った。そして男の右を駆け抜けようとした吉蔵にぶつかった。吉蔵は男の左をすりぬけようとした。するといよいよあわてた男が、今度は右に寄ったので、吉蔵と男はまたぶつかって揉み合うような恰好《かっこう》になった。

男を押しのけたとき、吉蔵はうしろから強い力で腕を摑まれた。小谷善左エ門だった。

「殺すな」

喘《あえ》ぎながら、善左エ門は言った。善左エ門は喘いで、言葉のかわりに橋を指さした。赤い夕日が橋の上を染めていた。橋を歩いている人はまばらで、遠ざかるお峯のうしろ姿が見えた。お峯はうつむいて、やはり夕日に染まりながら、少しずつ遠ざかって行った。

「行かせてやれ」

善左エ門は漸く言った。薄い胸をまだ喘がせていたが、吉蔵を摑んだ手をゆるめなかった。

吉蔵は茫然《ぼうぜん》とお峯を見送っていた。

「お峯がいとしいか、吉蔵」

吉蔵は、善左エ門を見た。善左エ門はその眼にうなずき、ごくりと喉《のど》を鳴らした。

「いとしかったら、殺してはならん」

そう言ったとき、善左エ門の眼に不意に涙が盛りあがり、涙は溢《あふ》れて頬をしたたり落ちた。善左エ門は眼をそらさずに吉蔵を見つめていた。涙の意味は、吉蔵にはわからなかった。それなのに、善左エ門をゆさぶった悲しみが、なぜかわかる気がした。吉蔵は、自分の眼にも涙が溢れるのを感じた。人間というやつは、なんてえ切ねえ生き物なんだ、と吉蔵は思っていた。

不意に善左エ門が咳きはじめた。身体をよじって欄干をつかみ、善左エ門は咳いていた。吉蔵を追って走ったせいかも知れなかったが、小谷善左エ門の咳の季節がやってきたのかも知れなかった。

善左エ門の背をさすりながら、吉蔵は橋を眺めた。いっときの夕映えはもううすれかけて、橋の向う岸のあたりに、ひとの行き来が黒っぽく動いているだけだった。お峯の姿は、もう見えなかった。

まぼろしの橋

一

「もうじき祝言《しゅうげん》ね」

とおはつが言った。

「うらやましいわ。旦那《だんな》さんになるひとはいいひとだし。おこうさんはしあわせね」

「でも、なんだか変な気持もするのよ」

おこうはそう言って、少し顔を赤らめた。その話が出るといつもおこうを襲ってくる、奇妙な羞恥心《しゅうちしん》に見舞われていた。だが、そのはずかしさは不快なわけではなかった。心がときめくしあわせな予感が、その中にふくまれていた。

「いままでずっと兄ちゃんと呼んでいたのに、急に旦那さんなんて呼べるかしら」

「すぐ馴《な》れるわよ」

「そうかしら」

おこうは首をかしげた。いつも落ちついた物腰で、やさしい信次郎の姿を思い描いていた。

「でもほんとに変な気持よ。あたしおとっつぁんにその話を切り出されたとき、よっぽどことわって、よそに嫁に出してもらおうと思ったぐらいよ」

「ぜいたく言って」

おはつは叱《しか》りつけるように言った。

「そんなこと言うと、あたしが押しかけで信次郎さんの嫁に行っちゃうから」

「あら、だめ」

おこうはあわてて言った。

「それはやめて。やっぱりあたしが嫁になるわ」

娘二人は、そこで弾《はじ》けるように声をあわせて笑った。

おこうは深川富川町の呉服屋美濃屋《みのや》の娘だったが、美濃屋のもらい子だった。もらい子というより、小さいころに美濃屋の主人和平に拾われた人間で、そのまま美濃屋の娘として育てられ、十八になったのである。

そういう事情は、美濃屋ではべつに隠しだてしなかったので、美濃屋と親しい者はみんな知っていた。それで十八になったおこうが、美濃屋の跡とりの信次郎の嫁になると聞いても、誰も驚かなかった。信次郎は二十三で、風采《ふうさい》もよく商売にも熱心な若者だったし、おこうは美しい娘に育ったので、その縁談はまわりから似合いだと思われていた。

おはつは、この話になるといつもうらやましそうな様子を見せるが、この縁談が似合いだということは、誰よりも認めていた。おはつは、いま二人がお喋《しゃべ》りしている深川西町の米屋田川屋の娘で、おこうとは稽古《けいこ》ごとで知り合った友だちだった。おこうよりひとつ年上で、肥《ふと》り気味の身体《からだ》と、思わしい縁談がないのを気にしている。気性は少し男っぽいところがあったが、それでおとなしいおこうとかえって気が合うようだった。

「おはつちゃん、あたしこのごろね……」

笑いがおさまったところで、おこうはふとまじめな顔になって言った。

「時どき変なことを思い出して、気がふさぐことがあるのよ」

「あら、どんなこと？」

「あたしを捨てたじつの親のことなの」

「でも、あんたは何もおぼえていないんでしょ？」

「ええ、ずっとそう思ってきたの」

田川屋は大きな店で、二人がいる奥のおはつの部屋には、表の店のさわがしさはほとんど聞こえなかった。開けはなした縁側の外は、塀《へい》にかこまれた庭がひろがっていて、そこには初夏の日射《ひざ》しがあふれ、うっとうしいほどのびた庭木の新葉が日に照らされている。

庭にむけたおこうの顔は、青葉のてりかえしで、少し青白く見える。

「ところが、ひとつだけはっきりおぼえていることがあるのよ」

おこうはそのとき五つだったのである。これはおこうを道で拾いあげた美濃屋の主人和平に、おこうが自分の名前と年だけは言ったというので、多分確かなことだった。

五つのおこうは、橋のそばに立っていた。夕やみが迫っているらしく、あたりは薄ぐらく、ひとの気配もなかった。ただたえず橋の下を流れる水の音がしていた。

いいかね、とおこうの前にうずくまったその男が言った。

「じっとして待ってるんだぜ。ここを動くんじゃねえぜ。わかったな」

そういうと男は、おこうの両手を痛いほど強く握りしめて、それから立ち上がると背をむけて橋を渡って行った。その背が薄闇《うすやみ》の中にとけこむのを見送りながら、五つのおこうは男にいま自分が捨てられたことを感じていた。男は一度も振りむかなかった。

おこうの記憶は、そこで少しとぎれ、次に「おとうちゃん」と呼びながら、どことも知れない暗い町をさまよい歩いている自分のことを思い出すのである。おこうの小さな胸には悲しみが溢《あふ》れて、頬に涙がしたたり、そしてひもじかったのをおぼえている。

「だから、そのときおとっつぁんに捨てられたのだと思うの。このごろ、そのおとっつぁんの顔が、もう少しで見えてきそうな気がすることがあるのよ」

「ほんと？」

おはつは眼をみはった。だが、すぐに言った。

「でも、いまさらそのじつのおとっつぁんのことを考えても仕方ないんじゃないの。あんたはずっと美濃屋さんの娘で育ったんだし、信次郎さんのお嫁になれば、それはもう、すっかり美濃屋さんのひとになりきっちゃうんだから」

「…………」

「それとも、そのおとっつぁんを探し出して、会ってみたいという気持があるわけ？」

「そうじゃないのよ」

おこうは、おはつから眼をそらして、また明るい庭に眼を投げた。

「会いたいというほどでもないの。ただ、自分がしあわせだから、あのおとっつぁんはどうしているかしらと思うのよ。橋を渡って行った背中が、さびしそうに見えたもんだから、そう思うのね」

「その橋がどこかわかる?」

「わかるわけがないわよ。だいたいが夢みたいな話なんだから」

おこうがそう言ったとき、縁に足音がして若い男が姿を見せた。男は部屋の前を通りすぎてから、そこにおこうがいるのに気づいたらしく、おうと言って戻ってきた。

おはつの兄の昌吉だった。昌吉はもどってきて部屋をのぞいたが、挨拶《あいさつ》したおこうに言葉を返すわけでもなく、軽くうなずいて底光りするような眼でおこうを眺めただけで、すぐに離の自分の部屋の方に行ってしまった。

「ああだからね」

おはつが舌打ちするような口調で囁《ささや》いた。

「ああいう兄貴がいるから、あたしにもなかなかいい縁談が回って来ないのよ」

昌吉は怠けもので、時どきどこかにある賭場《とば》で、手慰みにふけっているらしいといううわさがある人間だった。

二

七月の暑い日射しがようやく傾いた町を、おこうはうつむいて少し急ぎ足に歩いていた。

四月の末に、信次郎と祝言をあげて美濃屋の嫁になってから、ふた月半ほどになっていた。はじめ二人の祝言の話が出たころは、今年の秋にでも、と言っていたのが、春先に身体のぐあいを悪くした主人の和平が、急にいそいで祝言をはやめたのであった。

信次郎の嫁になって、ふた月半たっても、おこうはまだ町のひとの眼がまぶしかった。信次郎と夫婦になるということは、おこうがままごとのように考えていたこととは、まるで違っていた。信次郎は、おこうが兄ちゃんと呼んでいたころと、少しも変りなくやさしかったが、そのやさしさの中身は、以前とはまったく違うものだったのである。

しあわせな気持に恍惚《こうこつ》となりながら、これが夫婦になるということなのか、と思うことが時どきあった。おこうは義父の和平が寝こむようになって、それまで店に出ていた義母のおつねが奥に籠《こも》りがちになると、自分が店に出て信次郎を手伝い、また台所の指図もして、娘のころの倍も働いた。

それでいて毎日がしあわせだった。町のひとの眼がまぶしいのは、そんな自分の心の中を、誰かにのぞきこまれはしないかと思ったりするからだった。

今日は、昼すぎに三ツ目橋の徳右エ門町近くにある旗本屋敷に、注文の反物をとどけに行って、その帰りだった。商談はうまく運んで、おこうは持参した品物をそっくり納めて帰ってきたところだった。夫の信次郎にその話をはやく聞かせたくて、おこうは急いでいた。

その男が声をかけてきたのは、おこうが裏口の木戸を押そうとしたときだった。

「ちょっと」

低いやさしい声だった。おこうがふりむくと、痩《や》せて、背もあまり高くない五十前後の男が立っていた。

男は日に焼けた黒い顔をしていたが、髪は真白だった。くぼんだ頬と細いやさしそうな眼を持ち、その眼に微《かす》かな笑いを含ませておこうを見ていた。

「あんたが、美濃屋さんの嫁さんですか」

「はい。なにか？」

おこうは自分も微笑した。男はあまりいい身なりをしていなかったが、男から寄せてくる感じは、おこうを身構えさせるようなものではなかった。男は、むしろひかえめにおこうに話しかけていた。

「すると、あんたがおこうさん？」

「はい」

「そうですか」

男はじっとおこうを見つめ、それからそっとため息を洩《も》らしたように見えた。

「あの……」

おこうは男に向きなおった。

「どなたさんですか？」

「あんたの、おとっつぁんの知りあいです。いやいや、美濃屋さんのことじゃない。あんたのじつのおとっつぁんを知っていた者ですよ」

おこうは息をのんだ。すると男は、おこうの視線を受けとめてうなずいてみせた。男の眼には依然としてやさしい光があった。その眼が、くるむように自分に注がれているのを、おこうは感じた。

おこうは男に近づくと、低い声でたずねた。

「知っていたというと、いまは居場所がわかっていないんですか」

「いや」

男は眼を伏せた。

「三年前に死になすった。あんたに会いたがっていましたよ」

おこうは茫然《ぼうぜん》と立ちすくんだ。すると男が囁いた。

「あんたに聞いてもらいたい話がある。ちょっとそこまで一緒してくれませんか」

おこうは、ええと言っていた。日が落ちて町にはたそがれの色が這《は》いはじめていたが、見知らぬ男と一緒に歩いている不安は感じなかった。はじめて聞いたじつの父親の消息に心を奪われていた。

男は人気のない武家町を通りすぎ、神保《じんぼう》前の富川町を過ぎると、五間堀《ごけんぼり》の方に道を曲った。

「あんたを、橋のたもとに捨てたんだと、松蔵さんは言っていました」

五間堀を横切っている伊予橋までくると、男は立ちどまってそう言った。

「おぼえていませんか」

「おぼえていますとも」

おこうはすぐに言った。前にはしじゅう思い出した小さいときのその記憶を、信次郎と夫婦になってからは、いそがしさとしあわせな気持の中で忘れていたことに気づき、心を責められていた。

「その橋は、ここだったんですか」

「いや、そうじゃない。麻布《あざぶ》のむこうの笄《こうがい》橋というところだと言っていましたな」

「こうがい橋？」

そういえば、橋のあたりはこんな町中ではなくて、ひっそりした田舎じみた感じの場所だったという気がした。

「もっと、おとっつぁんのことを聞かせてください」

おこうはそう言ったが、はっとあたりの薄暗さに気づいた。店では帰りが遅いのを心配しているだろう。

「ごめんなさい。あたし帰らなければ」

「わたしは弥之助というものです。ひまが出来たときにたずねてくれれば、いろいろとおとっつぁんのことを話してあげますよ」

「お住居は？」

「お住居というほどのところじゃありませんがね。回向院《えこういん》の北の小泉町に、吉右エ門店という裏店《うらだな》があります。そこに来ればわかります」

弥之助はそう言った。それからもう一度おこうをじっと見つめた。

「こんないい娘さんになったところを見たら、松蔵さんもさぞ喜んだでしょうにな。見つけるのが遅すぎましたよ」

「きっとたずねますから」

とおこうは言った。すると弥之助はうなずいて背をむけた。

しばらくその背を見送ってから、おこうは歩き出したが、五、六歩行ったところで、不意にうたれたように後をふりむいた。弥之助と名乗ったいまの男が、ほんとうは死んだといったじつの父親ではないだろうかという疑いが、胸をかすめたのだった。

ただの父親の知りあいが、話を聞いていたというだけで、わざわざ知りあいの娘をたずねあてでてきたりするものだろうか。そう思うと背をむけて橋を渡って行った弥之助という男の後姿が、五つのときに見た父親の最後の姿に似ていた気がしてきた。おこうは立ちどまったまま、橋の上を眼でさぐったが、薄闇に包まれた橋の上には、顔も見えない黒い人影が二、三人動いているだけだった。

家にもどると、裏木戸はもう閉まっていたので、おこうは表にまわり、潜《くぐ》り戸《ど》から中に入った。

すると、店には信次郎だけがいて、帳場から顔をあげた。

「遅かったじゃないか」

信次郎はそろばんをわきに寄せると、咎《とが》めるような口調でそう言った。怒っているのではなく、心配していたのだということが顔色でわかった。信次郎の顔には、ほっとしたような色がうかんでいる。

「すみませんでした。安富さまの奥さまに引きとめられて」

おこうはとっさに嘘《うそ》をついた。信次郎に嘘をついたのははじめてだった。だが弥之助という、じつの父親かも知れない男に会ったことは、なぜか口に出しにくかった。

「ま、何事もなかったからよかった」

信次郎は、おこうが帳場の中に入って行くと、手をとって軽くその手を叩《たた》いた。新婚間もない夫らしく、いたわりがこもったしぐさだった。

そうされただけで、おこうの胸ははずんだ。夫に手をあずけたまま、少し浮き浮きした口調で言った。

「安富さまが、すっかり気に入ってくだすって、持って行っただけ全部買って頂きました。半金を頂いてきました」

おこうは持っていた風呂敷《ふろしき》包みをひらいて、財布を出すと信次郎に渡した。

「あそこの奥さまは、お前がお気にいりだからな」

信次郎はそう言って金を数えたが、ふと苦笑した。

「しかしお前がそんなに一所懸命に働かなくとも、店はやって行けるんだよ」

「わかっています。でも少しでもあなたのお仕事を手伝いたくて」

信次郎は苦笑したまま、おこうの手を引き寄せようとした。がおこうは身体をよじって夫の力をはずした。

「おっかさんにご挨拶しなくちゃ、怒られる」

立ち上がって奥の方に歩きながら、おこうは弥之助という男のことは、やはり話さないでよかったと思った。それがいまのしあわせをそこなうようなものかどうか、そこまではわからなかったが、あまり好ましい出来事でないことはわかっていた。それは弥之助という男の身なりのみすぼらしさから来る予感のようなものだった。

でも一度は会わなくては、とおこうは思った。弥之助という男は、ひょっとしたらじつの父親かも知れないのだ。

おこうに何の警戒心も抱かせなかった、やさしくひかえめな物腰は、むかし娘を捨てた父親にふさわしかった。そして橋の話をしたとき、うるんでいたように見えた眼。

弥之助が父親だったらどうするかは、きっと面倒な問題なのだろうが、それは確かめたあとで考えればいいことだと、おこうは思った。

三

弥之助が住んでいる家は、すぐにわかった。吉右エ門店は、武家屋敷の塀ぎわに寄生したように、低い軒をならべている裏店だった。

「さあさあ、上がってください」

おこうが入って行くと、弥之助は少し上ずったような声をあげてそう言い、せんべいのようにひしゃげた座布団《ざぶとん》を出したり、さあお茶をさしあげないとな、と呟《つぶや》いてあわただしく台所に立ったりした。

「いいから坐《すわ》っていてください。あたしがしますから」

おこうは見かねてそう言い、自分で台所に立って行って湯をわかし、お茶を入れた。貧しく、がらんとした台所だった。味噌《みそ》がめのふたがはずれたままになっていて、そのわきに使いのこしたらしい青菜がしおれている。弥之助という男は、ひとり暮らしらしく、ほかにひとの気配はしなかった。

「松蔵は運の悪い男でしてな」

ようやく茶の間に落ちつくと、弥之助はそう言って、おこうの父親の話をはじめた。

松蔵は、棟梁株《とうりょうかぶ》はもっていなかったが、鑑札を持っている一人前の大工だった。女房を持ったのは遅く、三十を過ぎてからだったが、子供が生まれて二年めに女房に死なれた。張りをなくした松蔵は、だんだんに仕事を怠けるようになり、賭場《とば》に出入りするようになった。そして深みにはまった。

「あたしがあんたのおとっつぁんに会ったのは、そのころでな。悪い仲間というやつですな」

弥之助はそう言って、黒い顔に苦笑をうかべた。

「そのうち二人で組んでやった仕事でしくじりを出して、二人とも江戸にいられないようになってしまった。それで、そのころ世話になっていた親分の言いつけで、常陸《ひたち》の方に逃げたんだ。松蔵があんたを捨て子にしたのはそのときですよ」

五年後に、二人は江戸にもどった。松蔵はむろん、捨てた子の行方を必死に探したが、見つからなかった。帰ってからは、二人とも博奕《ばくち》から足を洗い、細ぼそと職人仕事を続けたが、松蔵は子供も見つからず、職人としてうだつも上がらないままに、病気で死んだ。ひとりだった。

「妙なもんですな。探しているときは、いくら探しても見つからない失《う》せものが、あきらめたころにひょっくり出てきたりする。あれと同じことですな」

「…………」

「あたしがあんたのことを聞いたのは、あんたの祝言が間ぢかくなったころでしてな。美濃屋さんの嫁はおこうという名で、五つのときに美濃屋の旦那《だんな》にひろわれたひとだという。名前も年も松蔵に聞いていたことと、ぴったりでした」

「…………」

「あんたを橋まで連れて行きましたな。あれは松蔵に聞いていた話を確かめるためだったんですよ。橋のそばに捨てた、はらわたがちぎれるようだった、と松蔵が言っていましたからな」

弥之助の声がかすれた。おこうは眼に涙が溢《あふ》れた。うつむくと、膝《ひざ》に涙がしたたり落ちた。

「でも、あんたはもう美濃屋のりっぱな嫁さんですからな。松蔵もさぞ満足していることでしょうよ」

「いろいろと聞かせてくれて、ありがとうございました」

とおこうは言った。二人はしばらく黙って坐っていた。弥之助が思い出したように茶をすった。

そのとき土間に男の声がして、人がたずねてきた気配がした。すると茶碗《ちゃわん》を下に置いた弥之助がさっと立ち上がって茶の間を出て行った。

土間でひそひそ囁く声がしたが、やがてたずねてきた男と弥之助は外に出て行ったらしく、家の中はひっそりした。

おこうはあらためて部屋の中を見まわした。襖《ふすま》にはしみが出来、畳はけば立って、古びた茶《ちゃ》簞笥《だんす》と、火のない長火鉢が置いてあるばかりの、殺風景な部屋だった。曇った空が投げおろす鈍い光が、半分ほど開いた窓障子からさしこみ、貧しい部屋を照らしている。

——そろそろ帰らなくちゃ。

とおこうは思った。信次郎には、とくい先回りをしてくると言って家を出ている。

おこうがそう思ったとき、ようやく弥之助が帰ってきた。

「知りあいがきてな。ごめんよ」

と弥之助は言った。

「上がってもらえばよかったのに」

「なあに、べつに大事な話があるというわけでもないのだ」

弥之助は少しうろたえたようにそう言った。このひとは、何をして暮らしているのだろう、とおこうは父親かも知れない白髪の男を眺めながら思った。

「弥之助さんは、いまはお仕事は？」

「日雇いで喰っていますよ。この年になると、出づっぱりの稼《かせ》ぎは辛《つら》くなってな。日雇いなら、疲れたときは休めばいいし、気楽ですからな」

「おひとりなんですか？」

「はい、ひとり。若いころは嬶《かかあ》も子供もいましたがな。あたしが極道をしたもんで、二人とも出て行きましてそれっきりです」

弥之助は口を開き、低くのどを鳴らして笑った。歯が欠け落ちた口の中が見えた。

「子供は、生きていればあんたより年上でしたから、二十を過ぎているでしょうな。娘でした」

「あたし、そろそろ帰らなくちゃ」

おこうはそう言ったが、不意に思いついて言い足した。

「お米はどこですか。台所をして帰りますから」

四

二人が居間にしている離れに引きあげてきてからも、信次郎は帳面を出してそろばんを入れた。

おこうはお茶をいれて出し、縫物に手を戻しながら、時どき顔をあげて夫を見た。口をひきしめ、額にしわをこしらえて帳面を見くらべ、そろばんを入れている信次郎の表情に、父親が寝こんでから店の責任を一身に背負っている真剣な気配がうかがわれる。夫には、漫然と店を手伝っていたころとは違う、商人らしいたくましさが身についてきたように、おこうは思う。

——いい旦那さまだ。

とおこうは思った。夫婦の暮らしには、すぐに馴れるとおはつは言ったが本当だった。いまは夫婦としてむつみ合うのに、何の不自然さも感じなかった。兄妹のように育てられたために、相手の心もよく読め、夫婦になる前の歳月は、ちかごろの深い愛情を育てるために必要だったのだと思うことがあった。

美濃屋に拾われた幸運を思わずにいられなかった。

——あたしはしあわせだ。

そう思ったとき、おこうは小泉町の貧しい裏店に住む男のことをちらと考えた。気がかりなことがあるとすれば、その男のことしかなかった。

「お茶がさめますよ」

おこうがそう言うと、信次郎はようやくそろばんを置き、帳面を閉じておこうに笑いかけた。

「親爺《おやじ》が倒れたころ、売り上げがちょっと落ちたが、また盛り返した。先月からは、前よりのびているから、もう心配ない」

「よござんしたね」

とおこうは言った。信次郎は茶をすすって庭に眼をむけた。縁側がすっかりあけはなしてあって、そこからすだれを通して涼しい夜気が入ってくる。昼の間の暑熱も、夜がふけるとようやくおさまったようだった。

「いちど二人で料理屋に飯でも喰いにいかないか」

「あら」

「祝言をあげたばかりで、ずっと働きづめだったからな。たまには骨休めに、二人で出るのもいいだろう」

「あたしのことなら、よござんすよ」

とおこうは言った。

「気をつかってもらわなくとも、いまのままで十分しあわせですから」

「おこうはまったく出不精だからな」

信次郎はそう言ったが、空になった茶碗をもてあそびながら、くすりと笑った。なにかを思い出した顔色だった。

「あれはおととしだったな。おれが飯喰いに行こうと、お前を誘ったことがあったな」

「あら、そうでしたか。ええ、おぼえています」

「あのとき、じつはおれにはよからぬ魂胆があったんだな」

「こんたん？」

「おこうをモノにしようと思ったのさ」

おこうは怪訝《けげん》そうに信次郎を見た。それからみるみる赤くなった。

「いやァね」

「お前がどんどん女っぽくなってきたころだ。おれは、お前がそのままどっかに嫁に行っちまうんじゃないかと、心配でならなかったんだよ」

「そんな心配はいらなかったのに」

おこうは小さい声で言った。

「ところが、お前にあっさりことわられてしまってな。おれは一人で出かけて、へべれけに酔っぱらって夜おそく帰ったんだ」

「心配したのよ、あのときは」

おこうは口をおさえて笑い声を立てた。

「駕籠《かご》で送られてきて、まるで正体がなかったんだもの。そう、ひと晩あたしが看病したのよ。泣きながら」

「泣きながらは大げさだな」

「ほんとうよ。おとっつぁんや、おっかさんはほっとけって言ったけど、あたしはこのひとひょっとしたらこのまま死ぬんじゃないかと思ったもの」

「酒ははじめてだったんだ。はじめての酒が、おこうにふられたやけ酒というわけさ」

二人は顔を見合わせて笑った。あたしはしあわせだ、とおこうは思った。そしてまた吉右エ門店にいる男のことを思い出した。

父親かも知れないと思う気持は、おこうをその裏店に引きつけて、おこうはそのあと二度ほど弥之助の家をのぞいて、買って行った魚を焼いて喰わせたり、汚れ物を洗って帰ったりしている。そういうことを、信次郎に隠しておいてはいけないのだ。

「ねえ」

おこうは縫物を下に置いて呼びかけた。

「この間変なひとに会ったのよ」

「変なひと?」

「そのひと、あたしのじつのおとっつぁんかも知れないの」

「じつのおとっつぁんだって?」

信次郎はあっけにとられた顔になって、おこうをまじまじと見た。

五

ふきをやわらかく煮つけ、魚を焼いて、あとはご飯をたけばいいだけにして、おこうは茶の間にもどった。

「いつも、すまないな」

と弥之助が言った。

「あんたに散財かけたり、台所をやってもらったりしちゃ悪い」

「いいのよ。こっちについでがあって、寄っただけですから」

「お家のひとには、なにも言ってないんだろ？」

「ええ。ただ弥之助さんのことは、あたしの旦那さまにちょっと喋ってみたの」

弥之助が、不意にまるめていた背をのばした。

「ここにきているなんて、喋っちゃいけないと言ったはずだよ」

「だいじょうぶ」

おこうは微笑した。

「ただ、あたしのおとっつぁんかも知れないひとに出会ったと言っただけ」

おこうは探りを入れるようにそう言い、弥之助の顔をじっと見た。すると弥之助の黒く痩せた顔に、はげしい狼狽《ろうばい》の色があらわれた。顔をそむけて、弥之助は呟くように言った。

「おとっつぁんでなんか、あるもんか。そいつはあんたのとんでもない思い違いだ」

弥之助がそう言ったとき、不意に家の中に人が入ってきた。こんにちはとも言わず、茶の間に入ってきたのは、肥った若い男だった。ひげの剃《そ》りあとが青あおとして、ひと癖ありげな眼つきをしている。

「安かい」

弥之助が咎めるように言った。

「ひとの家に入るときは、挨拶ぐらいするもんだぜ」

だが安と呼ばれた男は、弥之助の言葉を無視して、茶の間の柱を背にすとんと腰をおとした。自堕落な身ごなしだった。そのまま膝を抱えて、黙っておこうの顔を見つめている。

おこうは気味が悪くなって、腰を浮かせた。弥之助の暮らしの裏にあるものを、ふっとのぞいたような気がした。

「あたし、また来ますから」

おこうがそう言ったとき、安という男が声をかけてきた。

「べっぴんだな。あんたが美濃屋の嫁さんかい」

おこうは無言で立とうとした。すると安がドスのきいた声で、待ちなと言った。

「あんたに少し話があるんだ。ま、落ちつけよ。日が暮れるまでには、まだ間があるぜ」

「…………」

「坐んなって言ってんだよ。びくびくすることはねえよ」

おこうは坐った。男の眼に射すくめられたように身体にふるえがきて、立てなくなっていた。おこうは救いをもとめるように弥之助を見た。弥之助は暗い眼でおこうを見つめていたが、おこうに見られると顔をそむけて、安という男に言った。

「約束が違うぜ、安。おれにまかせると言ったはずだ」

「まかせておいたさ。だがいつまでたってもラチがあかねえじゃねえか」

「…………」

「いつまでままごとを続けるつもりなんだい、とっつぁんよ。そろそろしびれがきれたぜ」

「まかせろと言ってるんだ、安」

弥之助は低く威嚇《いかく》するような声で言った。

「てめえが出る幕じゃねえ、黙って引きあげな」

「そうはいかねえぜ、とっつぁん」

おこうは不意に立った。二人の話しぶりから、身に迫る危険を感じとっていた。だが障子に手をかけたところで、おこうはうしろから男に組みとめられていた。

安という男は、おこうの身体に狂暴な力をふるった。軽がるとおこうを抱きあげ、次の間に運んで行った。おこうがあばれると、手加減しない力で、おこうを畳に投げおとした。

——殺される。

おこうは這って茶の間に出ようとした。すると安の身体がその上に覆《おお》いかぶさってきた。男の汗とわきがの匂《にお》いで、息がつまりそうになりながら、おこうは畳に爪《つめ》を立てて逃げようとした。

男の手が、身体を探ってきていた。乳房を摑《つか》みにきた男の手に、おこうは嚙《か》みついた。男はいてて、と言ってその手をひっこめたが、がっしりとおこうを押さえこんだまま、今度はおこうの足に手をのばした。

おこうは眼の前が暗くなるのを感じた。こん身の力をこめて男の身体を押しのけようとしたが、安の身体は石のように重くおこうを押さえつけていた。

固くあわせた腿《もも》を割って、男の手が入ってきたとき、おこうは首をねじって茶の間を見た。薄暗い光の中に、うずくまるように坐っている弥之助の姿が見えた。なぜなのだろう。あたしがこんな目に会わされているのに、なぜ黙ってみているのだろう。

足を締めた最後の力がぬけ落ちるのを感じながら、おこうは叫んだ。

「おとっつぁん、助けて」

すると不意に黒い影のようなものが走りこんできて、おこうは身体がすっと自由になったのを感じた。おこうは這って茶の間まで逃げた。

家の中をきしませて、男二人が組み合っていた。おこうは立ち上がって障子につかまったが、足がふるえて動けなかった。おこうの身体のふるえと一緒に、障子ががたがたと鳴った。

瘦せて、背も大きくない弥之助が、若い安と互角に組み合っていた。一度は安が壁に投げつけられて、大きな音を立てて畳に落ちた。二人は獣のようなうめき声を立てながら、ごろごろと畳の上を転げまわったが、ようやく立ち上がると離れて、にらみ合った。二人ともはげしく肩で息をしていた。喘《あえ》ぎで喉《のど》が鳴る音をおこうは聞いた。

「逃げろ」

背をむけている弥之助が、振りむいて言った。一瞬だが、振りむいた弥之助の顔が土気色に変っているのを、おこうは見た。

「そうはさせねえ」

安が押し殺した声で言い、不意に安は手に光るものを握っていた。

「邪魔はさせねえ。どきなよ、とっつぁん」

「おとっつぁん」

とおこうは叫んだ。

「いいから、はやく逃げろ」

猛然とつきかけた安の腕をおさえて、弥之助が声をはげまして言った。どしんと二人が畳に転がる音を聞きながら、おこうは夢中で障子をあけ、土間から外に出た。

家の前に、物音に驚いたらしい裏店の者たちが集まっていた。その人垣をかきわけて、おこうは裾《すそ》をみだし、はだしのまま裏店の木戸をめがけて走った。いまにも後から、匕首《あいくち》を持った安という男が追いかけて来そうな恐怖に襲われていた。

六

「安という男をつかまえました」

たずねてきた岡っ引の徳助がそう言った。徳助は古い岡っ引で、四十過ぎの痩せぎすで頭の回りが速そうな顔つきをした男である。美濃屋にも月に一、二度は顔を出し、世間話をして、帰りには小遣いをもらったりするが、時どき泥棒や小悪党をつかまえて、腕がいいと言われている。町の人間には信用されていた。

おこうがああいう目に会ったあと、信次郎はそのことを徳助に届け出ていた。

「これでネタが全部割れました。火元は、なんと西町の田川屋の息子ですよ」

「え？」

お茶をいれかけていたおこうは、思わず手をとめて徳助の顔を見た。それから信次郎と顔を見合わせた。信次郎も、田川屋の兄妹の顔は知っている。

「いや、火元と言っても、あのどら息子が一枚嚙んでいたわけじゃなさそうで。ただし、そそのかした疑いがあるので、一応呼び出して事情を聞いているところです」

「…………」

「お嬢さん、いやこちらの若いおかみさんが、小さいころに橋のところでどうこうという話を、田川屋にいらしたときになさったそうですな」

「ええ」

「連中はそこから思いついて、狂言を仕組んでおかみさんを誘い出しにかかったわけですよ。弥之助という、あのじいさんのところに来たら、うむをいわさず縛って押しこめといて、こちらから金をしぼり取る段取りだったらしい」

「あぶなかったな」

と信次郎が言った。

「ええ、あぶないところでした。おかみさんは、その手にまんまとひっかかったわけですからな」

徳助はおこうが出した茶をすすり、うまそうに煙草《たばこ》をふかした。

「ところが弥之助が、どういうわけか、段取り通りに運ばないので、仲間割れしたというわけですよ」

やっぱりあのひと、おとっつぁんじゃなかったのかしら、とおこうは思った。必死の形相で自分をかばって逃がした弥之助のことを思い出していた。

「あのひとはどうしたんですか?」

「弥之助というじいさんですか。こっちの方はまだ行方が知れないんで、探してるところですよ」

「あのひとが、あたしを助けてくれたのよ」

おこうは訴えるように、信次郎と徳助の顔を交互に見た。

「あのひと、やっぱりじつのおとっつぁんじゃなかったのかしらという気がするんですけど」

おこうがそう言うと、信次郎は苦笑して首を振った。信次郎は何かを知っているようだった。徳助もゆっくり首を振って言った。

「それは若いおかみさんのえらい思い違いですよ。弥之助はまだつかまってはいませんが、素姓はわかっています。若いころから名の通った博奕打ちで、むかしはゆすり、たかり何でもやって、お上を手こずらせた男ですよ」

「…………」

「いまも昔も博奕打ちで、女房子供はなし。一度も所帯を持ったことがない男で、むろんおかみさんに話したことはみんな嘘っぱちです」

それならどうして、あのひとはあたしにやさしくしたり、おしまいにはあぶない真似《まね》をして助けてくれたりしたのだろう。そんな博奕打ちでも、年とってあたしのような娘が欲しいとでも思ったのだろうか。

徳助が帰ったあとも、おこうはぼんやりとそんなことを考えつづけた。

「どう？　わかったかね」

徳助を帰したあと、戸締りを確かめに行った信次郎が、戻ってくるとそう言った。

「でも、あのひと橋のこともよく知っていたのよ」

「その麻布の先の何とかいう橋のことかい？」

信次郎はくすくす笑った。そしてにじり寄るとおこうの手をとった。

「ところがおとっつぁんに確かめてみたんだが、お前が拾われたのは、蔵前の鳥越橋《とりごえ》の近くなんだな。まるで方角違いだよ」

「…………」

「連中の話がでたらめだというのは、それでわかるだろ？」

「ええ」

「もう変な男にだまされたりしちゃいけないよ」

おこうの眼の奥に、まぼろしのように橋がひとつ浮かんでいた。だがそこを渡って行く男の背は見えなかった。橋だけだった。おこうの胸を寂寥《せきりょう》の思いが通りすぎた。

「もう子供じゃないんだから、おとっつぁんはいらないのよね」

おこうは信次郎の手を強く握りしめて言った。

「あたしは、あなたがいればいいいんだわ」

吹く風は秋

一

江戸の町の上にひろがっている夕焼けは、弥平が五本松にかかるころには、いよいよ色あざやかになった。

南から北にかけて、高い空一面をうろこ雲が埋め、雲は赤々と焼けている。そして西空の、そこに日が沈んだあたりは、ほとんど金色にかがやいていた。その夕焼けを背に、凹凸《おうとつ》を刻む町の屋根が、黒く浮かび上がっている。あちこちの窓から灯影が洩《も》れているが、壮大な夕焼けの光の下では貧しげな色に見えた。小名木《おなぎ》川の水が、空の光を映し、その川筋の方がはるかに明るく見える。

五本松は、道ばたの九鬼式部少輔下屋敷の塀《へい》内から、道を越えて小名木川の水面まで枝をのばしている。巨大な松だった。ただし五本松といっても、松はこの一本である。

弥平は松の下をくぐり、川舟番所のそばを通りすぎた。通りすぎるとき、番所をちらと眺めたが、無表情に猿江《さるえ》橋にかかった。

――六年ぶり、いや足かけ七年ぶりか。

と弥平は思った。

弥平は根っからの博奕打《ばくち》ちである。その道に足を踏みこんだのがいつだったか、五十六の弥平にはもう思い出すことも出来ない。

六年前、弥平は賭場《とば》で鹿追いといういかさまをやるのに加わった。鹿追いは、数人が組んで、綿密な段取りをたて、賭場に誘いこんだ客をいかさまにかける方法だが、このときいかさまを承知している親分までだましにかけ、騙《かた》り取った金の一部を、内密に自分たちの懐《ふところ》に入れる危険な仕事だった。

そのことが親分の喜之助にばれたらしいとわかると、弥平はすぐに姿をくらまし、下総《しもうさ》の知り合いのところに逃れた。その下総の田舎の賭場で、弥平は足かけ七年じっと息をひそめていたのである。

博奕のいざこざから、江戸を逃げ出したことは、一度や二度ではない。だが、五年以上も江戸の外にいたのは、今度がはじめてだった。顔をつぶされた喜之助の怒りが、並みのものでないことが、弥平には十分にわかっていた。鹿追いがばれた場合、親分の制裁は、陰惨をきわめるのだ。

その怒りがとけ、いわゆるほとぼりがさめたのかどうかはわからなかった。だが弥平は旅暮らしに倦《あ》きていた。これまでにない疲れを感じた。いくら気ごころの知れている知り合いといっても、自分の家のように手足をのばすわけにはいかない。厄介者は厄介者で、その厄介者の分を越えてならないきまりがある。そのしきたりを窮屈だと思い、疲れを感じるのはやはり年をとった証拠だった。

――そのときはそのときさ。

と弥平は思っていた。喜之助がまだ怒っていて、帰ってきた弥平を待ちうけてひどい仕置を加える恐れがあった。だがまさか殺しはしまいと弥平は思った。それなら、このまま旅先で野垂れ死にするよりはましだと思って、帰ってきたのである。

橋を渡りながら、弥平は微《かす》かに胸がときめくようなのを感じた。久しぶりの江戸にはしゃいでいやがる、と弥平は自分のことを思った。自分の家というものもなく、待つ者もいない江戸に帰ってきて、それでも嬉《うれ》しいというのは不思議なことだった。

猿江橋を渡ると、弥平は横堀川に沿って北に歩いた。南本所の横網町に弟分の徳次が住んでいる。そこに行くつもりになっていた。徳次は六年前の鹿追いにも加わっていないし、腕のいい壺《つぼ》振りだから、賭場では大事にされているはずだった。実直に、というとおかしいが、黙々と賭場で壺を振り、やくざ者には珍しく一軒家に住んで、女房も子供もいる。

そこへ行けば、賭場の様子もわかり、また、しばらくは気兼ねなしに置いてもらえるだろうと思っていた。徳次の壺振りは、むかし弥平が仕込んだのである。

菊川町まで行くと、弥平は今度は竪川《たてかわ》に沿って西に歩いた。やや衰えた夕焼け空が、それでもまだ美しく中空を染め、竪川の水に影を落としている。両側の町は暗く見えた。

二ノ橋まできて、弥平がふと思いついて左に曲ったのは、弥勒寺《みろくじ》橋の先にある自分が住んでいた裏店《うらだな》をのぞいてみようかと思ったのである。

その女は、弥平が常盤町《ときわ》を通りすぎたとき、町の一角にある一軒の女郎屋の前に立って、空を見上げていたのである。二十三、四にみえる年増《としま》だった。ひと眼でその家に飼われている女だとわかる身なりをしていた。男たちがこのあたりにむらがるには早い時刻なので、いっとき外に出てみたという様子だった。

弥平は横目で女を見て通りすぎた。女は弥平には気づかないらしく、袖口《そでぐち》に手を入れたまま、放心したように夕焼けの空を眺めていた。喉《のど》から胸もとにかけて、生なましく白い肌が、薄闇《うすやみ》の中に浮かび上がってみえた。

橋を越えてすぐのところにある裏店に行ってみたが、弥平はそこで立ちどまりもせずに引き返した。江戸を逃げ出す前に住んでいたその家は、窓に灯がともり、中から子供のぐずる声とそれを叱《しか》りつける癇症《かんしょう》な女の声が聞こえてくる。聞きただすまでもなく、赤の他人が住んでいるのだった。

——別に荷物があるわけじゃなし……。

と弥平は思った。それでいいのだと思った。若いころ気の合った女が出来て、一度だけ所帯を持ったことがある。だが女が病気で死ぬと、そのあとはずっと、身体《からだ》ひとつであちこちと移り住むような暮らしをつづけてきたのである。気楽だった。

常盤町まで戻ってきたとき、弥平は足の運びをゆるめた。さっきの女郎屋の前に、まだあの女が立っていた。女はやはり空を見上げている。

「姐《ねえ》ちゃん」

弥平は声をかけた。

「よっぽど夕焼けが好きらしいね」

「あら、おじさん」

女は弥平を見た。薄闇の中で、女は声を立てずに苦笑したようだった。

「あんまりきれいだからさ」

「これから商売かい」

「あいよ」

と言ったが、女はふと気づいたように、袖から手を出して、弥平に近寄ってきた。

「遊んで行かないか、おじさん」

「そうもしてられねえ。行くところがある」

「そんなこと言わないで、遊んで行きなよ」

女は弥平の袖を握った。湯に入ったばかりらしく、女の身体から化粧の匂《にお》いではなく湯の香が匂った。色白でおとなしそうな顔をした女だったが、弥平の袖をにぎった手には、てこでも動かない力がこめられていた。

女の部屋に上がって、酒を頼んだ。そのころになって、女ははじめて気づいたように言った。

「ああ、旅帰りだったんだね」

「……………」

「家のひとが待っているだろうに、悪かったね」

弥平は苦笑して盃《さかずき》をあけると、黙って女に酒を注いだ。所帯じみたことを言う女だと思った。こういうところにいる女は、ふつう客の家のことなど口に出さないものなのだ。

二

戸口を出てから、徳次はまた土間にもどってきて、弥平を呼び出した。

「親分の機嫌をみて、それとなく聞いてみるよ。しかし、あまりあてにはしない方がいいぜ」

と徳次は言った。それだけ言うと、徳次は家を出て行った。

徳次は無口で、口の短い男だった。だが言い残して行った言葉はわかった。あてにするなということは、親分の喜之助が、簡単に許したりはしなかろうと言ったのだ。

弥平は、昨夜は常盤町の女の部屋に泊り、朝になって横網町の徳次の家にきた。徳次はよく来たとも言わなかったが、迷惑なそぶりも見せず、黙って飯を喰わせた。だがいまの言葉で、徳次が六年ぶりに帰ってきた自分をどう思って眺めたかがわかった、と弥平は思った。

「お茶いれましたよ」

と茶の間から徳次の女房が呼んだ。お兼という名前である。肥《ふと》った膝《ひざ》の上に、三つになる女の子をのせていた。徳次は瘦《や》せて小柄な男だが、お兼は肥っている。背丈も徳次より高かった。

「どうも迷惑をかけちまったらしいな。徳はおれが帰ってきたのを、喜んじゃいないようだ」

「そんなこともないでしょうけど」

と、お兼は言った。

「気がちっちゃいひとだから。なにか騒ぎが起きるんじゃないかと、こわがってるんでしょ」

「…………」

「毎日八ツ半（午後三時）になると、家を出て賭場へ行って、晦日《みそか》にはお手当てをもらってきて。通いの奉公人みたいにしてるひとだから」

「違えねえ」

弥平は苦笑した。だが、お兼は笑わなかった。徳次が博奕打ちなのを承知で所帯を持った女らしい。きっぱりした口調でつづけた。

「この家に、いくらいてもらっても構いませんよ、弥平さん。でもあのひとにとばっちりがかかるような、こわいことはしないでくださいな」

「わかってるよ」

と弥平は言った。

——騒ぎなんかになりはしねえさ。お仕置をするというなら、受けるつもりで帰ってきたのだ。

徳次の家を出て、両国橋の方に、ぶらぶら歩きながら、弥平はそう思った。殺しもしまいよ、とまた思った。お仕置を受けて、それで喜之助から放免されたら、いっそ足を洗うか、と弥平は思った。その考えは、下総の知り合いの家から江戸にむかったとき、ちらと心をかすめたことだったのだ。

拠《よ》りどころは懐にある三十両の金だった。形はあくまで厄介者だったが、弥平は知り合いの家にいる間、賭場の壺振りを手伝って、けっこう重宝がられたのである。土地の親分の下で、賭場ひとつをまかされている、長蔵という昔の知り合いは、弥平に謝礼を惜しまなかった。その金が、帰るときには三十両あまりになっていたのだ。

駒止橋の橋ぎわに、夜泣きそばの屋台が置いてある。無人かと思ったら、屋台の下に首を突っこむようにして、男が一人いる。多分それが屋台の持ち主で、日暮れ前に仕事の支度にかかっているらしい。弥平から男の顔は見えず、男の後姿だけが見える。

——ああいうのでなく、もう少し楽な仕事がないもんかね。

ふんばった足先と、おっ立てた尻《しり》が屋台の端にひょこひょこと動くのを眺めて通りながら、弥平は虫のいいことを考えた。

——絵双紙屋のようなのがいい。

弥平はそう思った。下総から帰るとき考えたのもそんな仕事だったのだ。前に住んでいた森下町の裏店の近くに絵双紙屋があった。間口一間ばかりの小さな店で、店先に黄表紙とか、青本、赤本、錦絵《にしきえ》、何なにの番づけといったものを並べていた。店番は、いま考えれば、いまの弥平より二つ三つ年上といった年寄りで、大ていはうつらうつら店の奥で居眠りをしていた。売れているのか売れないのかわからないようなひっそりした店だったが、それでも潰《つぶ》れもせずに毎日店を開いていたところをみれば、店の主はそれで喰っていたに違いなかった。

あんなふうに、うつらうつらと世を過ごせたら、さぞ安気だろうと弥平は思うのだ。そう思うのは年とった証拠だったが、弥平は金のやりとりに眼を血走らせて過ぎてきた長い暮らしに倦きていた。いまに壺も振れなくなる。そしてひとに迷惑がられて賭場の雑用を足し、死ぬ時を待つのだと考えることはわびしかった。

弥平は両国橋を渡った。橋を渡って水茶屋の方角に歩いたとき、ふと思いついて村松町の方に曲った。

昨夜常盤町でひと晩一緒にすごした女のことを思い出していた。どことなく素人《しろうと》じみたところがある女だと思ったのも道理で、女は亭主も子供もある身で女郎に買われた女だったのである。おさよという名前だった。

慶吉という、女の亭主は小間物の行商から、小さいながら店一軒を持った男だったが、僅《わず》か三年あまりで、仕入れの借金がかさんで店は潰れてしまった。

店を持つ前に、おさよは慶吉と所帯を持った。口のうまい慶吉にうまく乗せられた恰好《かっこう》で一緒になったのだが、店を持って、人におかみさんと呼ばれたとき、おさよはしあわせだと思った。そのころ子供が生まれて、おさよの幸福感は二倍にふくれた。おさよはそれまで両国の水茶屋で茶汲《ちゃく》みをしていたのである。

だがわずかの間のしあわせだった。店を畳んで、村松町の裏店に引越すと、債鬼はそこまでやってきた。

「こうなったのも、てめえのおかげだぞ」

ある日、借金取りとの言い争いに疲れた慶吉が、おさよを睨《にら》んでそう言った。血走った眼をし、おさよがこれまで見たこともない形相になっていた。おさよは一言もなかった。子供が生まれたころから、おさよは亭主にむかって、しきりに小さくてもいいから店を持つような身分になりたい、と言いつづけたのだ。慶吉がそれで無理をしたのだとおさよは思った。

おさよは、いま住んでいる常盤町の家を、自分でさがしあてて借金をし、そのかわりに夜毎違う男たちと寝る世界に身を沈めた。

「よくある話ですよ」

寝ものがたりに、そういう話を弥平に聞かせたおさよは、そう言って投げやりな笑いをうかべた。

「それはいつの話だい?」

「二年前」

「ご亭主と子供は元気かね」

「元気でしょ」

おさよは少しさびしげな表情で言った。

「一度も会っていないし、忘れられたんじゃないかと淋《さび》しくなることもあるけど」

「…………」

「かならずお前を買いもどしに行くからって、あのひと涙を流したんだから、一所けんめい働いているでしょ。もっともいつのことやらと思うけどさ」

「借金はどのぐらいあるのかね」

「よくそう聞くお客さんがいるけど、あたしが借金の額を言うと、みんな黙るわよ」

「いくらだい」

「五十両」

弥平も黙った。するとおさよが乾いた笑い声をたてた。

そのときのおさよの笑い声が、弥平の耳に残っていた。いまの境涯から抜け出すことを、なかばあきらめたような、虚《うつ》ろにひびく笑いだったのだ。

——ここかい。

弥平はおさよに聞いた路地を入り、裏店を見つけると中に入りこんだ。おさよが言った家はすぐにわかった。戸口の脇《わき》に、大きな空樽《あきだる》があるからわかるといったが、そのとおりだった。留守らしく、戸はぴったりとしまっている。

だがそれでよかった。べつにあの女の亭主や子供に会いにきたわけではない。それとなく様子がわかればいいのだ、と弥平は思った。亭主がけんめいに働き、子供が丈夫だということがわかれば、昨夜からのわずかな気がかりは消える。あとは他人がどうしようもない話なのだ。

「慶吉さんは、いま何をして働いておいでですかな」

と弥平は聞いた。三軒ほど手前で、軒下から洗濯物を取りいれていた女は、弥平にそう聞かれると、まるめた洗濯物を胸に抱えこんだまま、じっと弥平を見た。太い腕をもち、険しい眼をした女房だった。

「あんた、あのひとの身内かね」

と女は言った。

「いや、違います」

「それなら言うけど、あのひとは働いてなんかいませんよ」

「働いていない？」

弥平は、静かに眼をおしひらいて、女の顔を見つめた。女の表情を見のがすまい、という気持になっていた。

「ええ、遊んでますよ。それともあれで働いているのかね。ともかく毎日博奕を打って暮らしているらしいけど」

「…………」

「なにしろ山ほど借金をしょって、ここへ越してきたんだよ。きれいなかみさんがいてさ。かわいそうにそのかみさんは、借金を肩がわりしてどっかに身売りしたって噂《うわさ》だけどね。あたしに言わせりゃ、バカだよ。残った亭主は遊んでいるばかりか、女を引っぱりこんでいるんだから」

「女？」

「そうだよ、あんた。それも大変なあばずれさ。夜昼なしに男といちゃついて……」

女房が不意に口をつぐんだ。女は険しい眼を木戸の方にむけている。弥平もそっちの方を見た。

男と女が木戸を入ってくるところだった。男は三十前後、女は二十ぐらいだろう。男は細面の青白い顔をしたいい男だった。口に楊子《ようじ》をくわえている。女は細身であくどい化粧をしている。大きな口に血のような紅を塗り、人眼もかわまず男の腕につかまっていた。その男が、おさよの亭主慶吉だということは、弥平にもすぐにわかった。

慶吉は、自分を見つめている女房の険しい顔に気づいたようだった。ぷっと楊子を吹き出すと、ふんと鼻を鳴らして弥平のうしろを通りすぎた。すると腕につかまっていた女がけらけらと笑った。二人が通りすぎた後に、かすかに酒の香が残った。

「子供がいるだろ?」

二人が、空樽がどんと入口に据えられている家に入るのを、じっと見送ってから、弥平は声をひそめて聞いた。

「ああして二人が留守にしている間、家にじっとしているのかね」

「子供のことなんか、面倒みるもんかね、あんた」

女房はいまいましそうに言った。

「飯もろくに喰わさないでほったらかしだから、うちらも見かねてね。ほら、あの家……」

女房は太い腕をあげて、一番奥の家を指さした。

「あそこの年寄り夫婦が引きとってるのさ。あたしらもたまには米やおかずを運んだりして、みんなで養ってんだよ。それを知っててあの二人、挨拶《あいさつ》ひとつするわけじゃないもんね。あきれてものも言えないよ。でも子供に罪はないからね」

三

「下総の田舎にいたそうだが、むこうの景気はどうだい」

喜之助は長煙管《ながぎせる》で莨《たばこ》をくゆらせながら言った。薄笑いをうかべている。

「まあまあでがしょうな」

「行った先は富のところか、それとも長蔵のところかい」

「それを言っちゃ、先さんの迷惑になりやす。かんべんしておくんなさい」

「きいたふうなことを言うじゃねえか。騙《かた》り野郎が」

と喜之助は言った。だが、まだ薄ら笑いを消していなかった。それがかえって無気味だった。

喜之助は相撲取りのように大きな男である。六十を過ぎているが赤ら顔はつやつやして、真白な髪が老いを感じさせない。若い妾《めかけ》を二人も持っていた。

「髪が白くなったじゃねえか」

「へい」

「ま、六年も田舎暮らしをしたことだし、おめえももう年寄りだ。身体を痛めつけるのだけはかんべんしてやろう。だが矢八と辰は指を詰めさしたし、豊、松蔵、文助には百叩《たた》きをくらわしてやったぜ。野郎たちひいひい言いやがった」

「おめえも無罪放免というわけにゃいかねえ。そのうち埋め合わせをしてもらうぜ。そのときにいやだとは言わせねえ」

「…………」

と喜之助は、最後には少し凄《すご》みをきかせて言った。

今日はいい。明日から賭場につめろという喜之助の言葉で、弥平は瓦町《かわら》の喜之助の家を出た。二町ほど離れたところに喜之助の賭場があるが、弥平はそこには足をむけずに、真直ぐ北割下水の方角に歩いた。

ほっとしたことは否《いな》めなかったが、憂鬱《ゆううつ》な気分が次第に心を重くしてくるようだった。足を洗うということは、手痛い仕置をうけて賭場からほうり出されたら、そんな機会もあるだろうという考えから生まれている。今朝徳次から、親分がともかく顔を出せと言っていると言われたときには、弥平は痛めつけられるのを覚悟したのだが、なまじかんべんしてもらったことで、足を洗うなどという機会がどこかにふっ飛んでしまったようだった。

ふたたびきっちりと賭場に縛りつけられた自分を感じた。なにをやらせるつもりかは知らないが、喜之助はそうして弥平を縛りつけておいて、いつかは前の不始末の埋め合わせをつけさせようと考えているのだ。足を洗うどころではない。

弥平は徳次の家にもどると、夕方まで眠った。そして日が傾いたころに起き上がると、家を出て両国橋をわたり、村松町に行った。おさよの亭主と対で話してみる気になっていた。

なぜあの女のことが気になるのかわからなかった。死んだ女房に似ているというわけでもなかった。顔かたちが違っていた。

——だが、やっぱりそこにつながっているわな。

と、歩きながら弥平は思った。病気で死んだとき、女房は二十四だった。あわれなことをしたという気持は、三十年たったいまも、心の片隅に消えずに残っている。おさよは姿かたちが似ているわけではないが、死んだ女房と似た年ごろの女が、不しあわせな日を過ごしていることが気になるのかも知れない、と、弥平は思った。

それだけ年を取ったのだ、と弥平は自分をかえりみる。死んだ女房とはウマが合っていた。それだけに死なれた落胆は大きかった。その当時弥平は、死んだ女房と同じ年ごろの女たちがしあわせそうにしているのをみると、気持が尖《とが》って押さえられなかったものだ。子供を抱いて町を歩いている若い夫婦連れなどをみると、自分の顔が険しくなるのがわかった。そして逆に、どこそこの若女房が病気で死んだなどと聞くと、人にこそ言わね、心が安らぐのを感じたのである。

だがいまは、そんな険しい気持は持ち合わせていない。おみちといった死んだ女房は、思い出せばただなつかしいだけだった。そしておみちが死んだ年ごろの女たちを見ても、いまの弥平は、みんなしあわせでなくちゃな、としみじみ思うのである。

おさよという女に対する気がかりもそこからきている、と弥平は思うのだ。おさよの不幸に、何のかかわりあいもあるわけではなかった。金でひと晩寝ただけの縁である。だがその気がかりに惹《ひ》かれて女の家まで行ってみて、女がいつか迎えにくると信じている亭主があの始末だと知ってみると、それで知らないふりは出来ない気がしてくる。

遊女屋の薄暗い軒下で、さびしそうに夕焼けを眺めていた女の姿が眼にうかんでくるのだ。

――野郎に会って、本音を聞かなきゃな。

と弥平は思っていた。弥平は暮れて行く町角に立って、男を待った。賭場の客が、いつごろ家を出るかは、長年の稼業《かぎょう》で見当がついている。

四

男が木戸を出てくると、弥平はやりすごして後をつけた。あの女を連れてくるのかと思ったが、男は一人だった。腕組みして背をまるめ、仄暗《ほのぐら》い町をすたすたと歩いて行く。

さっきまで混んでいた町の人通りは、日暮れのいろが濃くなるとともにまばらになって、男の後姿を見失う心配はなかった。男は真直《まっす》ぐ薬研堀《やげんぼり》に出て、そこから橋ぎわの水茶屋がならぶ一劃《かく》に出た。

明るい軒行燈《あんどん》がつらなり、その下で店の前を掃いていた女が、男に何か声をかけた。すると男も調子よく何か言い返した。

――上っ調子な野郎だぜ。

弥平はうしろから男の背をにらんだ。

男は両国橋を渡ると、広場を右に折れて一ノ橋を渡った。右が石置場、左がお旅所前。男はわき目もふらず御船蔵の方に歩いて行く。

——賭場は川向うか。

と弥平は思った。小名木川の向う岸、海辺大工町のあたりに、弥平が知っている賭場がある。そこからずっと東に行って、木場の中にも賭場があるが、足のはずみからみて、男は近い大工町の賭場にむかっている感じだった。

御船蔵のはずれまできて、前後に人通りがとだえたところで、弥平は追いついて男とならんだ。

「これからお楽しみかい」

と弥平は言った。男はうさんくさそうに弥平をのぞいた。そして乱暴な口をきいた。

「何でえ、お前さんは。何か用か」

「いや、べつに。おれも遊びに行く途中でな」

弥平は賭場がある無住の寺の名前を言った。

「お前さんの姿を見かけたから、一緒に行こうかと思ってよ」

「おれを知ってんのかい」

「慶吉というんだろ」

男は黙った。そして歩きながら、警戒するように弥平をじろじろ見た。弥平はかまわずに言った。

「ところで、かみさんを請け出す金は、だいぶたまったかね」

「…………」

「借金のかたに、かみさんを女郎に売っちまったんで、請け出す金を稼《かせ》ぐためにせっせと賭場に通っている。感心なもんだとひとが言ってたぜ」

慶吉が立ちどまった。弥平も立ちどまった。二人は新大橋の手前を通りすぎた河岸《かし》にいた。空は西の方にひと筋の白い筋目を残すだけになっていたが、大川の上にはぼんやりした河明かりが漂っている。その薄暗がりの中で、慶吉が顔をゆがめたのが見えた。

「何だい、そいつは」

と慶吉が言った。

「皮肉のつもりかね、じいさん」

「いや皮肉を言ったつもりはないよ。かみさんはあんたが迎えに来るのを待ってるらしいが、あんたの方はどんなぐあいになってるのかと思ってな」

「よけいなお世話だ」

「まったくだ」

弥平は低い笑い声を立てた。

「他人のおれが口をはさむ筋合いのもんじゃねえが、ちょっとしたわけがあって、お前さんたち夫婦のことを知ってるもんでな。お前さんが、家ん中に女を引き入れていることも、子供を構わねえことも知ってるんだ」

「それがどうしたい？」

「どうしたとは恐れ入ったな。いまのざまで、かみさんを買いもどせるのか、と一度あんたに聞いてみたかったもんでね」

「買いもどす？」

今度は慶吉が笑い声を立てた。

「冗談じゃねえや。そんなこたあ、考えてみたこともないね」

「…………」

「五、六十両も借金を背負っている女だぜ。すっからかんの裏店住まいが、請け出せるわけがねえよ」

「…………」

「よしんば金が出来ても、おれは迎えになんぞいかないね。五十両ありゃ、じいさんよ。でけえ勝負が出来るぜ。派手に張りまくってよ。じいさんだってわかるだろ。考えただけでぞくぞくしてくら」

「お前さん」

弥平は冷たい声で言った。

「博奕を打つのは今度がはじめてじゃないんだな。つまり、ずっとやっていたわけだ」

「それがどうかしたかね」

そうか、と弥平は思っていた。おさよという女の不幸の正体が、ことりと納得がいった気がした。

慶吉という男の博奕狂いは、多分おさよと一緒になる前からのものだろう。店が潰れたというのも、単純に仕入れの借金がかさんだというものではなかろうという気がした。その間にも、この男は手慰みをつづけていたに違いない。この男の口のきき方は、昨日今日出来上がったものではないのだ。

「そうかい。するとかみさんは、このままうっちゃらかしかね」

「おさらばよ。それほど惚《ほ》れた女じゃねえからな。よけいなおせっかいはやめてもらおうか」

「そうか。わかった。しかしそいつは惜しかったな」

と、弥平は大声で言った。すると慶吉が一歩近づいてきて、光る眼で弥平を見た。

「惜しいってえのは、何のことだい、じいさん」

「いや、お前さんにその気がないんなら、話しても無駄だが、まじめに働いて女房を買いもどす気でいるんなら、少しばかり金を都合してやってもいいと考えていたのよ」

「金?」

慶吉は弥平の顔を、下からのぞく眼になった。

「いくらの金だい?」

「三十両かな」

慶吉は黙った。そしてすばやくあたりを見回した。慶吉という、おさよの亭主だった男が、いま何を考えているか、弥平にはわかった。思っていたよりも、性根の腐った人間のようだった。

慶吉はやはり低い声で聞いた。

「その金、いま持ってるのかい、じいさん」

「持ってたらどうだというんだね」

弥平の言葉が終らないうちに、慶吉が跳躍してつかみかかってきた。弥平は避けずに組みとめると、揉《も》み合いながら機を見て足払いをかけた。がくりと膝をついた慶吉が、執拗《しつよう》に腰にしがみついてきたのを、組ませておいて今度は膝で顔を蹴《け》りあげた。それがまともに決まって、慶吉は黒い地面に仰《あお》むけに引っくり返るとうめき声を立てた。頭でも打ったらしく、手で頭を抱えながら、そのままのびている。

「年寄だと思ってなめるんじゃねえぜ、若えの」

と弥平は言った。久しぶりの荒仕事に息がはずんだが、弥平は気分がよかった。倒れている男の腰のあたりを思いきり蹴とばすと、背をむけた。

五

久しぶりに、弥平が壺を振っている。時刻は八ツ半（午前三時）を過ぎていたが、瓦町の寺裏にある喜之助の賭場は、白熱した大詰めを迎えていた。

何度か山場があって、いま最後の大場が開かれていた。丁半双方の賭金《かけきん》が五百両を越えていた。

　カモがいる。梅市と呼ばれている、本当の名は市兵衛という親分がきていた。弥平は時どき巧みないかさまをまぜて、梅市から金をしぼりあげ、いま最後の金を吐き出させようとしていた。弥平の壺は巧みで、それまでに時どき梅市にも儲《もう》けさせたので、いかさまと疑われることはないはずだった。

　むろん相棒がいる。名前の知らない、商人ふうのおっとりした感じの男である。ぜいたくな着物に身体を包んだその男は、時どき弥平にしかわからない合図を送ってよこす。男の合図に従って、弥平は本物の賽《さい》とは別に、指の股《また》にはさんだ七分賽を使って、丁目を出したり、半目を出したりした。

　親分の喜之助に呼ばれたのが夕方である。小肥《こぶと》りで、商人のように腰の低いその男には、そのとき引き合わされたのである。

「今晩梅市がくる」

　と喜之助は言った。梅市という同業を喜之助は嫌っていた。

「うまく手目《てめし》にかけてみな。有り金を吐き出させろ。そうしたら、この前のことはかんべんしてやら」

　相手はこの男が勤める、と喜之助は男に引き合わせた。だが名前は言わなかった。男は喜之助の身内ではなかった。はじめてみる顔だった。

　だが男はそう言われて動じる気配もなく、にこにこ笑って、弥平に眼で挨拶した。合図はそのときに打ち合わせている。

実際に賭場でいかさまにかかってみると、弥平は男の手ぎわのよさに驚いた。男はわざと負けたりした。弥平は、自分が男の合図を見間違えたかとひやりとしたが、そうではなく、男は自分の勝ちを人眼から隠しているのだった。

中盆が嗄《しわが》れ声をしぼり、盆尻に膝をついて控えた若い者が、威勢よく声を返した。中盆の勢助は弥平と商人ふうの男が組んでいるいかさまを知らなかった。

勢助の勝負の声がひびき、弥平が壺をひらくと同時に、梅市が大声で、「やあ、負けた」と言って立ち上がった。ほがらかに機嫌のいい声でそう言ったが、梅市の顔は、険悪にゆがんでいた。連れてきた三人の若い者をうながすと、梅市は中盆の勢助に声を残しただけで、足ばやに賭場を出て行った。

弥平と男が、連れ立って奥の部屋に行くと、喜之助は起きていて二人を迎えた。

「おめえの腕は、ちっとも年取っちゃいねえな」

男が元金をさし引いた六百両あまりの金を出すと、喜之助は機嫌よく弥平をねぎらった。六百両の中には、梅市からまきあげた四百両ほどの金が入っている。喜之助はその中から男に百両渡した。

「おめえにも分けなきゃな」

梅市からまきあげた金というので、喜之助は気をよくしているのか、弥平にも無雑作に三十両の金を押してよこした。

商人ふうの男はそのまま賭場に泊ったが、弥平は三十両の金を懐《ふところ》に入れると、中盆の勢助に挨拶して賭場を出た。

長丁場のいかさま遣いに疲れていた。弥平は夜の町をゆっくり歩いた。人気なく静まり返った町に、ひややかな風が流れていた。

――これで、借りを返したわけか。

と思った。あてにしていなかった金が入ったことが、気持をふくらませている。借りがなくなったのだから、足を洗おうと思えば洗えるな、とふと思った。あわせて六十両の金があれば、間口一軒の絵双紙屋を開くのも出来ないことではない。

――それとも……。

ふと別の考えがうかんで、弥平はその考えに頬をゆるめた。この金で、あの女を女郎屋から請け出し、子供をひきとって三人で暮らすことだって出来る、と思ったのである。わけを話せば、女だってその方がいいと言うに違いない。

色恋沙汰《ざた》でなく、そうやって母子の面倒を見、自分も心細い老後をみてもらう。

「おい、待ちな」

不意に弥平は呼びとめられた。松倉町の角まできたときだった。男が二人立っていた。梅市が連れていた若い者だった。時刻は七ツ（午前四時）を過ぎたらしく、あたりには微《かす》かな朝の光が漂いはじめている。二人の男は、弥平が賭場を出たときから、後をつけてきたらしく、振りかえったときはすぐうしろにいた。

「何だい」

弥平は用心深く足をひきながら言ったが、男二人はそのまま、間をあけずに迫ってくる。

「このいかさま野郎」

と、一人が歯をむき出して言った。

「いかさま？　何のことかわからねえぜ」

「じじい、くたばりやがれ」

もう一人の髭《ひげ》の濃い男が、いきなり匕首《あいくち》を抜いて突きかけてきた。薄あかりの中に、魚のうろこのように匕首が青くきらめいたのを、弥平は飛びすさってかわすと走り出した。

男たちは喘《あえ》ぎながら、人気のない町を走った。本所の町の道すじを弥平は手のひらを読むようにそらんじている。路地から路地へと走った。背後の足音はやがてひとつだけになった。だが、残ったその一人は、執拗に後を追ってくる。

弥平は走りながら懐の中で匕首の鞘《さや》をはずした。狭い路地にとび込むと、ぴったりと角の家の羽目板に張りついた。つづいて走りこんできた男が、あっと言った顔で振りむいたとき、弥平は背をまるめて飛びこみ、男の腹を刺していた。男が倒れると、弥平は自分もそのそばに膝をついて、はげしく喘いだ。喉が乾き切って、喉穴がくっつきそうだった。

弥平は立ち上がって、軒下に天水桶《てんすいおけ》が出ているところまで歩き、中の水を手ですくって飲んだ。そして匕首を捨てると歩き出した。

徳次の家で旅支度をととのえると、弥平はすぐに外に出た。走った疲れで、足がまだがくがくしていた。

うつむいて、弥平は竪川の通りをいそぎ、二ノ橋を渡った。空はまだ十分に明けていなかった。だが、白っぽい光に包まれた路上に、ぽつりぽつりと人影が動いている。早出の職人かと思われたが、朝帰りの男たちがまじっているかも知れなかった。だが声を立てる者はなく、町はまだひっそりと静まり返っている。町の中を、ひややかな風が吹きぬけて行った。

弥平は常盤町に入り、おさよがいる難波屋《なにわや》の裏口に立った。何度も執拗に戸を叩きつづけると、やがて寝不足に顔を腫《は》らした肥った男が出てきた。

「朝っぱらから、何の用ですかい」

男はうなるように言ったが、弥平が裸のままで一分銀をにぎらせると、不服そうに黙った。男がひっこんで、弥平はまたしばらく待たされた。その間にも、弥平は油断なく路地の端に眼をくばった。梅市は、いまごろは子分を本所一帯に走らせて、自分を探させているに違いなかった。

おさよが出てきた。襟《えり》をかきあわせて、青白い肌を隠し、寝乱れた髪をかきあげながら、おさよは、ああいつかのおじさん、と言った。

「いったいどうしたの？　こんなに早く」

「いそぎの用が出来た」

弥平は懐から胴巻を引っぱり出すと、おさよの手に押しつけた。

「中に六十両入っている。こいつで足を抜きな」

「…………」

「それからな。お前のご亭主はありゃ人間の屑《くず》だ。お前を請け出すどころか、新しい女を持って博奕を打っていた。別れる方がいいぜ」

「これをあたいに？　どうして？」

おさよはまだ茫然《ぼうぜん》としていた。あばよ、達者でなと言うと、弥平は背をむけた。おじさん、待ってよというおさよの声が聞こえたが、弥平はもう振りかえらなかった。

日が立ち上がり、江戸の町に鋭く突きささってきたころ、弥平は猿江橋を渡っていた。川風が旅支度の合羽《かっぱ》の裾《すそ》をはためかせた。胸の中まで吹きこんで来るひややかな秋風だった。

風の中に、明るい笑い声を聞いたような気がした。おさよの声のようでもあったが、死んだ女房の声のようでもあった。無心な笑い声だった。そうさ、そうでなくちゃいけねえ、と弥平は思った。

――もう、これっきり江戸にはもどれねえかも知れねえな。

弥平はそう思いながら、足をはやめた。少しまぶしすぎるほどの日が、弥平がいそぐ小名木川通りの真向かいにかがやいていた。

川霧

川の上に、霧が動いていた。高い橋の上から見おろすと、霧は川上の新大橋のむこうから、はるかな河口のあたりまで、うす綿をのばしたように水面を覆《おお》っていた。だが綿ではない証拠に、霧はたえず動き、ところどころで不意にとぎれて、その底から青黒い水面を浮かび上がらせる。

——おさとと、はじめて口をきいたのは、やっぱりこんな朝だったな。

新蔵は、思わず立ちどまって、欄干から川を見おろしながらそう思った。すると川霧の中から、おさとと暮らした三年の歳月が、ぼんやりと浮かび上がってくるようだった。

そのおさとが、突然に姿を消してから、もう一年半たつ。なぜ姿を消したかは、いまはわかっていた。そして、女を捜してはならないことも、新蔵にはわかっていた。

永代橋。長さ百十間あまり、幅三間一尺五寸の高い橋だった。日の出前の青白い光が這《は》う橋の上に、まだ人影は見えなかった。橋の下を流れる川霧をわけてくる舟の姿もなかった。

新蔵は、ぼんやりと欄干に身体《からだ》を寄せて、川霧がやがて茫漠《ぼうばく》としたひろがりを見せている河口の方向を眺めつづけた。そして微《かす》かな悲哀が、胸を染めてくるのにまかせた。

一

六年前の、その朝。新蔵はいつものように富島町の裏店《うらだな》を出て、掘割にかかる橋を二つ渡って永代橋に出た。

新蔵は蒔絵師《まきえし》だった。住み込みの年季奉公が終り、通いのお礼奉公をあと一年半ほど勤めれば、一人前の職人になれるというところまで漕《こ》ぎつけていた。

親方の清左エ門の店は、橋向うの今川町にある。新蔵はいつも朝早く家を出て、清左エ門の店にむかう。

清左エ門は弟子の躾《しつけ》がきびしく、夜はどんなにおそく仕事を仕舞っても、仕事場の片づけをきっちりやらせたし、朝は薄暗いうちに叩《たた》き起こして、店の内外を拭《ふ》き掃きさせた。

通い奉公を許されて、冷たい板の間を這いずり回ることもなくなったが、それだけに、通いに変って店に出てくるのが遅くなったなどと言われたくはなかった。それで新蔵は、朝早く家を出る。

もっとも朝早いのは、その気遣いだけとも言えなかった。新蔵は、まだ人影も見えない早朝の永代橋を、一人で渡って行くのが好きになっていた。そうして歩いて行くと、いかにもこれから今日一日がはじまるという気分がしてくるところが好きだった。家を出るときに残っていた眠けはさっぱりと消えて、身体に新しい力がみなぎってくる。六年前の新蔵は若くて、また長年の習慣で、早起きは少しも苦にならなかったのだ。

――あれ、また先を越された。

その日も、橋を渡りかけた新蔵は、橋の上にぽつりと黒い人影が立っているのを見て、思わず苦笑した。

向う岸の、佐賀町寄りの遠い場所に立っている人影は、誰とも見わけがつかないほど小さかったが、あの女に違いないと新蔵は思っていた。

その女は、昨日の朝も、その前日の朝も、同じ場所に立っていたのである。これで三日目になるわけだった。

女が、なぜそんなところに、人気もない早朝から立っているのか、新蔵にはわからなかった。わからないだけでなく、いくぶん気味が悪い気もした。

はじめて女を見たとき、新蔵は、この女まさか身投げするつもりじゃあるまいな、と思ったほどである。女は、思いつめたような顔で、遠い川下のあたりを眺めていて、うしろを通りすぎる新蔵を見向きもしなかったからである。だがそう思っただけで、新蔵は何も言わずに通りすぎた。

新蔵が何も言わなかったのは、若い女に対する羞恥心《しゅうちしん》のためだった。親方の清左エ門の家は、女といえば清左エ門の女房と、いい加減しなびた婆《ばあ》さん女中がいるだけで、女っ気にとぼしかったし、また兄弟子たちのように、親方の眼を盗んで外で遊んでくるような才覚もなかったので、新蔵は女に慣れていなかった。

新蔵はただ、橋を渡り切って、佐賀町の町角を曲るまで、何度か女を振り向いて見ただけだった。昨日の朝もそうした。

その女が、今朝も橋の上にいる。川下の方の欄干に身体を寄せて、遠くを眺めている様子も、昨日と変りなかった。

――一体、何をしてるんだろ。

と新蔵はまた思った。十八か九。二十にはまだ間がある硬さが、後姿に窺《うかが》われる女だった。細身だが、やわらかそうな肩、形のいい臀《しり》が眼に入ってくるのを、新蔵は昨日も息ぐるしい思いで盗み見ながら通ったのだ。

今日は、思い切って声をかけてみようかと新蔵が思ったとき、右手の川下で何かが動いた気がした。見ると、五百石積みはあろうと思われる船が、大川の中流をくだって行くところだった。

――どこへ行く船か、早い船出だな。

船は水面を覆う川霧をわけるようにして、黒い船体を見せながらゆっくり遠ざかって行った。

新蔵が船に気を取られたのは、ほんの束《つか》の間《ま》だったのだ。だが眼を女にもどしたとき、女が欄干の下に倒れていたのである。

新蔵は夢中で走った。途中で草履が片方ぬげたのも構わずに、倒れている女に走り寄った。

「もし」

新蔵は、橋板に膝《ひざ》をつくと、女を抱き起こして呼びかけた。女は血の気を失った真蒼《まっさお》な顔をし、固く眼を閉じていた。

新蔵はうろたえてあたりを見回したが、まだどこにも人影は見えなかった。橋ぎわの橋番屋も、まだ固く戸を閉めて、人の気配はない。新蔵は、女の胸に耳をあてて鼓動を確かめた。うろたえてはいたが、女の鼓動は耳にとどいた。

それでいくらかほっとして、新蔵は女の頬を小さく叩いた。

「もし、あんた」

新蔵が呼びかけると、女はようやく眼を開いた。頬のあたりに少しやつれが見えたが、黒ぐろとした眸《ひとみ》が美しい娘だった。女はしばらくぼんやりした視線を新蔵の顔の上にただよわせたが、不意に気づいたように、起き上がろうともがいた。

新蔵に助け起こされて、女は立ち上がったが、足もとが心もとなく揺れた。だが、女は低いがしっかりした声で礼を言った。

「すみませんでした。ご厄介かけて」

「いや」

新蔵は軽く首を振った。すると女はもう一度頭をさげて背をむけたが、二、三歩歩いたところで、よろめいてうずくまると、橋板に手をついた。

新蔵は、駆け寄って女のそばにしゃがむと、手で女の肩をささえた。

「ぐあい悪そうだな」

「ええ」

女は眼をつむっていた。

「一人じゃ無理だ。送って行こう」

新蔵は言った。

「家は近いのかね」

「……………」

女は黙って首を振った。

「そんな遠くから来たんですかい。こんな早くから」

「ええ」

「困ったな」

新蔵は眉《まゆ》をひそめたが、女が額にじっとりと冷や汗をうかべ、いかにも辛《つら》そうに息をついているのをみると、不意に決心がついた。

「あっしの家は、橋向うの霊岸島にあるんだが、そこでひと休みして帰ったらどうですかい」

「……………」

女は眼をあけて新蔵を見たが、その眼にはとまどいが出ていた。新蔵はあわてて言った。

「気遣いはいらねえのだぜ。あっしはひとりものだから、あんたを連れて行っても、誰も何とも言いやしない。病気なら医者を呼ばなきゃならねえし、ともかく家に行こう」

そう言って新蔵が手をとると、女はその手にすがって立ち上がった。だが新蔵に支えられて数歩歩くと、女はまたうずくまってしまった。息遣いが乱れ、顔はおびただしい汗で濡《ぬ》れている。女はすがりつくような眼で新蔵を見た。

新蔵は、女の前にしゃがむと背をむけた。女はためらいなく背にすがりついてくると、そのままぐったりと身体をあずけた。

橋の上に、日が射《さ》しはじめていた。そしてぽつりぽつり人影が現われ、すれ違うとき、女を背負っている新蔵に、好奇の眼をむけた。

「苦しいかね」

新蔵は足をいそがせながら、背中の女に声をかけた。女はそれには答えず、呟《つぶや》くように、ごめんなさいと言っただけだった。そして不意に新蔵の首筋に顔を落とすと、低いすすり泣きの声を洩《も》らした。

その声を、新蔵は疑惑とも喜びともつかない気持で聞きながら、足をいそがせた。

二

おさとと名乗ったその女が、もう一度新蔵をたずねて来たのは、それから半月ほどたったある夜だった。

「あんたか。もう会えないと思っていたぜ」

新蔵は、暗い土間に立っているのが、おさとだとわかると、思わずそう言った。

おさとは、新蔵に背負われて来ると、疲れているだけだから、医者はいらない。ひと休みさせてもらえれば大丈夫だと言い、新蔵に仕事に出かけるようすすめた。

それで、新蔵はおさとに夜具を出してやり、おとよという、隣家の手間取り大工の女房にあとを頼んで、今川町の店に出かけたのだが、その日は女のことが気になって、仕事がさっぱりはかどらずに、親方に叱《しか》られたのである。

しかし、仕事が終って飛ぶようにして家に戻ってみると、女はもういなかった。部屋の隅にきちんとたたんだ夜具が置いてあるだけだった。

隣の女房に聞くと、女は昼近くなって起き上がり、世話になったと女房に礼を言って帰って行ったというのだった。それきりだったのである。

「住まいも知らねえんだって言ったら、隣のおっかあに、しっかりしなってどやされちゃってね」

おさとを家の中に上げて、お茶を出し、お礼のしるしだと言って持ってきたまんじゅうをひろげながら、新蔵は言った。もう会うこともなかろうと思った女がたずねてきたことで、新蔵は少し上気し、気持がうわずっていた。

「朝っぱらから化かされて、狐《きつね》でも背負わされたんじゃないか、なんて言われたよ」

新蔵が笑うと、おさとも顔をあげて微かな笑いを浮かべた。そしてそのときのことを思い出したのか、顔を赤らめてまたうつむくと、その節は厄介をかけてすみませんでした、と詫《わ》びた。

「すぐお礼に来るつもりでしたが、いろいろとこみ入ったことが続いたものですから」

「お礼なんぞ、どうでもいいんだが、身体のぐあいは何ともなかったんですかい」

「ええ」

おさとは新蔵を見た。その顔を暗い影が走り抜けたように見えた。

「事情があって、あのときはひどく疲れていたものですから。それであんなふうにご迷惑をかけてしまったんです」

その事情というのが、何なのか、新蔵は聞きたかったが、そこまで立ち入ることは許されていない気がして口をつぐんだ。

橋の上に立っていたおさとの姿が思い出された。思いつめた顔をして、あんなところに立っていたのは何のためだったのか。それだけを考えただけでも、眼の前に坐《すわ》っている女の背後に複雑な事情がかくれていることが窺える気がした。

「この前は、遠慮して聞きそびれたんだが、お家はどのへんですかい」

と新蔵は言った。せめてそれぐらいは聞いておきたい気がしたのだった。

「住んでいたのは原庭町ですけど」

「北本所の先の？　へえ、そりゃ遠いや」

「でも、そこはもう引きはらいました」

「なぜ？」

言ってから、新蔵はあわてて言い足した。

「なに、言いたくなかったら、言わなくともようがすぜ。べつに詮索《せんさく》するつもりじゃないんだ」

「ええ」

おさとは膝に眼を落とした。かたくななものが、おさとの身体を包んだように見えた。

「事情は言えません。ただ、そこにはいられなくなったものですから」

「…………」

「ごめんなさい。ご親切にしていただいたのに」

おさとは急に居住まいを直して、畳んだ風呂敷《ふろしき》を手もとに引きよせると、これでおいとまする、と言った。

「ちょっと、そのへんまで送らせてもらっていいかね」

おさとが土間に降りたとき、新蔵は急にそう言った。そしておさとの返事を待たずに、草履をつっかけた。このまま行方も知らずに別れたくないという気持になっていた。

月夜だった。月は二人が歩いて行く町のそばを流れる掘割にも、永代橋まで出るとその下を流れる大川の水の上にも、さむざむとした光をまき散らしていた。橋の上には、まだ人通りがあった。提灯《ちょうちん》もいらない明るい月だったが、それでも律儀《りちぎ》に提灯をさげて歩いている年寄りもいた。

おさとは無言で歩いていた。新蔵は、なにか話しかければ、おさとがすぐに、もうここまででいい、と言い出しそうな気がして、やはり無言で歩いていた。

そうしてならんで歩いていると、この橋の上からおさとを背負って帰った日から、ずっとこの女のことを考えつづけていたのだということが新蔵にはよくわかった。そしていま別れてしまえば、今度こそそれっきりだなと考えると、胸がしめつけられるような感じがした。

だが、それならどうしたらいいのかは、新蔵にはわからなかった。並んで歩いているのは赤の他人で、娘か人の女房かもわからない女だった。

「蒔絵《まきえ》の職人さんなんですってね」

不意におさとが言った。新蔵はあわてて、そうだと答えた。

「立派な職人さんになりそうな気がする」

おさとはちらと新蔵を見て言った。そして立ちどまった。

「いい仕事をしてくださいな」

「おさとさん」

新蔵は思わずおさとの手を取っていた。

「あんた、いまの住まいはどこなんですかい。いや、聞いてそこへたずねて行こうってわけじゃない」

新蔵は必死になっていた。

「それはもう、約束してもいい。あんたには事情があって、素姓を明かしたくないんだってことは、おれにはもうわかっている。だから、決してたずねたりはしない」

「…………」

「ただ、あそこに住んでるんだなって、思うだけでいいんだ。教えてくれないか。こんなことを言うのはおかしいかな。いや、おかしいんだろうな、きっと」

「いいえ」

おさとは握られた手を、そっとはずした。

「おかしいなんて、思うもんですか。でも、何か勘違いしているのよ、きっと。あたしはそんなふうに気にかけてもらうほどの女じゃないもの」

「教えてくれないんだな、やっぱり」

おさとは無言で新蔵を見つめていたが、やがて軽く頭をさげると背をむけた。

新蔵は、しばらくその後姿を見つめたが、やがて欄干によりかかって川を見おろした。月の光が砕ける川の上に、舟が浮いていた。舟はゆっくり川下からのぼってきて、やがて橋の下に入って見えなくなった。橋に隠れる一瞬前に、船頭が使う櫓《ろ》が、水に濡れて月に光ったのが見えた。

川を見おろしながら、新蔵は苦しさをふくんだ甘い物思いにひたっていた。これで二度とあの女に会うことはないだろうと思い、一方でだしぬけにあんなことを言い出したので、おさとはいまごろ、きっと自分を笑っているに違いないと思ったりした。そしてしまいには、大事なものを失ってしまったような、うつろな気分で胸がいっぱいになって、新蔵はいつまでもぼんやりと、月に照らされる川を見おろしていた。

すると、軽い下駄《げた》の音がひびいて、やがてその音は新蔵のそばにきてとまった。顔をあげると、おさとが立っていた。おさとはしばらく黙って新蔵を見つめていたが、やがて軽くうなずくようなしぐさをして言った。

「あたし、いま仲町で働いているんですよ。花菱《はなびし》という飲み屋の酌取りなの。びっくりしたでしょ？」

新蔵は、はげしく首を振った。

「でも、そこには来ない方がいいわ。まじめな若いひとがくる店じゃないもの」

おさとはそれだけ言うと、今度は足早に去って行った。新蔵は茫然《ぼうぜん》とそのうしろ姿を見送ったが、やにわに背をむけると橋の上を走り出した。胸の中からふくれ上がってくる喜びが、新蔵をじっとしていられない気持にしていた。

新蔵は喘《あえ》ぎながら走った。橋を駆けぬけたとき、すれ違った人がびっくりしたように立ちどまって見送った。

三

その飲み屋は、馬場通りから畳横町《たたみよこちょう》を南に入った奥まったところにあった。

入るとすぐ、新蔵はど胆《ぎも》をぬかれたように、入口に立ち竦《すく》んだ。女が白い腕を男の頸《くび》に巻きつけて、男に口を吸われていた。男の腕は女の胴を深く抱えこんでいる。そういう光景が、あちこちに見えた。ほの暗い灯火が、その光景を淫靡《いんび》に浮かび上がらせている。

「ちょっと、兄さん」

男に口を吸われていた女が、顔をあげて邪険な口調で言った。

「そこ、開けてちゃ寒くてしようがないな。さっさと奥へ行って坐りなよ」

新蔵はあわてて障子戸を閉めた。新蔵は狼狽《ろうばい》していた。腰かけ樽《だる》や、飯台の角にあちこち身体をぶつけながら、奥へすすむと、ようやく空いている腰かけを見つけて坐った。

すぐに女が近寄ってきて、注文を聞いたが、それはおさとではなかった。濃い化粧をしているが、子供のように手足が痩《や》せている若い女だった。

女が酒を取りに行ったあと、新蔵はようやく少し落ちついて店の中を見回した。うなぎの寝床のように、奥に細長い店だった。客は十数人もいるようだったが、自分たちだけで飲んでいる客は少なくて、ほとんどの客がそばに女をひきつけて、肩を抱いてひそひそ話したり、手を握ったりしている。

大声をはりあげたり、唱《うた》ったりする客もなく、異様に静かでその上女が多い店だったが、はじめて飲み屋に入った新蔵は、こういうものかと思っただけである。

女が酒と肴《さかな》を運んできた。そして、そばに坐っていいかと言った。

「いいよ、酌してくれ」

新蔵はいっぱしの遊び人のように言って、盃《さかずき》をつき出したが、なみなみとつがれた酒を一度に飲みほしたとたんにむせた。

「あわてて飲まなくともいいのに」

女はそう言って、腰にさげていた手拭《てぬぐ》いで、新蔵が膝《ひざ》にこぼした酒を拭いてくれた。

女に酌してもらっているうちに、新蔵は間もなく酔った。悪い気分ではなかった。そして気持も大胆になって、首をのばして店の中を眺めまわしたが、おさとらしい女の姿は見えなかった。

おさとを知らないか、と聞こうとしたとき、背中のすぐうしろで女の呻《うめ》き声が聞こえた。振りむいてみたが、そのあたりは薄暗くて、男の大きな身体に抱えこまれた女の姿が見えるだけで、二人が何をしているのかはわからなかった。

新蔵は脇腹《わきばら》をつつかれた。

「見ない方がいいわ」

「何をしてんだい、うしろの二人」

新蔵がささやくと、若い女はうつむいて笑い、新蔵の膝をつねった。そして骨ばった身体を押しつけてきた。

すると後の二人が立ち上がった。大きな男と小柄で細身の女だった。二人はもつれ合うように板場の方に歩くと、そこで女が板場の中の男に何か言い、そのまま二人で外に出て行った。

「あの二人、どこへ行くんだい」

「野暮なことを聞きっこなし。ひとのことはどうでもいいじゃないの」

女は新蔵に酒をつぎ、自分も盃をあけると、また新蔵に身体を押しつけてきた。

そのとき、板場のくぐりから、女が一人店に出てきた。おさとだった。

新蔵は、思わず女の身体を押しのけて立ち上がった。だが立ち上がったとたんに、身体がふわりと揺れて、飯台がひどい音を立てた。並んでいた男たちが、「なんだなんだ」とどなった。新蔵はあわててあやまったが、そのさわぎで、おさとがこちらを向いた。

おさとはゆっくり歩いて新蔵のそばにくると、若い女に「すぎちゃん、代ってくれる」と言った。

「知り合いなの。後で埋めあわせするから」

そう言われて、少し不満そうだった若い女が、しぶしぶ席を立って行った。

「来ちゃいけないと言ったのに」

おさとは新蔵のそばに坐ると、なじるように言った。化粧の濃いおさとの顔は、新蔵が思わず息をのんだほど、凄艶《せいえん》にみえた。

「どんなところかと思ってね。ちょっとのぞいて見ただけだ」

「どんなところか、もうわかったでしょ？　あんたがくるような店じゃないわ」

おさとはそっけなく言ったが、そのそっけなさにいくぶん気がとがめたように、銚子《ちょうし》を持ち上げて、飲む？　と聞いた。

半刻《はんとき》（一時間）ほど飲んで、新蔵は花菱を出た。おさとが送ってきた。外は暗くて、寒かった。

「だいじょうぶ？」

よろめいて泳ぎそうになった新蔵の脇の下に、すばやく身体を入れてきてささえながら、おさとがささやいた。やわらかく弾むような肩だった。

「あんたに会いたかったんだ」

と新蔵はわめいた。しっ、しっとおさとは言った。

「大きな声を出さないで。もう遅いんだから」

「あんたに会いたかったんだよ、おれ」

「そう、ありがとう。でも、これっきりにしてね」

「なぜだい？　来ちゃいけねえのかい」

「いけないとは言わないけど。でもあんなお店でしょ？　あんたに見られたりすると、恥ずかしいもの」

「だったら、やめればいいじゃないか」

「やめたら、おまんま喰《た》べられないでしょ」

「おれと一緒に暮らせばいい」

新蔵は、おさとの髪に顔を寄せて、深く髪の香を吸いこんだ。

「いまはまだ安手間だけど、二人で暮らすぐらいなら、何とかなるぜ。な、そうしてくれよ」

「だめ」

おさとは、新蔵の肩の下からすっと身体を抜いた。新蔵はよろめいて立ちどまった。そこは横丁の入口近くで、表通りの方にまだ灯があるらしく、うっすらと光が漂っている場所だった。

「なぜだい？　あんた、亭主持ちか」

「そうじゃないわ。でも、だめよ」

おさとは言い、少しずつ後じさった。だいじょうぶね、気をつけてね。そう言うと、おさとは不意に背をむけて暗がりの中に姿を消した。

新蔵は道わきの塀《へい》に手をついて身体をささえながら、遠ざかる下駄の音を聞いた。胸の中がしんと寒くなって、酒の気もさめるようなさびしさに襲われて立っていた。

おさとは来てもらいたくない、と言ったが、新蔵はそれから時どきその店に行った。その金を作るために一時は喰い物を切りつめたり、一人立ちしている兄弟子に頼みこんで、お礼奉公がすまないうちは禁じられている内職をやったり、無理なこともしたが、おさとに会うのをやめることは出来なかった。

通っているうちに、そこがただ酒を飲ませるだけの店でないこともわかってきた。花菱で働いている女たちは、相手が金を持っていると見当をつけると、男をくわえこんで店を出て、外で男と寝てもどるのだった。そのための部屋を貸す家を、すぐそばに用意してある様子だった。

おさとがそういう女の一人かどうかはわからなかった。新蔵が行くと、たいていはおさとがそばについて酒の相手をした。そして帰るときは、横丁から馬場通りに出る角まで送って出る。

新蔵はそこまで送ってもらうと、おさとの手を握って別れる。一、二度、酔いにまかせて肩を抱こうとしたが、やわらかくこばまれた。やわらかいがきっぱりした拒み方だった。新蔵はそれで手だけ握り、おさとはそれだけはこばまないのに満足して帰る。おさとが淫《みだ》らな女だとは思えなかった。

だが新蔵が行かない夜に、おさとが店でどうしているかは、新蔵にはわからないことだった。飲みに行く金もなく、裏店の古畳の上にひっくり返っていると、不意に男に抱かれているおさとの姿が眼に浮かんできて、新蔵は堪えがたい気持になることもあった。

月日がとぶように過ぎた。おさとに会ってから一年がたち、さらに新しい年が明けて、また春がきた。新蔵のお礼奉公が、もう少しで終ろうとしていた。

四

「新蔵てえのは、おめえさんかね」

店の隅から立ってきた男が、そばに来ると上から顔をかぶせるようにして、そう言った。低い、ねばっこい声だった。

新蔵は顔をあげて男を見た。さかやきをのばし、広い肩幅を持つくせに頬はえぐったように痩せている三十半ばの男だった。その顔をみて新蔵は、男が大ていは一人で、そばに女も呼ばず、陰気な顔をうつむけて隅の方で飲んでいるのを、前に見かけていることを思い出した。男がいつそばに来たのか、新蔵にはわからなかった。

「そうですが」

「おめえさんに、少し話がある。そこまで顔を貸してくれねえかい。手間はとらせねえよ」

男がそう言ったとき、酒を取りに行ったおさとが戻ってきた。おさとは、はっとしたように男を見た。そして飯台に銚子をおろすと、強い口調で言った。

「あんた、このひとに何を言ったの」

「そこまで顔を貸せって言ったんだ」

男は身体を起こして言った。

「連れて行って、何をするつもりなのさ」

「そんなこたあ、言うまでもねえだろ。おめえさんに虫がついちゃまずいから、若いのに言って聞かせようと思ってな」

「よけいなお世話ですよ。あたしは、あんたたちに喰わしてもらってるわけじゃないんだから」

「おいおい、辰五郎のかみさんよ」

男はゆっくりおさとに向かいあうと、やはり低い声で言った。

「そうはいかねえだろうぜ。おれたちは、後を頼むって言われたんだ。よく見回ってくれってな」

おさとが口をつぐんだ。すると、男が首を振って新蔵をうながすと、先に立って店を出て行った。引かれるように新蔵も後につづいた。おさとはうなだれていて何も言わなかった。まだ早い時刻だったが、店には五、六人の客がいた。だが酒とそばにいる女とのやりとりに夢中で、三人の様子に気づいたものは誰もいないようだった。

男は横丁から蛤町《はまぐり》に抜けると、町裏を流れる二十間川の河岸に出た。日が落ちてしばらくたつはずなのに、河岸には、まだ薄青い夕暮れの光が這っていた。人の気配はなかった。そこまで来ると、男はくるりと振りむいて新蔵を見た。

「こないだ、おさとと上野に花見としゃれこんだらしいな」

「へえ」

と新蔵は言った。四、五日前、ひさしぶりに休みがとれたので、おさとを誘って上野に行った。だが、男がなんでそんなことを言い出したのか、新蔵にはわからなかった。得体の知れない恐怖に摑《つか》まれて、新蔵は竦《すく》み上がっていた。

「それで、そのあとおさとといいことでもしたかい」

「いいえ、とんでもありません。あのひとはそんなひとじゃない。花を見て、あとは水茶屋でお茶を飲んで帰っただけですよ」

新蔵は必死になって言った。やっと男の考えがつかめかけていた。さっき男が言った、辰五郎のかみさんという言葉を思い出していた。おさとはひとの女房なのだ。その女房を花見に誘ったりしたのを、男はとがめているのだと思った。

「へ、清い仲ってわけかね。それがほんとなら意気地のねえ野郎だ」

「…………」

「ま、いいや。ともかく、あの女といちゃつくのはやめな。ろくなことにならねえぜ」

「飲みに行くのがいけないって言うんですかい」

と新蔵は言った。この男は、おさとの亭主の知り合いか何からしいが、そこまで指図されるいわれはない。新蔵はやけくそでつづけた。

「そんなことは、あっしの勝手ですぜ」

「野郎」

男の声が変った。男は一歩近寄って来ると、いきなり新蔵の腹を殴った。新蔵が思わずしゃがみこむところを、つづけざまに顔を殴りつけた。新蔵は思わず腰がくだけて、後にひっくり返った。

大きな身体に似あわない、すばしこい動きを身につけていて、その上凶暴な男だった。

「立てよ」

男はのしかかって来て、新蔵の襟《えり》をつかむと立ち上がらせた。新蔵はその腕を振りほどき、男を突きとばそうとした。だが次の瞬間、軽がると腰車に乗せられて、眼がくらんだ感覚と一緒に地面に叩きつけられていた。

立ち上がろうともがいている新蔵のそばにしゃがむと、男は凄《すご》みをきかせた声で言った。

「あの女に近づくんじゃねえ。わかったか、若えの。今度は今日みてえなやわな扱いはしねえ。もっと手荒くやるぜ。おぼえておきな」

そう言うと、男はもう一度新蔵の脇腹を強く蹴《け》り上げた。

男が立ち去る足音を、新蔵は海老《えび》のように身体を曲げて、地面に転がったまま聞いた。全身が痛んで立ち上がれなかった。ようやく少しずつ手足をのばし、仰向《あおむ》けに夜空を見上げたとき、新蔵は別の足音を聞いた。

足音は一度立ちどまったが、すぐに新蔵のそばに駆け寄ってきた。

「ごめんなさい。こんな目にあわせて」

新蔵を抱きおこしてそう言ったのは、おさとだった。おさとは小さい悲鳴を上げた。

「あら、血。斬《き》られたの？」

「鼻血だ。大したことはない」

新蔵は地面にあぐらをかいて言った。するとおさとは袂《たもと》から鼻紙を出し、手さぐりで新蔵の顔を拭いた。そして、その手をとめると、不意に新蔵の胸に身体を投げ入れてきた。

「新蔵さん、あたしをどこかにさらって行って。そしてめちゃめちゃにして」

おさとは叫ぶようにそう言うと、新蔵の胸に顔をうずめてすすり泣いた。新蔵はしっかりとおさとを抱いた。するとおさとは、いっそう新蔵の胸にもぐりこむようにした。二人はしばらく無言で抱き合っていた。

新蔵がふるえる手でおさとの唇を探ると、おさとは自分からのび上がるように新蔵の頸に手を回して、唇を寄せてきた。小さくあたたかい唇だった。その唇をとらえたとき、新蔵は喜びで胸がふるえた。

ふと新蔵は、さっきの男が言った言葉を思い出していた。顔を離すと言った。

「でも、それは無理だろ？　あんたは辰五郎というひとの……」

言いかけた新蔵の口を、おさとははげしく唇を押しつけてふさいだ。二人はまたしばらく口を吸い合った。

「そのひとのことはいいの」

やっと顔を離すと、おさとは新蔵の胸にもたれたまま、甘えた声で言った。

「もう死んだひとなの。気にすることはないのよ」

五

その夜、おさとは新蔵の家にきて泊った。そして翌日は、朝出かけたきり、夜になっても戻らずに新蔵を心配させたが、夜ふけにどこからか風呂敷包みをひとつ持って帰ると、そのまま新蔵と暮らしはじめたのである。

一緒に暮らしてみると、おさとはあんな店で働いていたとは思えないほど、巧みに家の中のことを切り回した。台所仕事から掃除、洗濯まで、いきいきと立ち働き、縫物なども、近所から着物の仕立てを頼まれるほど上手だった。

おさとと暮らしはじめた当座、新蔵は河岸で自分を殴った男が、この家を嗅《か》ぎつけてやって来はしないかと、ひそかに心配したが、そういうこともなく月日が経《た》った。そうなると新蔵は欲が出て、親方に頼んで、質素でいいから夫婦の固めの式を挙げようかと言ってみた。

だが、ふだん口答えひとつしないおさとが、このときばかりは急に顔を曇らせて黙りこんだ。そして小さな声で、それはもっと後でもいいのではないかと言った。

「あたしはいろいろな事があった女なの。もっと気持が落ちつくまで、待ってもらえるとありがたいけど」

「いいよ。べつに急いでるわけじゃねえ」

新蔵はあわてて言った。同じ家の中で、顔つきあわせて飯を喰い、夜毎ひとつ布団《ふとん》にくるまって寝ながら、新蔵はおさとの素姓については何ひとつ聞かされていなかった。

新蔵も聞かなかった。辰五郎という男。灯の色の暗い、いかがわしい匂《にお》いがする飲み屋花菱。そこから自分を連れ出して、突然に殴りつけた男。おさとの素姓を詮索すると、そういうものが一度に現われて、いまの暮らしをぶちこわしかねないのを、新蔵には十分にわかっていたのである。

祝言《しゅうげん》は後にして欲しいとおさとが言ったときも、新蔵は自分が言い出したことが、おさとの過去をつつき出すことになったらしい、と気づいたのであった。

——形なんぞ、どうでもいい。こうして一緒に暮らせるだけで十分だ。

新蔵はそう思い、二度とそのことを口にしなかった。

だが新蔵のその願いも、無残に砕かれる日が来た。一緒に暮らしはじめて、三年ほどの月日がたったある春の日。おさとは、新蔵の留守の間に、隣の女房に買物に出ると言い置いて家を出ると、そのまま消息を断ったのである。

──おさとが、なぜ姿を隠したか。いまではわかっている。

新蔵は橋の下にゆっくり動いている川霧を眺めながらそう思った。

おさとが姿を消したあと、むろん新蔵は夢中になって行方を探した。花菱に聞きに行くと、店の男たちに待ち構えたように袋叩きにされたが、それでもあきらめずに、店で働いている女たちを、道でつかまえて消息を聞きただした。だが、誰もおさとの行方を知らなかった。店に通っていたころ、おさとがどこに住んでいたかさえ知る者がいなかった。

最後に、新蔵は中ノ郷の原庭町をしらみつぶしに探しはじめた。おさとにはじめて会ったころ、原庭町にいたがそこを引きはらったと聞いたのを思い出したのである。その家が見つかれば、おさとの素姓も知れ、行方を探す手がかりもつかめそうな気がした。

根気がいる探しものだった。新蔵は仕事が休みの日はむろん、毎日の仕事の合間を縫って、町の隅ずみまで、丹念に探し回った。

手がかりを摑んだのは、半年前だった。おさとの住んでいた裏店が見つかったのである。おさとは、そこで辰五郎という男と夫婦で住んでいたのであった。

「辰五郎は手間取りの大工で、気のいい男だったが、どう魔がさしたか手慰みに凝りましてな」

新蔵が会った弥助という大家はそう言った。横堀川を越えた押上《おしあげ》村のあたりに、賭場《とば》があった。辰五郎はやがて仕事もほうり出して賭場通いをするようになり、女房のおさとを泣かせたが、代官所から賭場の手入れが行なわれたときにつかまって新島送りになった。

「ところが、これには裏がありましてな」

弥助は話好きらしく、新蔵に茶を運び、縁側にかけろ、と言った。

同じ裏店に仙吉という日雇いがいて、時どき辰五郎と一緒に博奕を打っていた。その仙吉が、辰五郎が島に送られたのは、賭場に借金があったので、親分の身代りに立てられたのだと言った。

「だから親分が代官所や奉行所の御赦帳《おゆるしちょう》掛りに金を積んで手を回してある。五年も島暮らしを勤めれば、辰の野郎は帰って来る、とまあ、こんなことを言っておりましたがね」

「それは、ほんとうでしょうか」

「ほんとかどうかはわかりませんよ。仙吉というのはいい加減な男でな。それにお上がそんな裏の話に乗るとも思えませんからな」

「…………」

「それにかれこれ五、六年たつが、辰五郎が島から帰ったという話もあたしは聞いておりません。もっともおさとという女房は、辰五郎が島送りになると間もなく店を出たから、そんな消息が聞こえてくるわけもありませんがな。あれは気だてのいい女でした。かわいそうなことをした」

新蔵は礼を言って大家の家を出た。そのときには、おさとがなぜ姿を消したか、はっきりとわかっていた。

——亭主が島から戻ったのだ。

恐らくおさとは、おれと暮らしながら、一方で辰五郎の博奕《ばくち》の知り合いとも連絡があって、亭主の帰りを待っていたのだろう、と新蔵は思った。

そう考えると、これまでわからなかったいろいろなことも、すべて辻《つじ》つまが合ってくるのを感じた。

あの朝、濃い川霧の中を、青黒い船体をみせて遠ざかって行った船を、新蔵は思い出していた。あれは流人船で、おさとは橋まで見送りに出ていたのだ。頬の痩《や》せた男が、おさとを見張っていたり、自分を殴ったりしたこともうなずけた。辰五郎の御赦免に金を使った親分という男は、おさとにあの店の仕事も世話したのかも知れなかった。その間に、何も知らないおれが飛びこんで行ったのだ、と新蔵は思った。

——おさとは、さぞ迷惑だったろう。

新蔵はうなだれてそう思った。だが、あの女も、少しはおれを好いてくれたに違いないとも思った。そうでなければ、一緒に暮らしたり出来るわけがない。それだけでいい、とも思った。

——だが、もう探したりしちゃいけねえのだ。

新蔵は、はっきりとそう思った。おさとが仮りのねぐらを去って、もとの棲《す》み家《か》に帰って行ったことは間違いなかった。だが、そう自分に言い聞かせたとき、新蔵は、おさとと過ごした日々が、堪えがたいほどあざやかに胸によみがえるのを感じたのである。

――そうとも。探しちゃならねえ。

川霧を眺めながら、新蔵は、原庭町の大家の家からもどる途中で、自分に言い聞かせた言葉を、今日も心の中で呟いてみた。

あの日、まぼろしのように川をくだって行った船の姿は見えなかった。霧だけが、やわらかく、執拗《しつよう》に動いていた。人影も見えず、物音もせず、橋の上にいるのは新蔵一人だった。新蔵の胸に寂寥《せきりょう》の思いが生まれた。その気分を振り切るように、新蔵は欄干をはなれて歩き出した。

その人影を見たのは、橋を半ばまで渡ったときだった。小さな黒い影に見えた。橋の向うの空に、うっすらと日の気配が兆《きざ》しはじめていて、そのために人影はいっそう黒っぽく見えた。

その人影が走り寄ってくるのを新蔵は見た。おさとだった。新蔵は立ちどまった。胸がふるえた。おさとは新蔵の前に立ちどまると、荒あらしく息をつきながら、新蔵を見た。胸に風呂敷包みをひとつ抱いていた。

「帰って来たのか」

「ええ、そうよ」

「島帰りのご亭主はどうしたんだね」

おさとはさっと顔をそむけた。そして小さな声で言った。

「知ってたんですか」

「ああ」

「あのひと、死んだんです。ほんとです。船の上で病気になって、帰ったときは助からない病人だったんですよ」

「…………」

「お葬式から四十九日まで、全部済まして帰って来たんです」

おさとはきっと顔をあげた。

「でも、あのひとが死んだから帰って来たなんて思わないでね。あたしは別れ話をするつもりで行ったの。でも、助からない病人を捨てて帰れやしないじゃありませんか」

「…………」

「信じてちょうだいな」

「信じるとも」

新蔵はおさとの手を握った。おさとは、その手を痛いほど握り返してきた。

「会いたかったのよ」

「おれもだ」

出直すか、と言って新蔵はおさとの肩を抱き寄せると橋を戻りはじめた。新蔵に身体をあずけ、頭をもたせかけて歩きながら、おさとはすすり泣いた。

「今度はだいじょうぶだろうな」

「え?」

「もう、どこにも行きゃしないだろうなということさ」

「あたりまえでしょ」

言いながら、おさとはまだすすり泣いていた。橋の上には、ほかに人影は見えなかった。遠ざかる二人の背に、その日のはじめての日の光が、静かにさしかけて来た。

『橋ものがたり』について

藤沢周平

すべての創造がそうであるように、小説を書く仕事も苦痛からはじまる。書きたいことがたくさんあって、書く意欲も体力も十分にあって喜んで仕事にかかるなどということは、百にひとつもないのではなかろうか。たいていは無から有を生み出す苦痛とともに、とりあえずあまりはっきりしない目的地にむかって歩き出すわけで、『橋ものがたり』という連作小説を書いたときも、気分は大体そんなものだったとおぼえている。

『橋ものがたり』は、昭和五十一年から翌五十二年にかけて、週刊S誌に連載した小説で、書く約束をした日のことを比較的よく記憶している。

それは五十一年の春先、多分二月ごろのことで、私はその日、当時住んでいた西武池袋線東《ひがし》久留米《くるめ》の駅前にある喫茶店で、週刊S誌のNさんという若い編集者に会っていた。たいへんに天気のいい日で、話している間、二階にある喫茶店に冬の日差しがまぶしく入りこんでいたことまで、記憶に残っている。

私はかなり前から、Nさんに週刊S誌に連作の小説を書くようにすすめられていた。その雑誌には、短篇小説は何篇か書いているが、まだ連載形式の小説を書いたことはなかった。Nさんは、今度はぜひ連作をと言うのだが、私はなかなかふん切りがつかず、なんだかだと理屈をこねて書くという返事を保留していた。

それというのも、単独の短篇小説なら何かテーマになるものをひとつ思いつけば、それだけで書けるが、連作となると短篇全部に共通するテーマを考えなければならない上に、引きうけてしまえばNさんの雑誌に、ある期間拘束されてしまう。どっちみちあまりいいことはない、と私は考えていたのである。

しかしNさんは若い人なのにじつに辛抱づよい編集者で、ピラニアのように喰《く》い下がって、書くというまでは私から離れそうになかった。それで私はその日、ついに根負けして「では、橋の話でも書きましょうか」と言った。

橋というものを連作のテーマに据《す》えるという考えは、あらかじめ頭の中で練ったというわけではなく、Nさんと話しているその場でうかんで来た即興の思いつきだった。人と人が出会う橋、反対に人と人が別れる橋といったようなものが漠然《ばくぜん》と頭にうかんで来て、そういうゆるやかなテーマで何篇かの話をつくることなら出来そうに思えたのである。

こうして出来あがったのが、『橋ものがたり』という連作短篇集に収録されている十篇の物語である。私は本格的に小説を書きはじめてからまだ三年ほどにしかならず、それまで書いた小説の多くは武家ものと捕物帳だった。いわゆる市井《しせい》ものと呼ばれる小説も書きはしたけれども、それはせいぜい四、五篇にすぎなかったように思う。

それが『橋ものがたり』の連作を引きうけたことで、はじめて集中的に市井小説を書く結果になり、書きおわったときには、どうにか自分のスタイルの市井小説を確立出来た感じがしたのであった。そういう意味では、十篇の小説は、出来、不出来を越えて、いずれも愛着のある作品になったと言っていいかと思う。

今度劇化された「橋ものがたり」は、連作の中では比較的劇的な起伏に富んだ「小ぬか雨」が中心になっている。これは連作の中で「小さな橋で」という小説とならんでうまく書けた方ではないかと思っている作品である。劇化されれば、当然小説とはまた異なる味わいが出ると思われるので、たのしみに拝見したいと思っている。

〈平成三年(一九九一)一月 劇団文化座公演「橋ものがたり」パンフレット 初出〉

父と娘の「橋ものがたり」

遠藤展子《のぶこ》

父がこの作品を「週刊小説」に連載していたのは昭和五十一年（一九七六）三月から翌年の昭和五十二年十二月までの一年十ヶ月でした。

父によると、この小説を書き始めるかどうかなかなか踏ん切りがつかなかったのだそうです。というのはそれまで、何編かの短編は書いていましたが、この『橋ものがたり』のような連載形式の小説を書いた事がなかったからでした。それにもまして、連作となると、短編全てに共通するテーマが必要なので、その雑誌に一定期間拘束される事に抵抗感があったのでした。しかし、当時の担当編集者のNさんは辛抱強く父の返事を待っていて、父が書くと言うまで離れそうになかった、根負けしたと父は書いていました。

「橋の話でも書きましょうか」それがこの本の始まりでした。

橋というテーマも最初から考えていたわけではなく、Nさんと話しているうちに思い浮かんだのだそうです。それまでも父は四、五編の市井《しせい》物を書いてはいましたが、本格的に市井物を書き始めたのはこの時が初めてでした。

この作品で、父は市井物のスタイルを確立できたそうです。父にとっては出来、不出来を超えて愛着のある作品になったと思うと話していました。


私が『橋ものがたり』をはじめて読んだのは、十代の終わりの頃でした。

読んだ時にこの本は、人の人生を垣間《かいま》見たようなリアルな感覚で、私の心に入り込んできました。それまで、私が好んで読んでいた本は、星新一さんや眉村卓さんのようなSF小説で不思議な内容の作品でしたので、普通の人々の、何気ない日常の中に起こる出来事を描いた父の小説は、かえって衝撃的でした。その後、知人から「お父さんの本を読んでみようと思うんだけれど、何が一番面白い？」と聞かれると、迷わず「橋ものがたり」と答えるようになりました。


『橋ものがたり』の中の小説はどれも好きなものばかりです。

何処《どこ》が好きかというと、やはり人と人とのふれあいや、相手を無条件で「信じる」と言えるその気持ちかもしれません。

「小ぬか雨」はこの本の中で、私が特に好きな作品です。

突然目の前に現れた見ず知らずの男の人を助ける気持ちになった裏には、その男の人の内面を瞬時に感じ取ったおすみがいると思いました。

その人が殺人犯だと次第に分かっていくのですが、人は立場によって、ある人にとっては良い人であっても、別の人にとっては悪人だったりと色々な面があると考えさせられました。

「晩《おそ》い時期に、不意に訪れた恋だったが、はじめから実るあてのない恋だったのだ。それがいま終ったのだった。そして仄暗《ほのぐら》い地面に、まぐろのように横たわって気を失っている勝蔵を、助け起こして家に帰れば、また前のような日々がはじまるのだ」

こんな経験をする人は殆《ほとん》どいないと思いますが、十代の終わりに読んだ時には気にも留めなかったこの一節が私自身四十歳を過ぎ、父がこの作品を手がけた年齢に近づいて、改めて読み直してみると実感として心に響いてくるのでした。

「前のような日々がはじまる」

父自身、淡々と一生を過ごした人でした。しかし、日々淡々と暮すのはいかに大変かという事も知っていました。

このような出会いでは無くても、たとえば家族全員が健康でいなければ、毎日同じ生活を繰り返す事はできません。きっとおすみは何事もなかったかのように、勝蔵との暮らしに戻っていったのでしょう。

小ぬか雨が降るたびに新七の事を思い出しながら。

「小ぬか雨」はTVドラマにもなりました。昭和五十五年（一九八〇）、連載開始から四年後の事でした。TBSの日曜時代劇で、おすみは吉永小百合さん、新七は三浦友和さんが演じていました。

この時の事はよく覚えています。というのはその頃私の家にはまだビデオデッキが無く、父の作品がドラマになると言うと、「見逃したら大変！」と父と母と私の三人が揃ってテレビの置いてある茶の間に集まって、テレビに向かって正座をして見た覚えがあるからです。

母が父のお茶を用意して座ると、父は何となく照れくさそうにしていました。

普段無口な父はますます無口になり、父が何も話さないので、母も私も黙って食い入るようにテレビ画面を見つめていました。

ドラマの内容は月日と共に薄らいで行き、いつかこのドラマをもう一度見たいと思っていました。父が亡くなって七年後に、そのチャンスは突然やって来たのでした。二十四年の時を経てケーブルテレビで再放送されたのです。改めて見た、ドラマ「小ぬか雨」は私の記憶と多少のずれはありましたが、当時の父と過ごした記憶を呼び起こしてくれました。それからも『橋ものがたり』は舞台にもなり、たくさんの方々の目に触れる作品となっていったのでした。


父と私が過ごした街には、川が流れ、そこには橋がありました。

私の中の一番古い記憶の中の橋は、東京都清瀬《きよせ》市の都営住宅の側にある橋でした。

柳瀬川の上に架かるその橋は清瀬橋と言い、私は幼稚園の登園時には、必ずその橋を幼稚園バスに揺られて通りました。

この橋の向こう側には七竹《シチク》さんという町医者がありました。家からは歩いて二十分位の所だったと思います。

父はここへ何度も幼い私を背負って連れて行きました。

ある日、父が仕事から帰って来ると、私が熱を出してふうふうと赤い顔をしていました。父はあわてて私を七竹さんに連れて行きました。父の背中から、その時の父のあわてぶりが伝わって来ました。

周りの景色や道が雪で真っ白な中、黙々と歩く父を、今もうっすらと遠い記憶の中に覚えています。

風邪を引いた時や、魚の骨が喉に刺さって取ってもらいに行ったりと、清瀬橋は父と私にとっては、いつも大騒ぎで渡った橋でした。

清瀬から東久留米に引越してからは、駅から家までの間に「黒目川」が横断していて、二つの橋が架かっていました。

一つは大きくて立派な門前大橋。そしてもう一つは普段良く歩いた小さな平和橋。

門前大橋から平和橋までの河原には、当時はシロツメ草がたくさん生えていて、父との散歩コースの一つでもありました。父が河原に座り一休みをしている傍《かたわ》らで、私はシロツメ草を編んで、ネックレスを作ったりして遊ぶのが常でした。

そこには四十代の父とまだ小学生の私がいました。

門前大橋の横には空き地があり、夏には盆踊りが開かれました。父に促されて、やぐらに上がり踊る私を、父はいつも下から嬉《うれ》しそうに見上げているのでした。

東久留米に引越して来た頃、父はまだ会社勤めをしていたので、毎日平和橋を渡り、駅までの道のりを通っていました。

それから四年が過ぎ、会社を退職した父にとってのこの橋は、通勤から散歩する橋に変わったのでした。時々は私を連れて駅前の喫茶店へ行くこともありました。

父が喫茶店へ行く時は、大体は小説の構想を考えたり、なかなか決まらない題名を考えたりする時でした。そんな父の苦労も知らずに、私は父と一緒に出かけられるのを嬉しく思っていました。

おそらくこの頃から『橋ものがたり』を書き始めたのだと思います。

それから数年して、私達はまた引越しをする事になりました。今度の家は大泉学園でした。やはり、家から駅までの間に「白子川」が流れ、途中には大泉学園橋が架かっていました。

この橋は数え切れない程、渡りました。

父は終《つい》の棲家《すみか》となったこの大泉学園の家で二十一年間過ごしました。この頃になると、娘の私は、友達との付き合いに忙しく、父と一緒に散歩することはめったに無くなりました。

その代り、父と母は何処へ行くにも一緒に行動するようになりました。

駅までの散歩や病院通い、そして時には展覧会を見たり、音楽会を聴きに行ったりと、いつも二人で出かけていて、娘心に「うちの両親は仲が良い」と思ったものでした。

大泉学園橋を通るバス通りは桜並木で、春になると桜の花が満開になりました。風の吹く日は桜吹雪が舞うほどで、とても綺麗《きれい》でした。

父は時々、新大久保にあるマッサージに通っていて、車での送り迎えは私の役目でした。目白通りを都心へ向かう道筋には比丘尼《びくに》橋がありました。

「お父さん、比丘尼橋って変わった名前だね」と言う私に「比丘尼っていうのは江戸時代にいた尼僧のことだよ」と教えてくれました。

父の故郷の山形県鶴岡市高坂へ行く時には、金峰山《きんぼうさん》へ向かいまっすぐに通った道があり、両側にある畑に目を奪われていると、右側に突然大きな一本の杉の木が現れます。それが高坂へ入る目印でした。その一本杉を曲がると直ぐに青龍寺川《せいりゅうじがわ》が流れています。そこに架かる小さな橋を渡れば、直ぐに父の生まれ育った高坂にたどりつきます。

この青龍寺川は、田んぼへ水を運ぶ農業用水路としての役割もはたしていたそうで、この川の周りは鶴岡の田んぼが広がっていました。今は川の両側がコンクリートで固められ、父の育った頃とは大分様子が変わってしまって、泳ぐ事はできないとのことですが、父の時代にはこの川でよく遊んだそうです。

父はエッセイ集『小説の周辺』（文春文庫）に、青龍寺川で近所の子供と何処まで泳げるか競争をしている最中に、「アップアップ」と溺れて上級生に助けられた話を、懐かしい思い出として語っています。故郷に行くと、父はその橋の上でいつも立ち止まり、川の流れをしばらく眺めているのでした。

父にとって、この橋が一番思い出深い橋だったに違いありません。

こうして思い返して見ると、私達家族の生活の中にはたくさんの橋がありました。そして、その橋を渡り、いくつもの出会いと別れを経験し、日々淡々と平凡に暮していったのでした。

父が亡くなってから早いもので、十年の月日が経ちました。父は私に大切な物を残してくれました。それは家族の絆です。

父が大きな架け橋となり、今も私達の心の中に生き続けています。

〈平成十九年（二〇〇七）刊『橋ものがたり 新装版』初出〉

『橋ものがたり』全作自筆原稿

「橋ものがたり」は文芸誌「週刊小説」より「新読切連作　大江戸ヒューマニティ」と銘打ち、昭和五一年（一九七六）三月一九日号から約二年にわたり連載され、昭和五五年（一九八〇）四月に単行本が刊行されました。

本欄で紹介するのは雑誌掲載された「橋ものがたり」全十作の自筆原稿です。

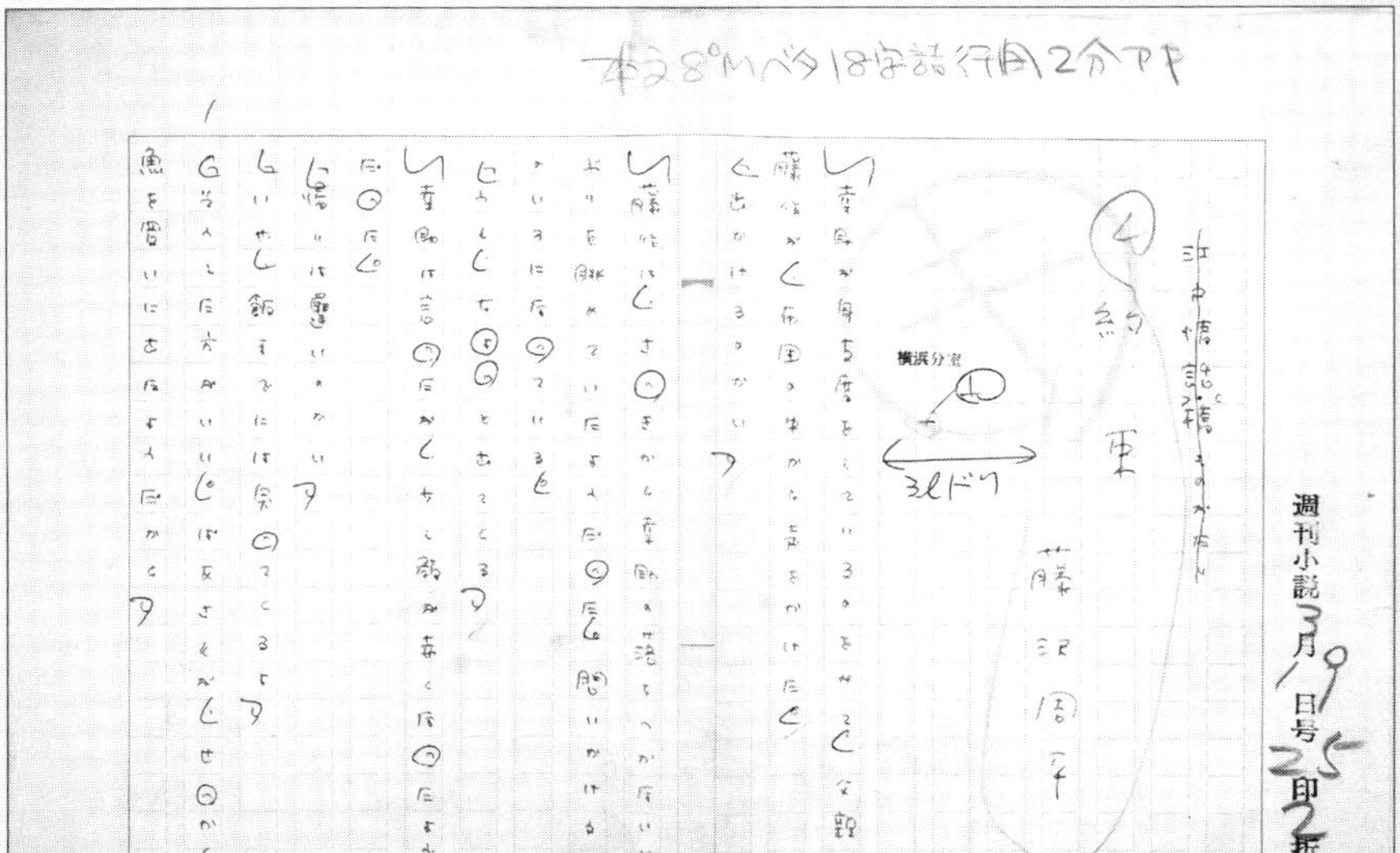

「約束」原稿

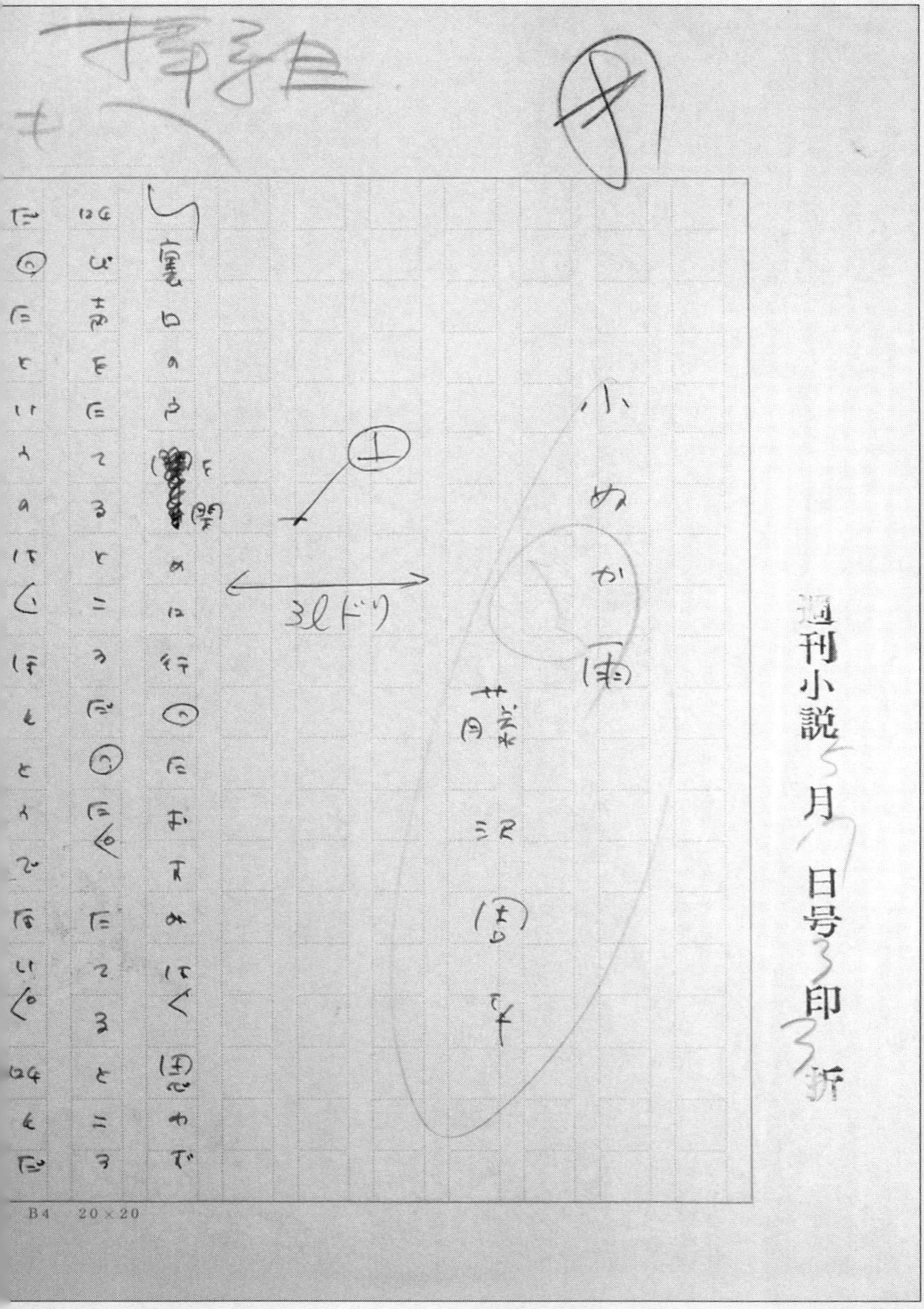
週刊小説 月 日号 印 折
小ぬか雨
藤沢周平
3lドリ
B4 20×20

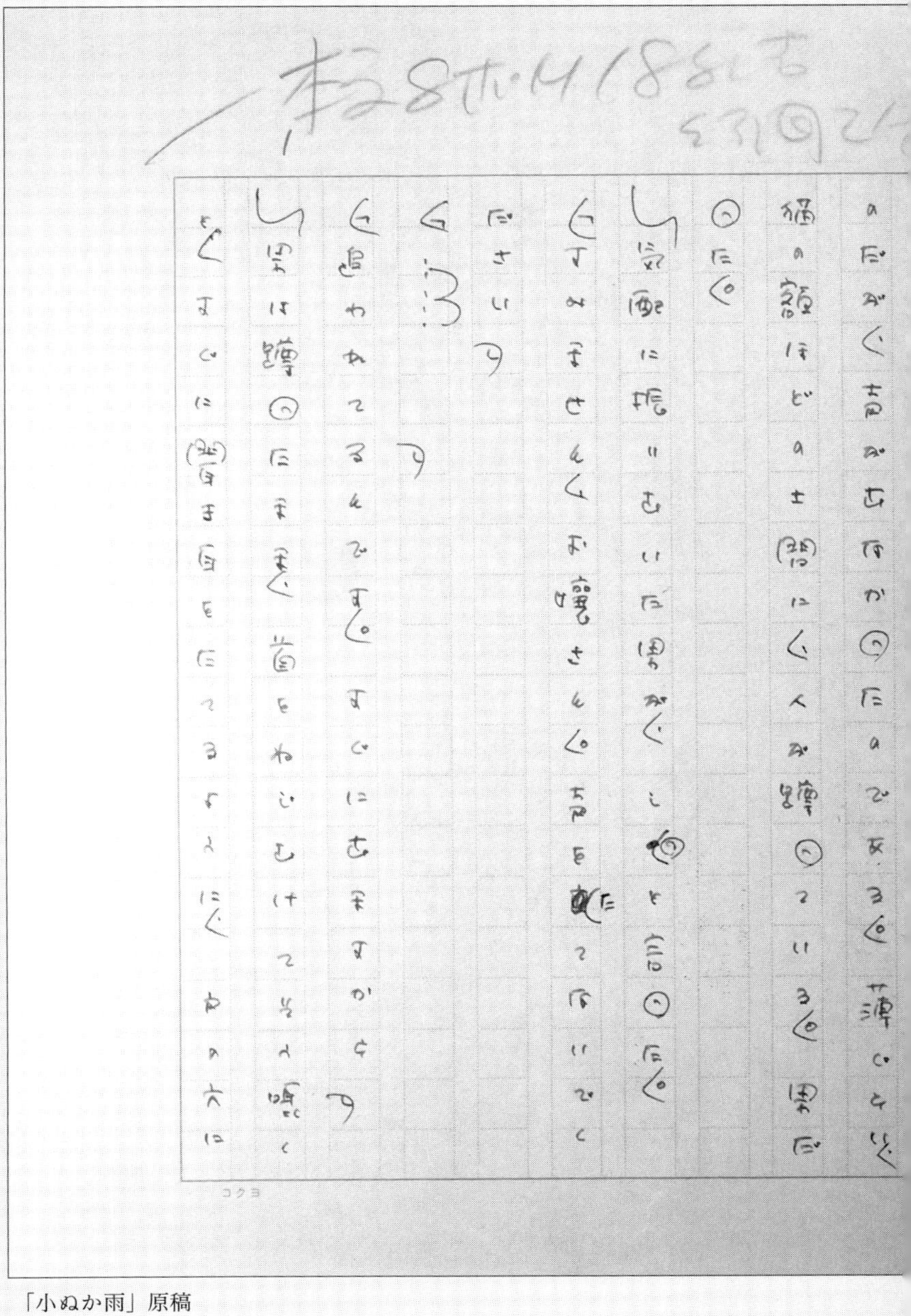

「小ぬか雨」原稿

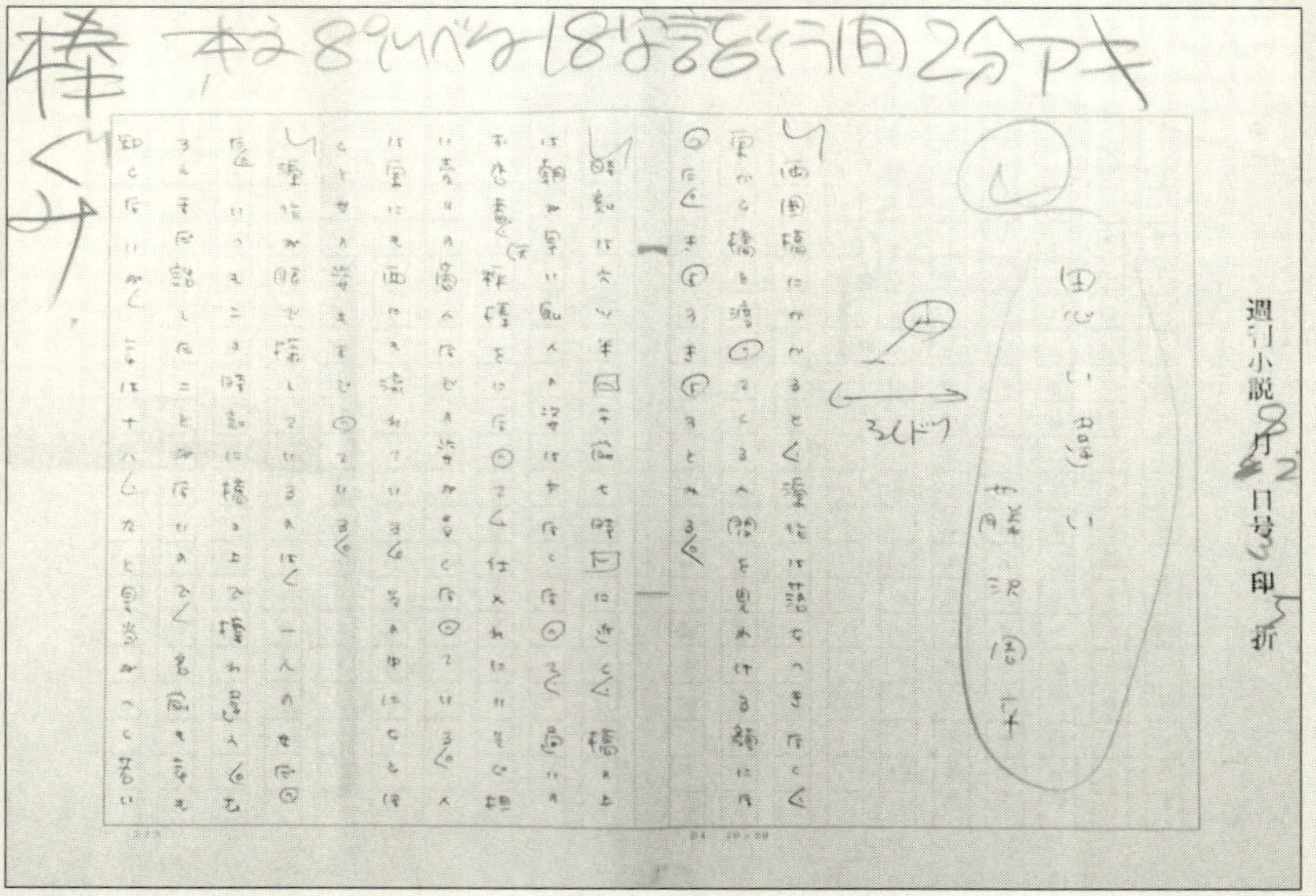

「思い違い」原稿

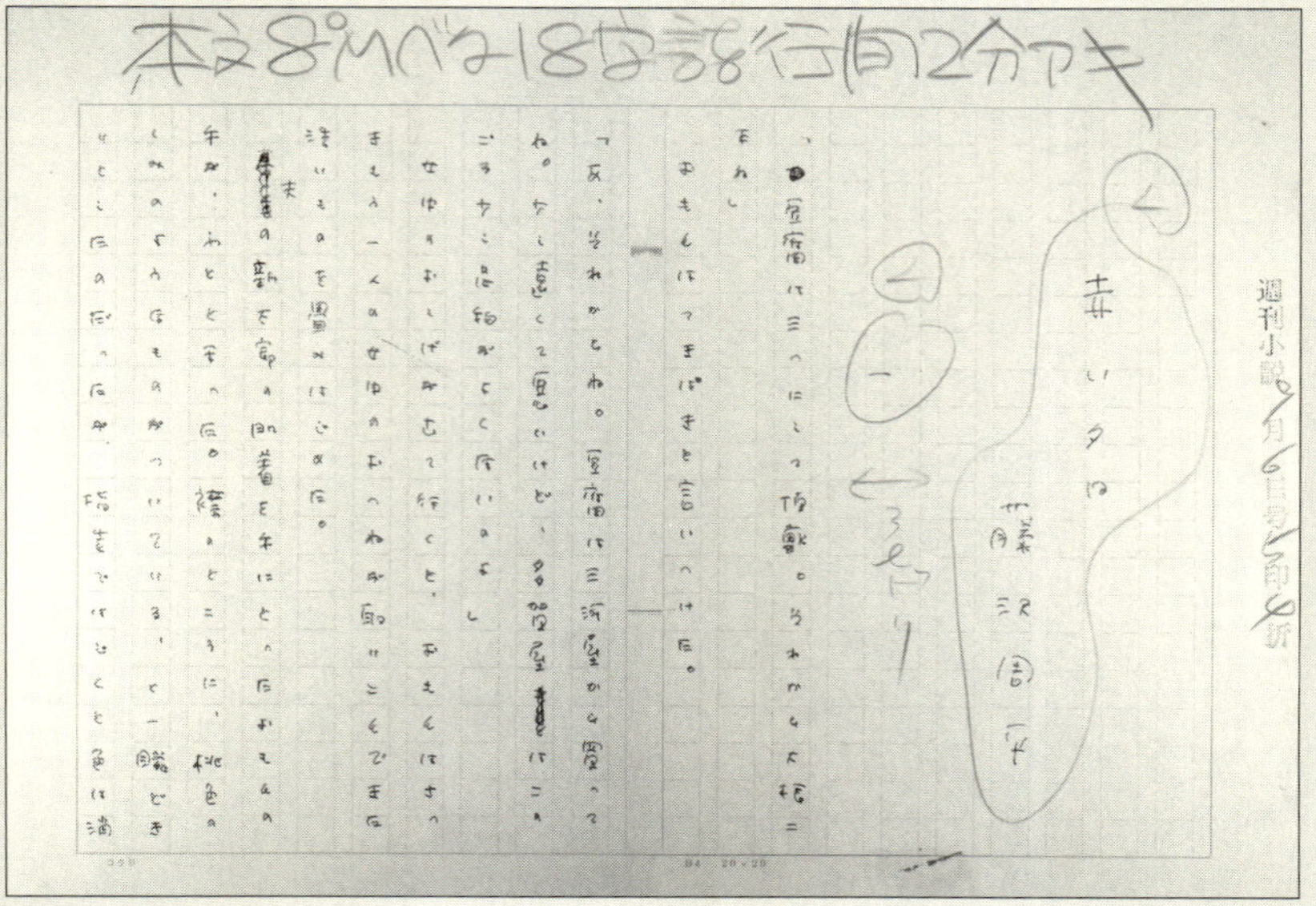

「赤い夕日」原稿

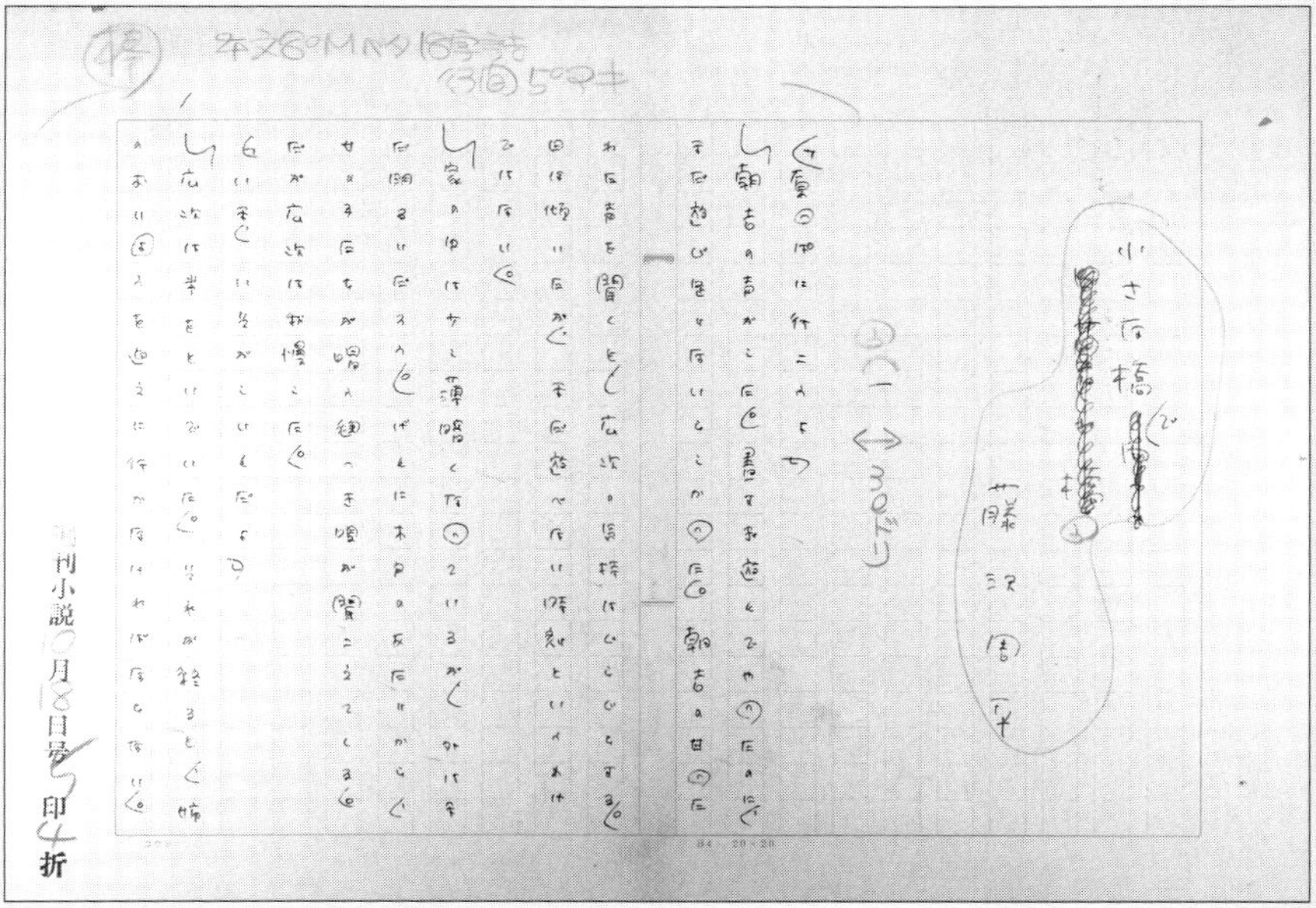

「小さな橋で」原稿

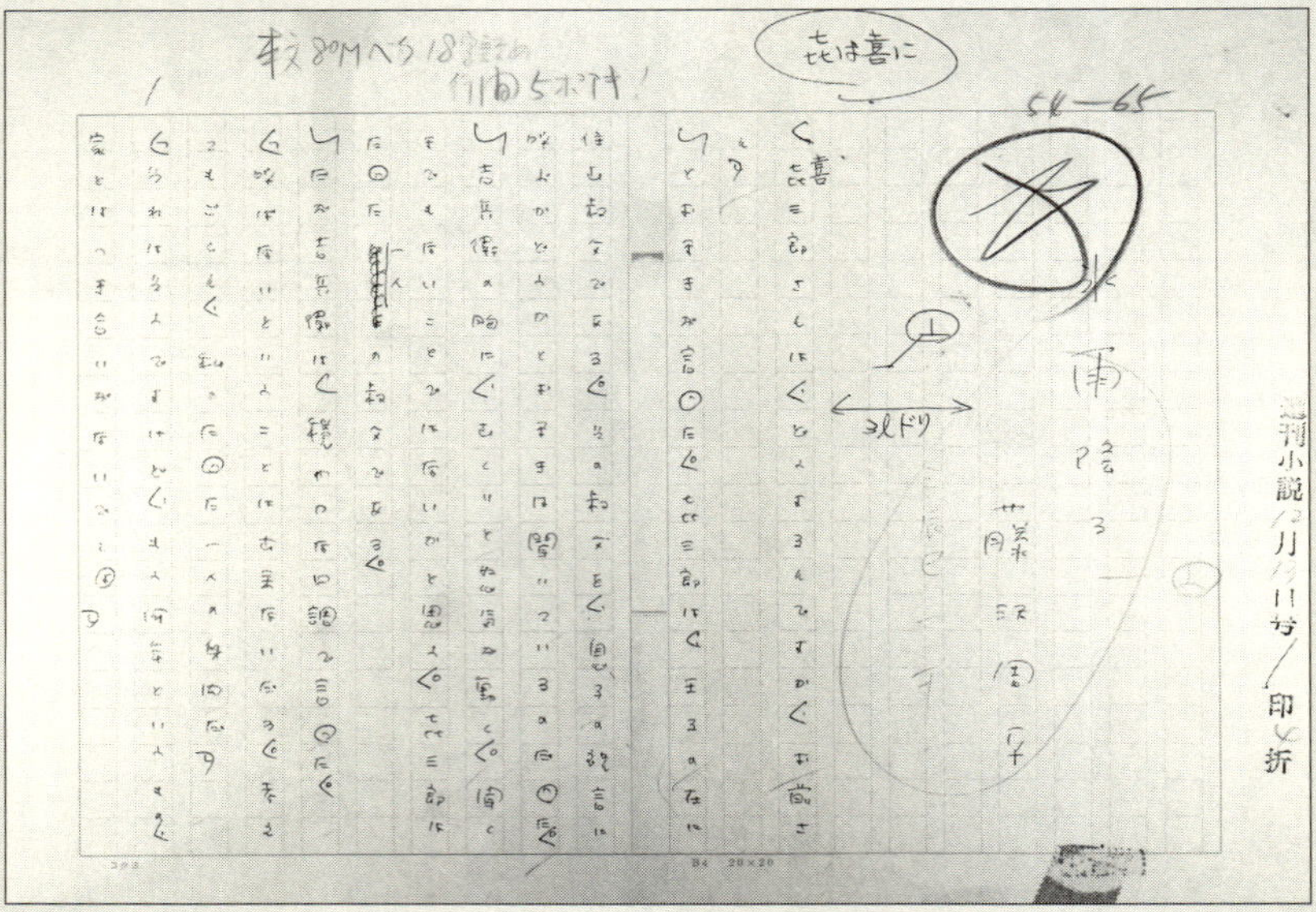

「氷雨降る」原稿

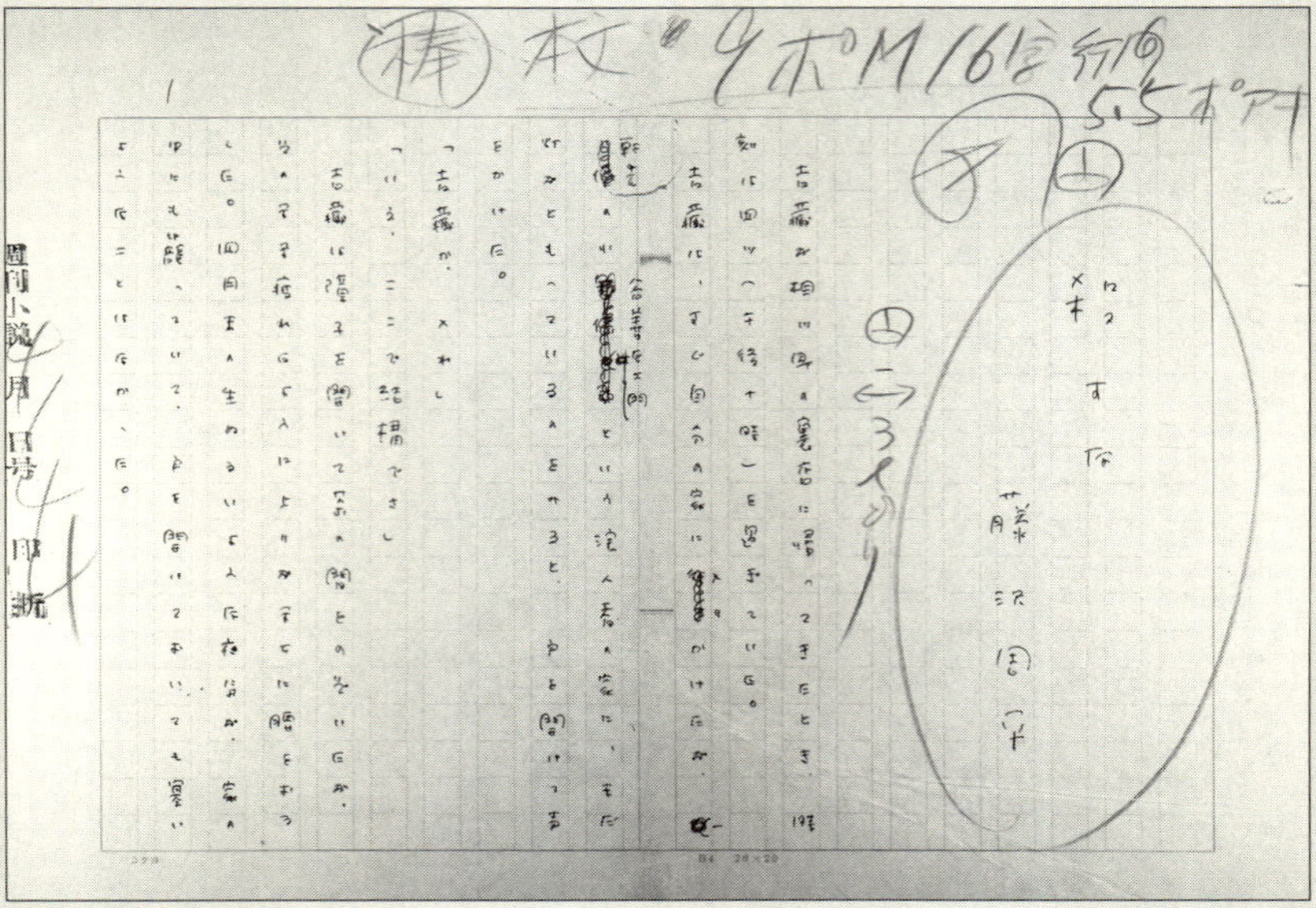

「殺すな」原稿

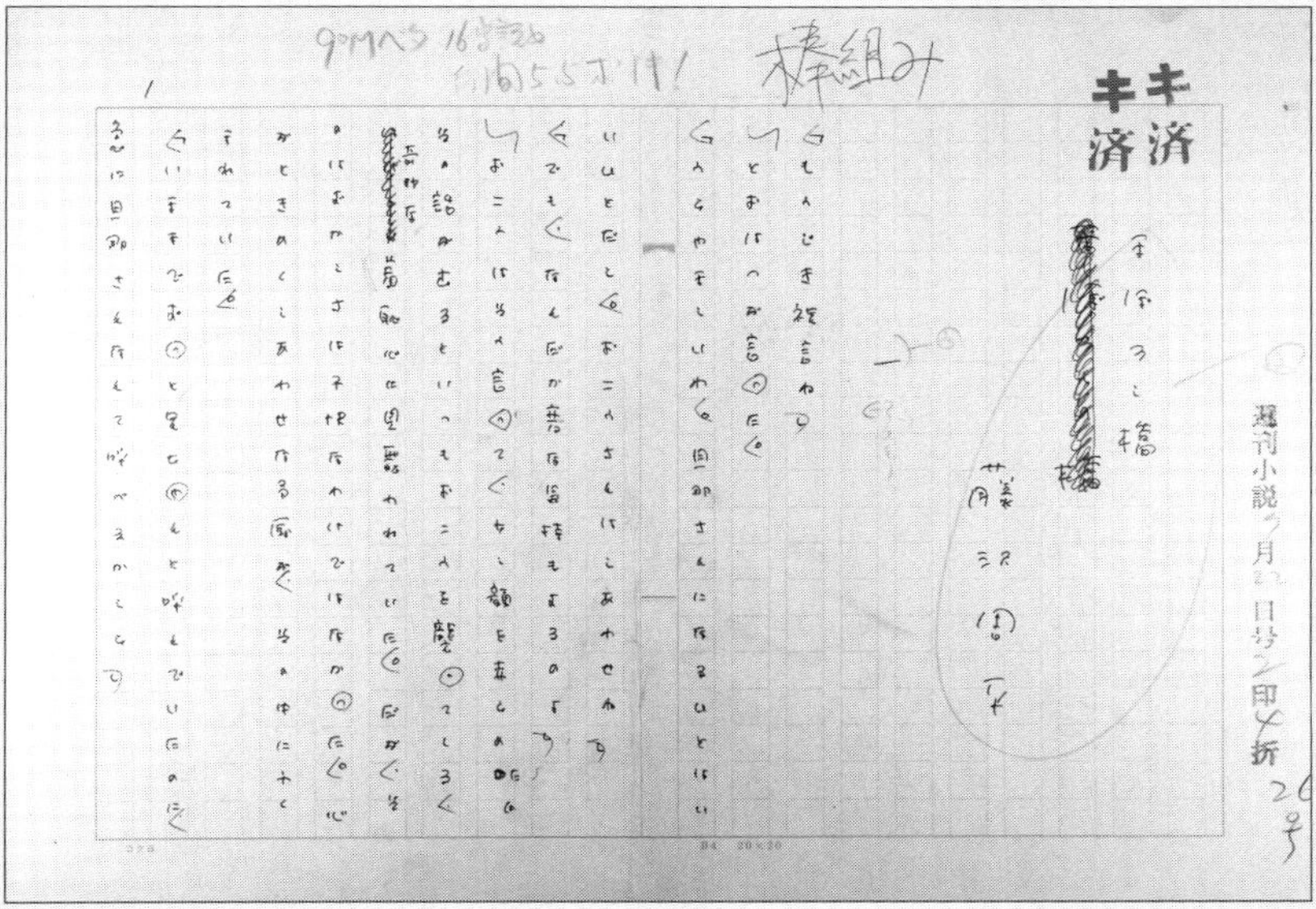

「まぼろしの橋」原稿（雑誌掲載時は「まぼろし橋」）

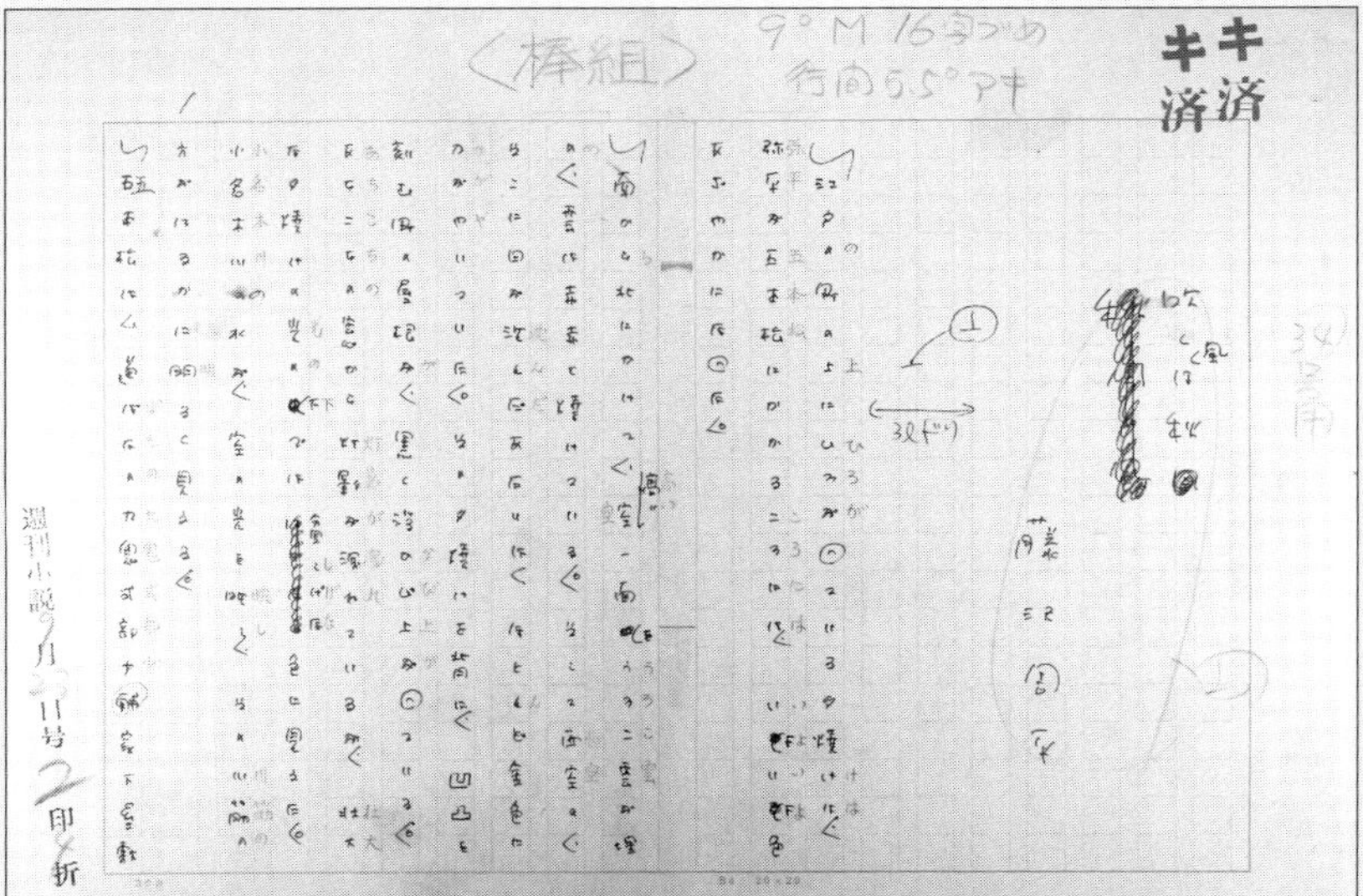

「吹く風は秋」原稿

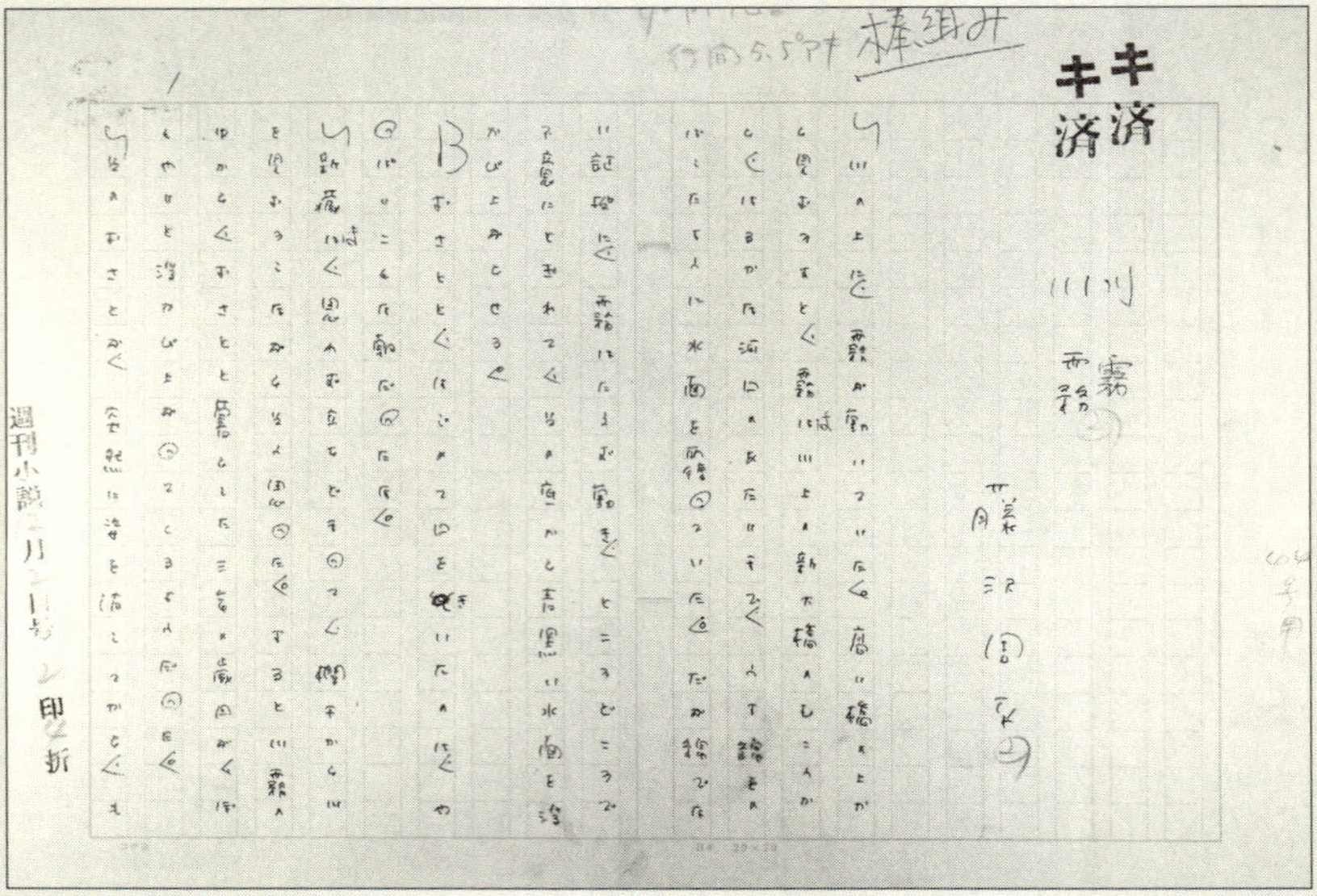

「川霧」原稿

作品初出「週刊小説」

「約束」昭和五一年三月一九日号（11号）
「小ぬか雨」昭和五一年五月一〇日号（17号）
「思い違い」昭和五一年八月二日号（29号）
「赤い夕日」昭和五一年九月六日号（35号）
「小さな橋で」昭和五一年一〇月二五日号（41号）
「氷雨降る」昭和五一年一二月一三日号（49号）
「殺すな」昭和五二年四月八日号（12号）
「まぼろしの橋」昭和五二年七月二二日号（26号）
（雑誌掲載時は「まぼろし橋」）
「吹く風は秋」昭和五二年九月二三日号（34号）
「川霧」昭和五二年一二月二日号（44号）

*「週刊小説」は実業之日本社より昭和四七年（一九七二）に創刊した週刊文芸誌（後に隔週刊）。

単行本　昭和五五年（一九八〇）四月　実業之日本社刊
文庫判　昭和五八年（一九八三）四月　新潮文庫刊

『橋ものがたり』江戸絵図めぐり

藤沢周平が生前愛用した江戸古地図に
本作に登場するすべての地名を収録しました。
作品鑑賞とあわせて江戸の町歩きをお楽しみください。

製作／ジェオ

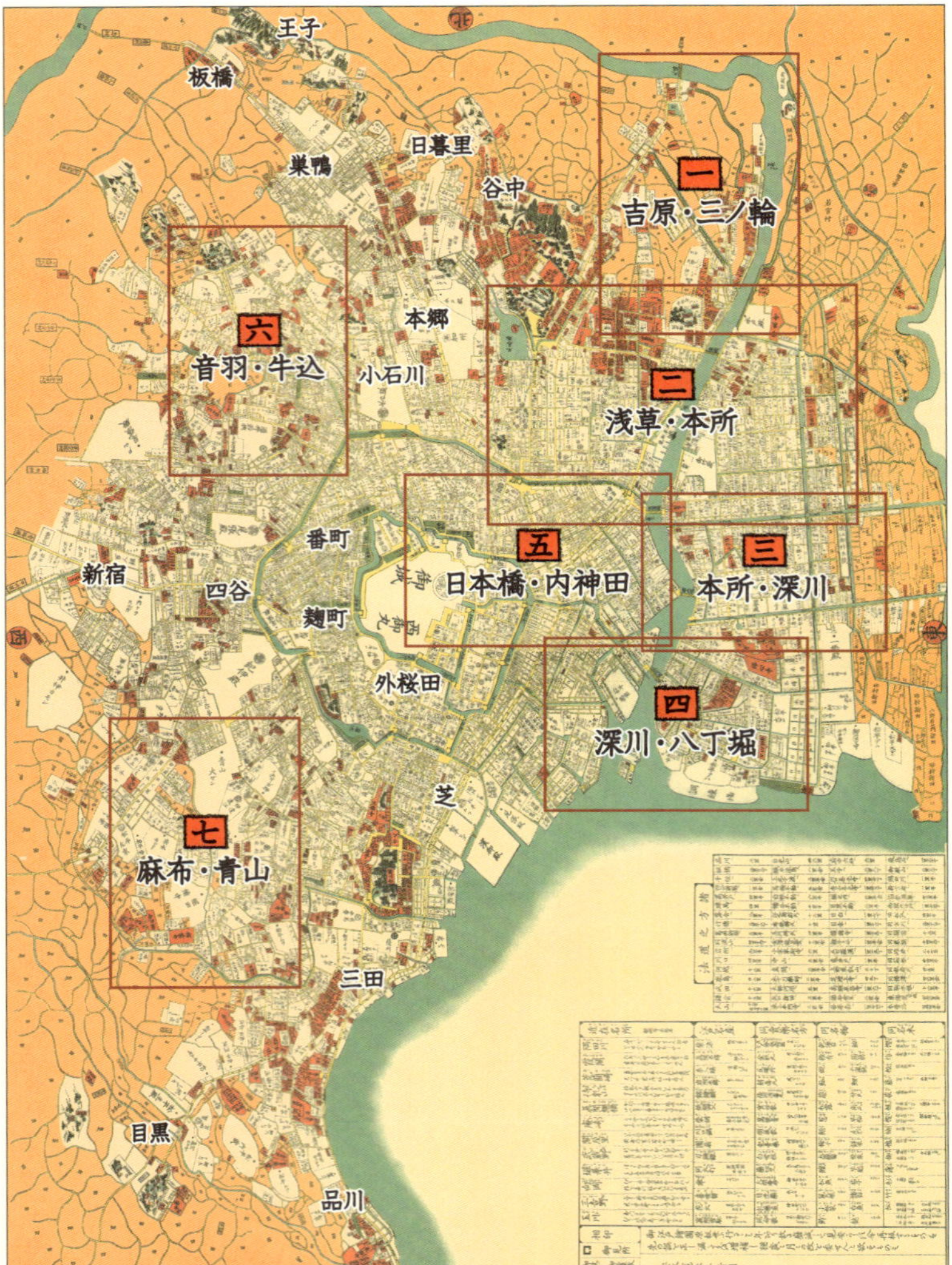

安政江戸図
（安政六年作・須原屋版）
資料提供＝古地図史料出版

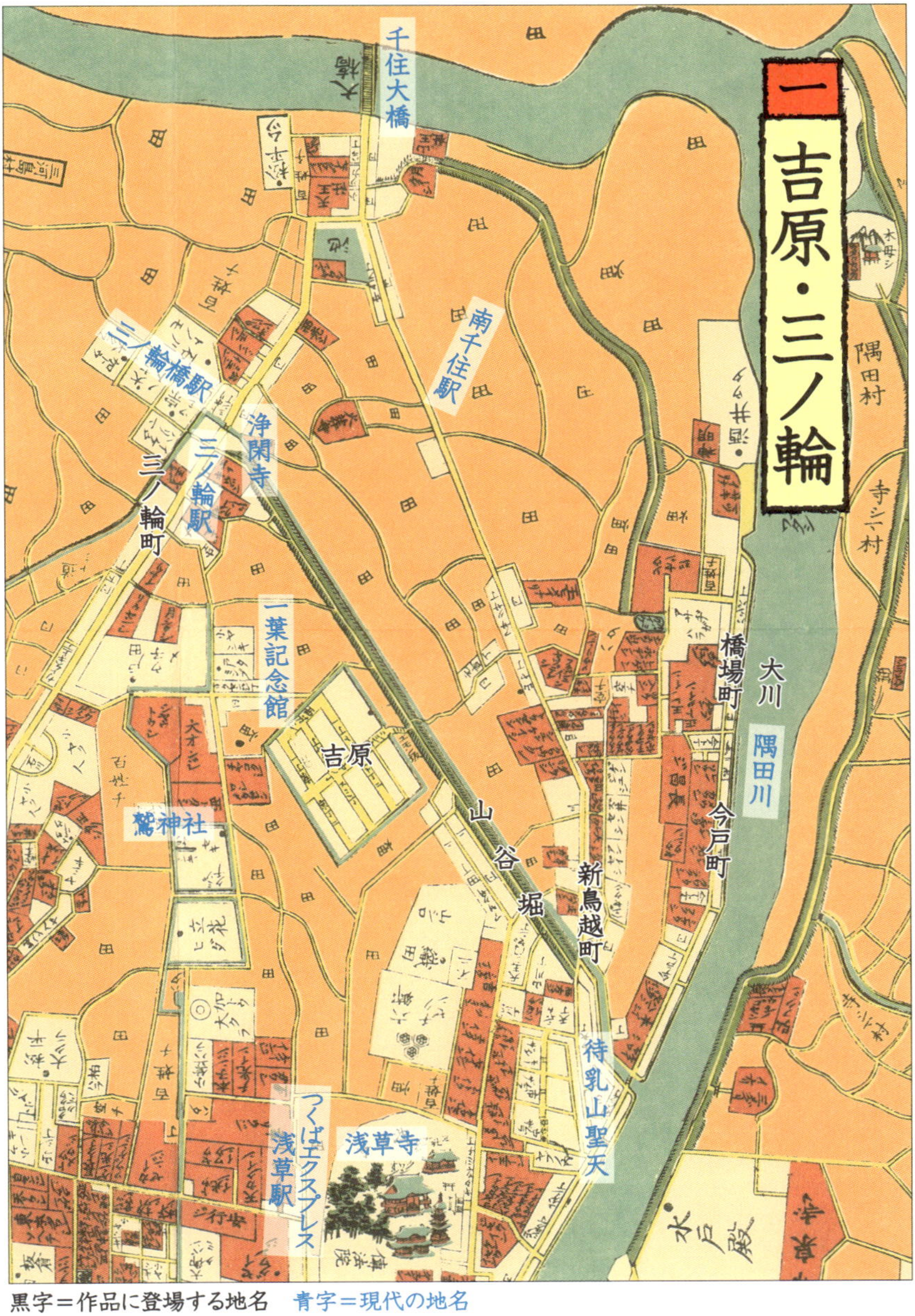

黒字＝作品に登場する地名　青字＝現代の地名

浅草寺
猿若町
言問橋
北馬道町
水戸殿
東京スカイツリー
雷門
瓦町
小路
大川橋（吾妻橋）
中ノ郷八軒町
茶屋町
浅草駅
竹町
原庭町
本所吾妻橋駅
押上駅
西尾オキ
間町
北本所表町
駒形橋
松倉町
荒井町
北割下水
押上村
亀戸天神
厩橋
柳島村
前橋
横堀川
両国国技館
江戸東京博物館
両国駅
錦糸町駅
入江町
亀戸村
小泉町

二　浅草・本所

黒字＝作品に登場する地名　青字＝現代の地名

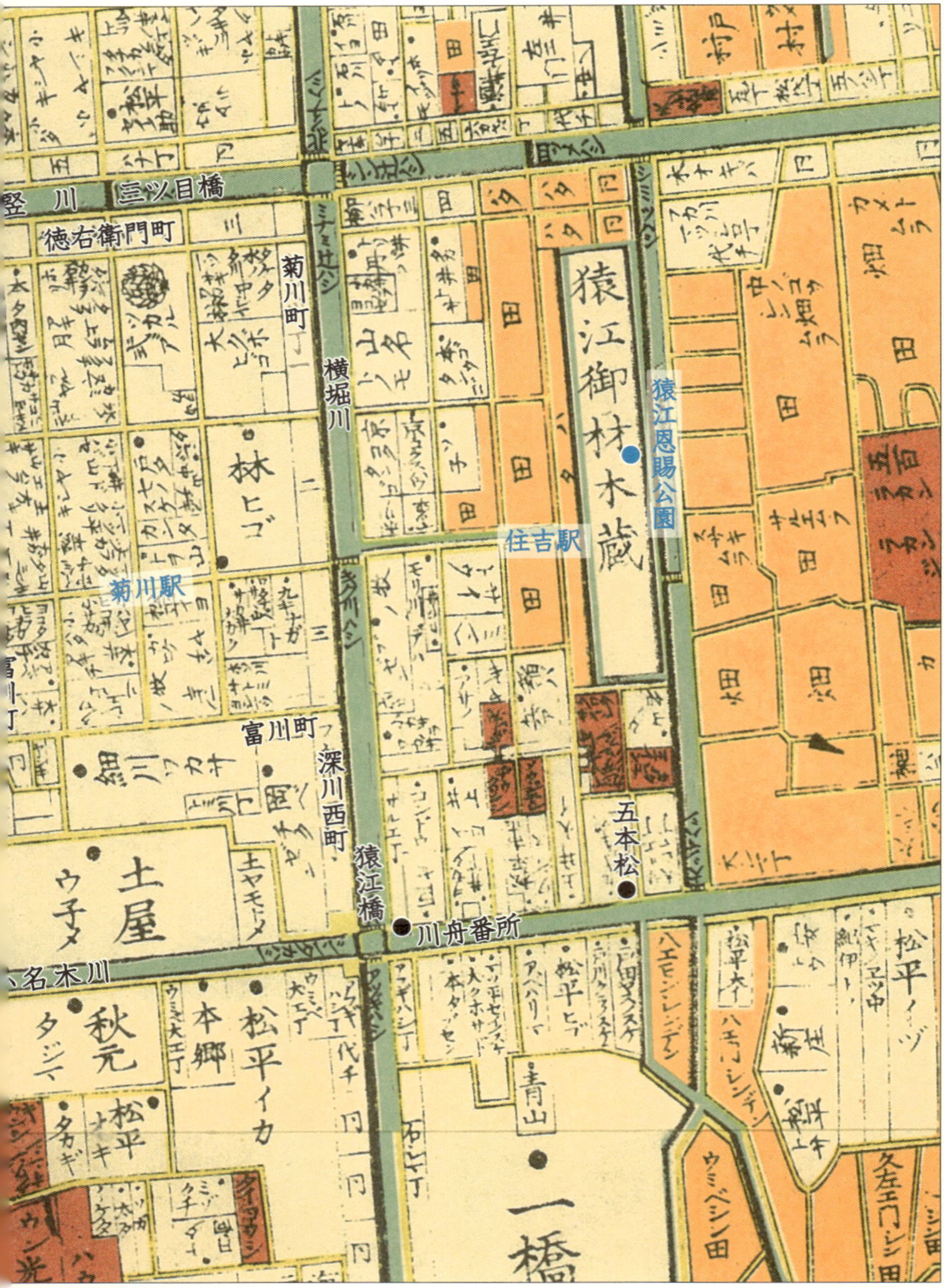

竪川
三ツ目橋
徳右衛門町
菊川町
横堀川
猿江御材木蔵
猿江恩賜公園
住吉駅
菊川駅
林ヒゴ
富川町
深川西町
猿江橋
五本松
川舟番所
土屋
小名木川
秋元
本郷
松平イカ
松平
青山
一橋
新庄
ウミベシン田

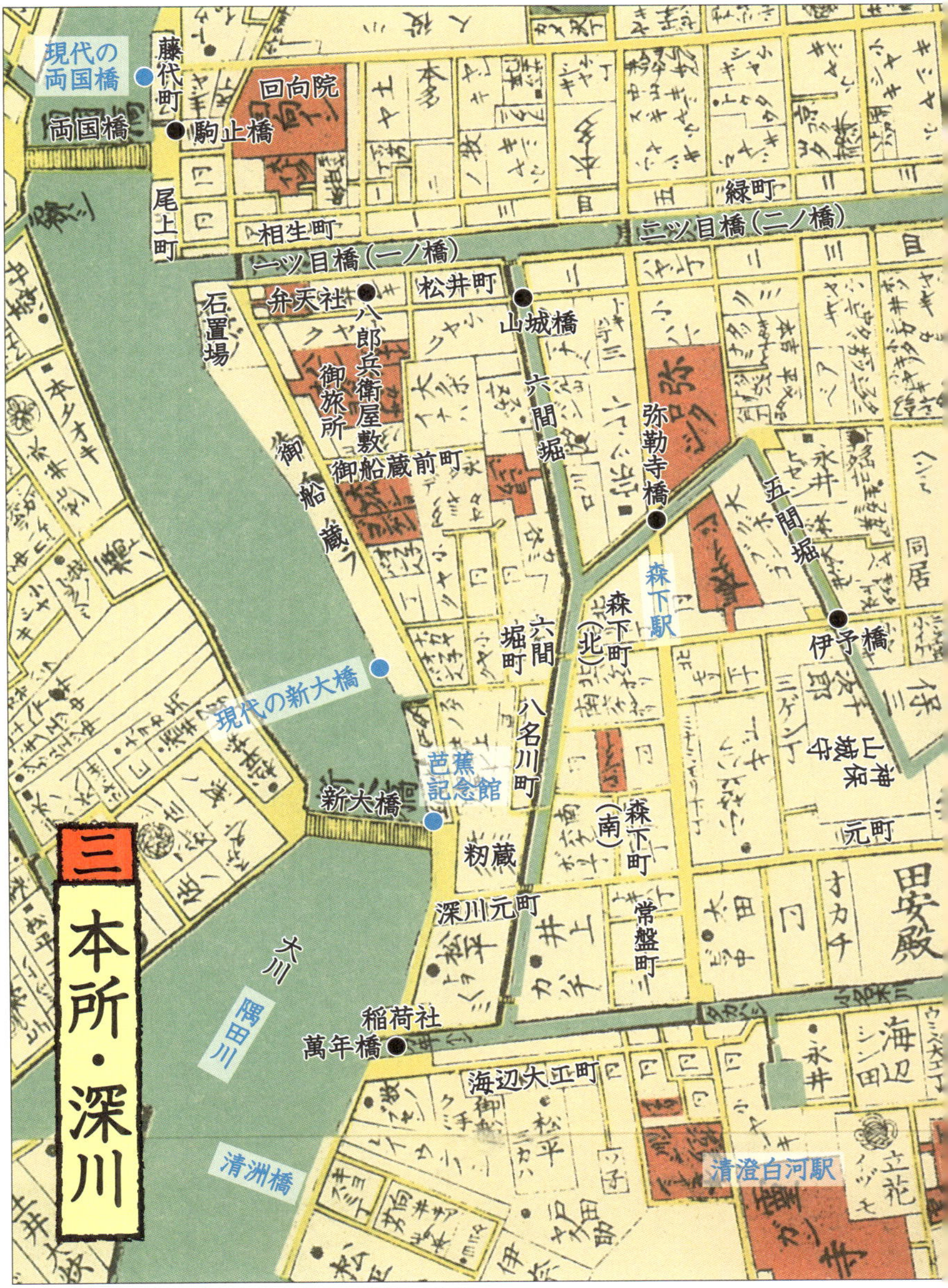

黒字＝作品に登場する地名　青字＝現代の地名

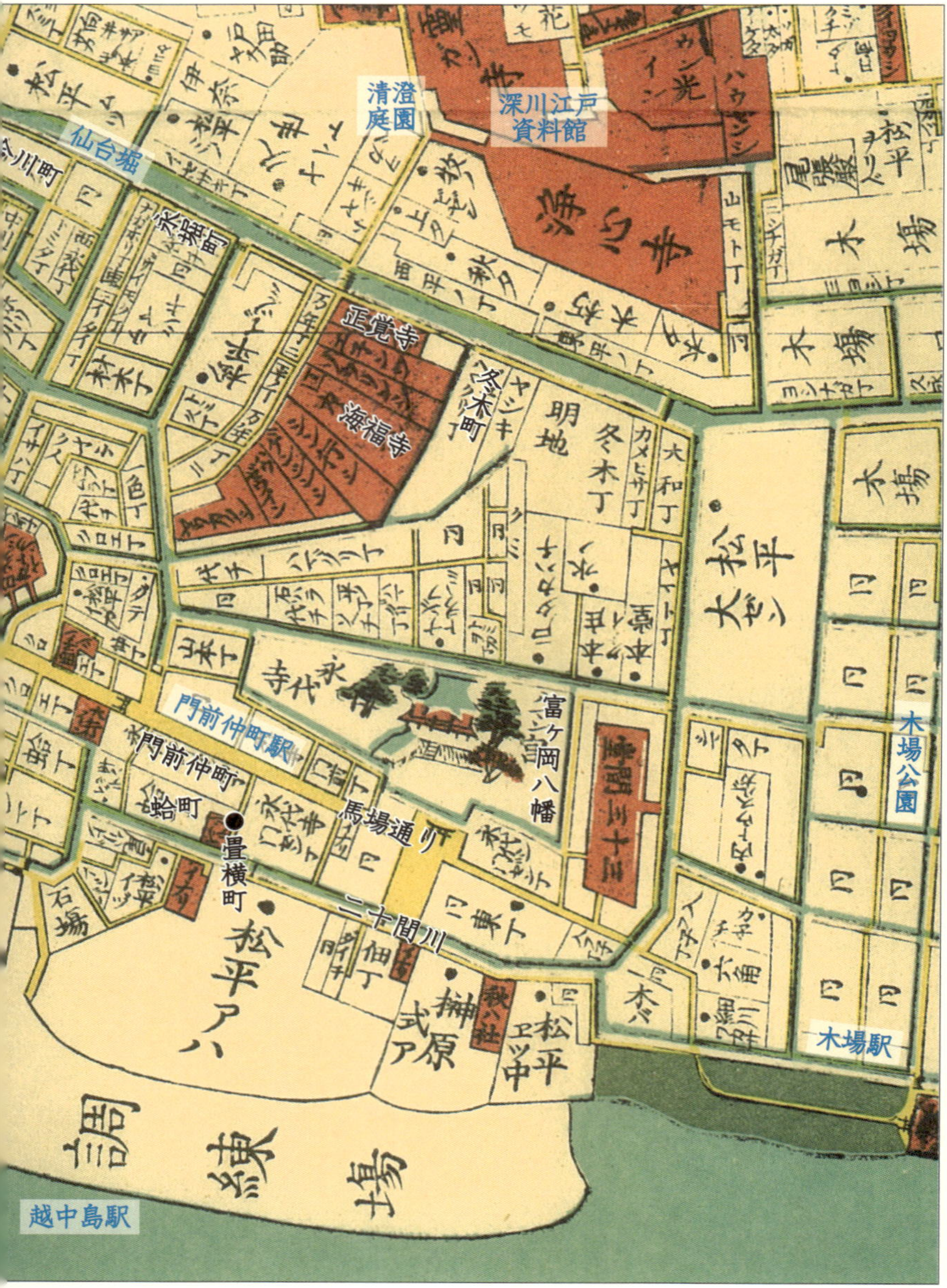

清澄庭園
深川江戸資料館
仙台堀
浄心寺
木場
正覚寺
海福寺
冬木町
明地
冬木丁
大和丁
松平
永代寺
富ヶ岡八幡
三十三間堂
木場公園
門前仲町駅
門前仲町
蛤町
畳横町
馬場通り
二十間川
木場駅
調練場
越中島駅

黒字＝作品に登場する地名　青字＝現代の地名

神田川
岩本町駅
柳橋
両国広小路
現代の
両国橋
両国橋
米沢町
薬研堀
橋本町
馬喰町駅
東日本橋駅
馬喰横山駅
村松町
大川
隅田川
小伝馬町駅
新日本橋駅
浜町駅
堀江町
小舟町
照り降り町
親爺橋
荒布橋
人形町駅
三越前駅
日本橋
小網町
思案橋
水天宮前駅
日本橋駅
(南)油町
茅場町駅

黒字＝作品に登場する地名　青字＝現代の地名

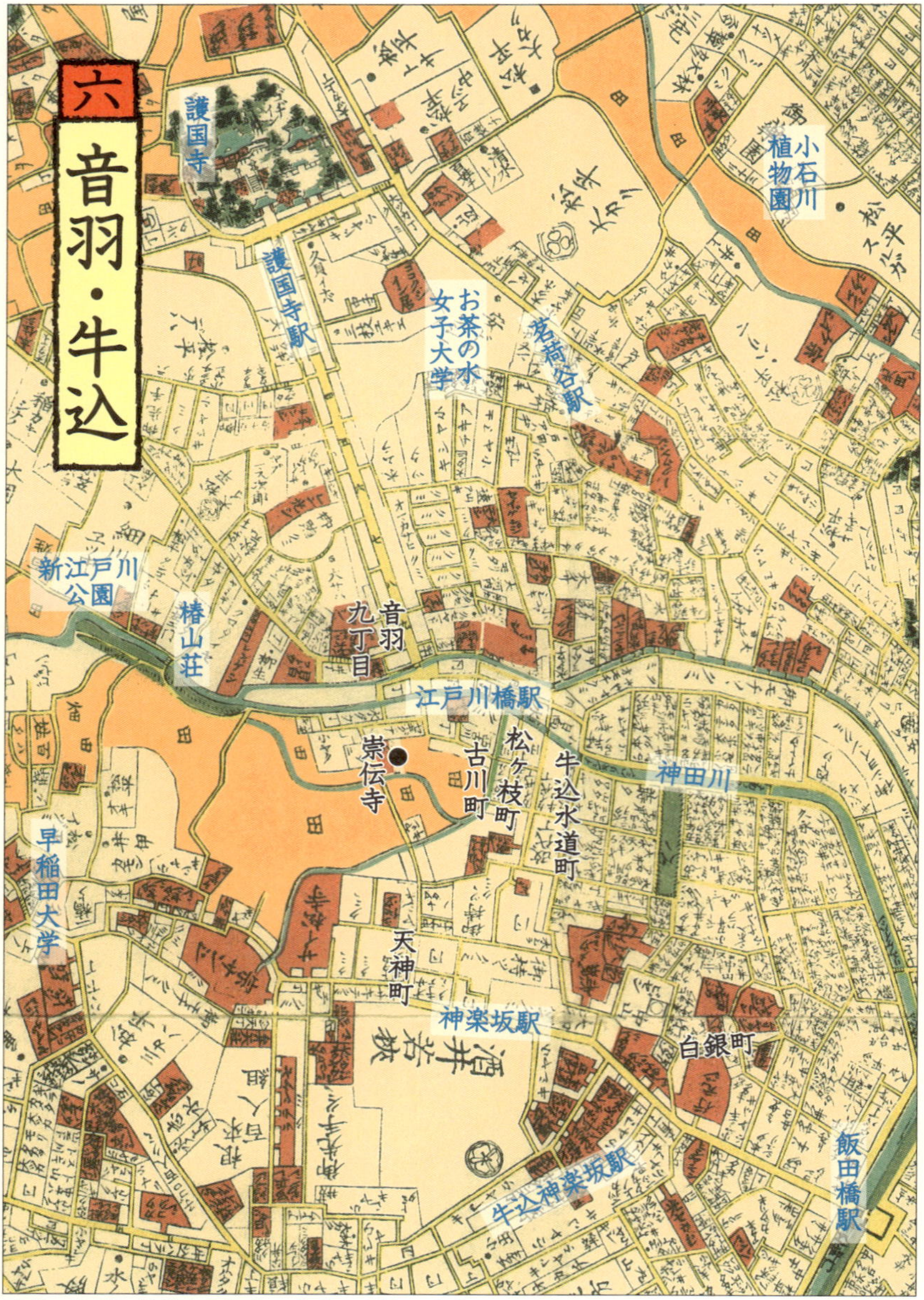

黒字＝作品に登場する地名　青字＝現代の地名

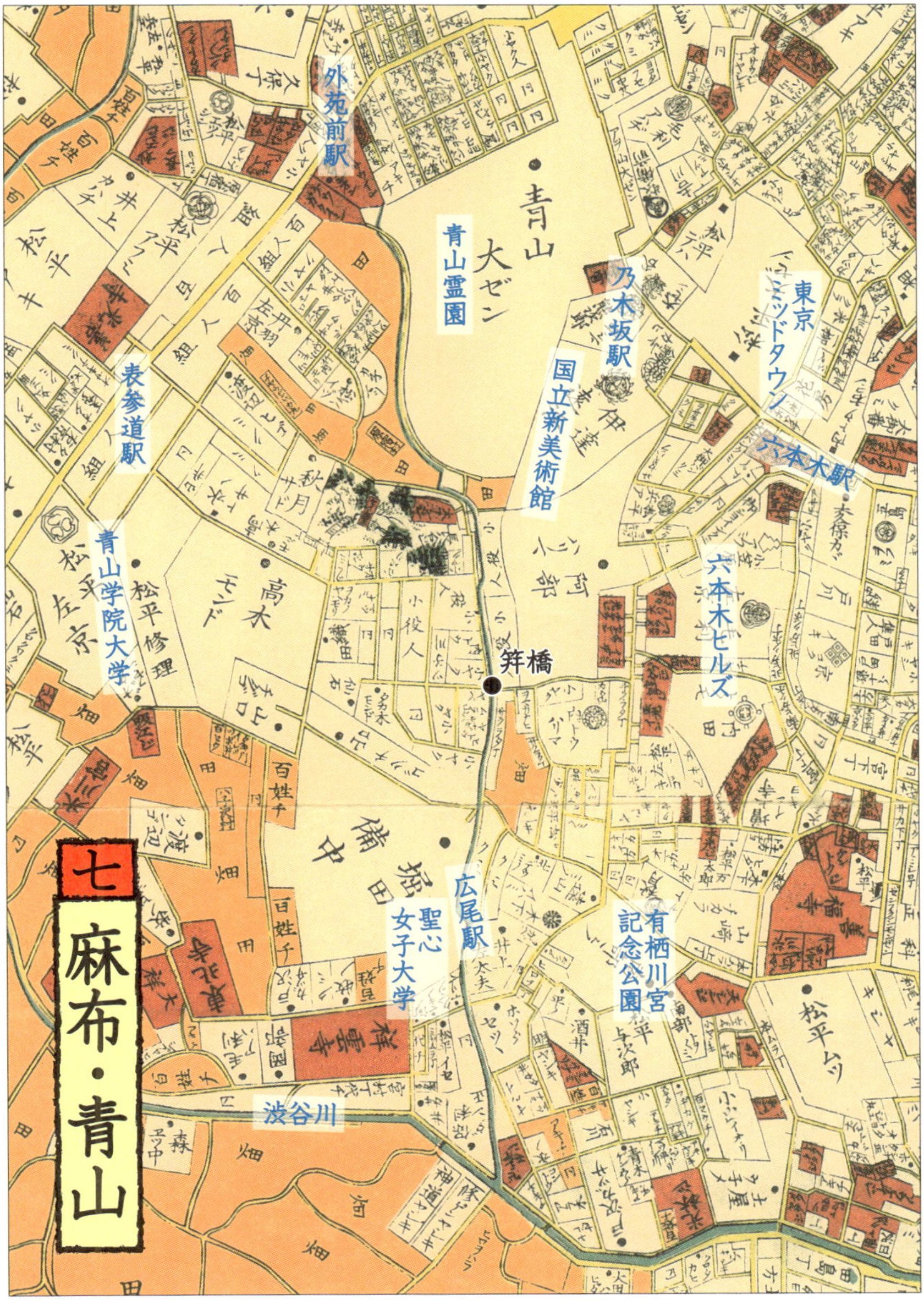

黒字＝作品に登場する地名　青字＝現代の地名

本書は平成十九年（二〇〇七）刊行の
『橋ものがたり　新装版』（小社刊）に
・『橋ものがたり』について
・『橋ものがたり』全作自筆原稿
・『橋ものがたり』江戸絵図めぐり
を加え再構成したものです。

編集協力　藤沢周平事務所

藤沢周平（ふじさわ・しゅうへい）

昭和2年（1927）、山形県鶴岡市に生まれる。山形師範学校卒。46年「溟い海」でオール讀物新人賞を受賞し、本格的に作家活動に入る。48年「暗殺の年輪」で第69回直木賞、61年『白き瓶』で吉川英治文学賞を受賞する。「武士の一分」「たそがれ清兵衛」など、映画・テレビドラマ化された作品も数多い。著書に『蟬しぐれ』『隠し剣秋風抄』『本所しぐれ町物語』『用心棒日月抄』『春秋の檻　獄医立花登手控え』『三屋清左衛門残日録』など多数。平成9年（1997）1月死去。平成29年には没後20年、生誕90年を迎えた。

橋《はし》ものがたり　愛蔵版《あいぞうばん》

二〇一七年八月十日初版第一刷発行
二〇二四年一月十二日初版第二刷発行

著者　藤沢周平
発行者　岩野裕一
発行所　実業之日本社
〒一〇七‐〇〇六二
東京都港区南青山六‐六‐二二
emergence2
電話　〇三（六八〇九）〇四七三（編集）
〇三（六八〇九）〇四九五（販売）
ホームページ　https://www.j-n.co.jp/
印刷所・製本所　大日本印刷株式会社

＊本書の一部あるいは全部を無断で複写・複製（コピー、スキャン、デジタル化）・転載することは、法律で定められた場合を除き、禁じられています。
また、購入者以外の第三者による本書のいかなる電子複製も一切認められておりません。
＊落丁・乱丁（ページ順序の間違いや抜け落ち）の場合は、ご面倒でも購入された書店名を明記して、小社販売部あてにお送りください。送料小社負担でお取り替えいたします。
ただし、古書店等で購入したものについてはお取り替えできません。
＊定価はカバーに表示してあります。
＊小社のプライバシーポリシー（個人情報の取り扱い）は上記ホームページをご覧ください。

©Nobuko Endo 2017 Printed in Japan

ISBN978-4-408-53710-8（第二文芸）

◆藤沢周平の名作

藤沢周平
初つばめ

「松平定知の藤沢周平をよむ」選

日本人の心を震わせる人情と希望。
珠玉の名作短編集。
江戸下町の散策マップ付き。

解説＝松平定知

実業之日本社文庫